T0246888

La palomita que había olvidado cómo explotar de alegría

RAPHAËLLE GIORDANO

La palomita
que había olvidado
cómo explotar de alegría

Traducción de
Julia Calzada García

Grijalbo

Papel certificado por el Forest Stewardship Council®

MIXTO
Papel | Apoyando la
silvicultura responsable
FSC® C117695

Penguin
Random House
Grupo Editorial

Título original: *Le spleen du pop-corn qui voulait exploser de joie*

Primera edición: enero de 2024

© 2022, Éditions Plon
© 2022, Raphaëlle Giordano
© 2024, Penguin Random House Grupo Editorial, S. A. U.
Travessera de Gràcia, 47-49. 08021 Barcelona
© 2024, Julia Calzada García, por la traducción

Printed in Spain – Impreso en España

ISBN: 978-84-253-6623-9
Depósito legal: B-17.855-2023

Compuesto en Comptex & Ass., S. L.

Impreso en Black Print CPI Ibérica
Sant Andreu de la Barca (Barcelona)

GR 6 6 2 3 A

La alegría es el paso del hombre de una menor perfección a una mayor.

BARUCH SPINOZA

El placer se recoge, la alegría se recolecta y la
felicidad se cultiva.

BUDA

La alegría está en todo lo que nos envuelve,
basta con saber extraerla.

CONFUCIO

¡Menos mal!

Menos mal que no ponemos las cartas sobre la mesa a los niños desde el primer momento. Cuesta imaginar a un paterfamilias o una materfamilias que entre una tostada de Nutella y una partida de dominó le suelte con despreocupación a su prole: «¡Aprovechad! ¡Aprovechad al máximo! Porque ya veréis que, cuando seáis mayores, estaréis bajo presión todo el rato...». La profecía baudelairiana de la tapadera baja y cargante que pesará sobre muchas vidas.

Presión por estar a la altura.

Presión por la mirada de los demás.

Presión por no lograrlo.

Muchos no lo han visto venir y, cuando se dan cuenta, la verdad resulta evidente; ya no viven, «gestionan».

El Arenero ha cambiado mucho. Antaño, ese personaje dejaba caer con suavidad arena mágica sobre los ojos de los niños pequeños al anochecer para que se quedasen dormidos. Hoy en día, cada mañana llama a su puerta y les entrega grandes mochilas de cinco, diez o quince kilos llenas de preocupaciones, hasta que ya no puedan cargar con más. Por mucho que le expliquen que ellos no han pedido participar en Supervivientes, *al Arenero le da igual; el comerciante de estrés ya se ha ido a llamar a la puerta del vecino. Ellos soñaban con ser Principitos, pero se encuentran mucho más a menudo con los pies clavados en el suelo que con la cabeza en las estrellas.*

¿La sociedad se ha tropezado con su propio sistema? A fuerza de sobreproducir cierres de presión, todavía no se ha dado cuenta de la absurdidad de la pseudoecuación ganadora: «presión = rendimiento». La jerarquía, la competencia, la obligación de conseguir resultados... La presión todo lo engloba. Basta con escribir la palabra «estrés» en el buscador de Google para darse cuenta de ello. Al instante aparecen más de 3.670.000 resultados. El estrés, un tema que se ha vuelto primordial, omnipresente, intoxicante, ineludible... ¡Estresante! E, irónicamente, la proliferación de las técnicas antiestrés ¡ha terminado añadiéndole estrés al estrés! Veinte técnicas, diez trucos, tres teorías, para «controlar mejor tu estrés», prometen los grandes títulos de enlaces comerciales patrocinados.

¡Ponerse presión por dejar de estresarse es el colmo!

«¿Has realizado correctamente la trikonâsana *justo al salir de la cama después de oír el sonido de tu despertador simulador de amaneceres?».*

Una vida bajo presión. Y de la presión a la depresión hay solo un paso. Pero ¿sabéis qué? Uno no deja su destino al azar. Sufrir o coger las riendas, esa es la elección de cada uno. Una elección más difícil de lo que parece cuando hemos crecido alimentados con el biberón del cortisol. Así que, para «gestionar» la presión, hay algunos que recurren a las técnicas clásicas. Ahogar el estrés en alcohol está bastante aceptado socialmente. Sin embargo, hay que tener cuidado con la pendiente resbaladiza del alcoholismo social camuflado tras la máscara del epicureísmo... Otros aplacan su ansiedad fumando o, desde hace poco, le dan caladas a su cigarro electrónico durante todo el día para intentar olvidar su compulsión y tener la conciencia tranquila. Se trata de negaciones del verdadero problema, que no es ni el cigarro ni el alcohol, sino un modelo de vida que destroza los sistemas nerviosos.

Otros prefieren un enfoque más onírico. Están los apasionados de los chakras (muchos de los cuales nunca admitirán que siguen buscando la llave que les permita abrirlos). A menudo son los mismos que, amantes de las contorsiones, intentan pegar el dedo gordo del pie a la nariz para doblegar el estrés, incluso a veces a costa de dejarse la espalda. Cada maestrillo tiene su librillo.

En las empresas, se aprende a dibujar gráficos para clasificar las tareas. «Importante y urgente, no importante pero urgente, importante pero no urgente, ni importante ni urgente». Cuando hay un cumpleaños, se regala de buena gana un atrapasueños para combatir el insomnio. El vendedor relata con maestría y de memoria el argumentario. Claramente, ese pequeño objeto proveniente del pueblo amerindio ojibwa tiene el poder de calmar esas noches que se ven alteradas por pensamientos negativos. Si él lo dice... El adulto, lastrado con todas las responsabilidades de las que debe hacerse cargo, intenta que su niño interior le perdone por abandonarlo. Le compra «juguetes» antiestrés, mandos pequeños, cubos, spinners de escritorio, péndulos, papel de burbujas y otros dispositivos de moda. No obstante, para su niño interior el mal ya está hecho; el corazón ya no está para dejarse llevar y que brote espontáneamente la alegría de vivir, manantial regenerador y fuente de la efervescencia creativa. La alegría es la sangría de la felicidad.

El estrés, mal insidioso, se ha infiltrado por todas partes y las almas viven una situación difícil. Sobre todo porque está mal visto estresarse demasiado. No hay que mostrar que se está bajo presión so pena de ser señalado como «alguien que no sabe gestionar» la situación. «¡Esconded esas uñas mordidas, que no se vean! ¡Tened la decencia de reprimiros!». La peor reacción ante una situación de estrés es la inhibición. Todo lo que uno calla, se encalla. El cuerpo y los desacuerdos; acabamos somatizando. Igual que ocurrió con la rata de Laborit, que enfermó a causa del estrés...

No obstante, ¿cómo puede el ser humano mantener la calma y la serenidad hoy en día si está siendo continuamente examinado, evaluado y juzgado, los unos con respecto a los otros? ¡El juego de la evaluación empieza a una edad tan temprana de su vida! En cuanto pegaron las primeras pegatinas en sus cuadernos, sus padres ya se preocuparon por saber cómo le iba en comparación con sus compañeros.

Estar o no a la altura, esa es la ineludible cuestión en una época en la que los filósofos son más bien Moire que Spinoza.

«El hombre ha nacido libre y, sin embargo, por todas partes se encuentra encadenado», escribía Rousseau ya en el siglo XVIII. Hoy en día llevamos otro tipo de cadenas, menos visibles, más perniciosas. La presión que nos ponemos a nosotros mismos se ha convertido en la nueva forma de alienación. La imposición de la imagen de uno mismo. Lo que parecemos es más importante que lo que somos.

¡Cuidado, te están mirando!

*Se nos juzga en función de nuestros ingresos, de nuestro coche y de nuestras vacaciones. Nuestra apariencia se ha convertido en nuestro valor refugio, igual que podría ser el oro. Carl Jung hablaba de «persona». Aquello que nos define de cara al mundo exterior, una máscara que confiere valor social. Persona, la misma palabra que en latín se usaba para referirse a la máscara de los actores de teatro. Todo el mundo se esfuerza por recubrir su ser de un bonito barniz social, una capa de suntuosidad lo más reluciente posible, con una superficie tan espesa que resulta difícil percibir la verdadera profundidad de la persona. Y es que el verbo per-*sonare *puede tener un significado completamente distinto. También significa 'sentir, resonar, transmitir un sonido'. Cuando una persona nos marca, probablemente es porque el sonido de su ser profundo hace eco en nosotros. En realidad, una persona es como una caja de resonancia, que suena hueca o llena. Depende de la manera que tenga de habitar su cuerpo y su ser.*

Y a veces ocurre que no sabemos muy bien quiénes somos, o lo hemos olvidado. Estamos desconectados de nuestro ser profundo, de nuestros deseos y nuestras emociones; sin saberlo hemos desenchufado nuestra toma de alegría. Y una mañana, por sorpresa, nos alcanza:

La melancolía

No obstante, ¿se trata de una fatalidad? No, Benjamin no lo cree ni por un instante. Está convencido de que cada uno puede encontrar el camino que lleva a la alegría, la alegría de ser uno mismo, de sentirse completamente vivo... Está allí, sumido en sus reflexiones, mientras Joy está de pie delante de él en ese momento tan crucial. En una fracción de segundo repasa todo lo que ella ha vivido desde que la conoce y se emociona. ¡Cuánto camino recorrido! Nunca había conocido a nadie como ella. Joy, se dice para sus adentros, es la historia de una palomita que había olvidado cómo explotar de alegría.

Joy, querida Joy, todo un personaje, que no había dejado de sorprenderle...

1

Nadie tiene por qué saberlo. Solo me incumbe a mí. Al fin y al cabo, mucha gente tiene pequeñas manías y no es para tanto.

A veces me pregunto: «¿Soy alguien?». Alguien sí. Pero alguien mediocre. Una persona cualquiera. Ese pensamiento me resulta insoportable. Sin embargo, hay que rendirse ante la evidencia; no tengo ningún talento particular. No soy especialmente guapa, tampoco soy fea, pero no guapa de verdad. Qué horrible sensación la de tener la impresión de estar siempre un poco por debajo. Me niego. Quiero poder seguir el ritmo. Así que desde hace treinta y cuatro años corro. Corro para compensar mis carencias. Corro para aparentar. Para crear la ilusión de que soy mejor de lo que los demás podrían pensar...

Alguien llama a la puerta. Me quedo inmóvil.

—¿Joy? Espabila, la reunión está a punto de empezar. Virginia y Ugo no dan abasto. David Douillet debería llegar dentro de cinco minutos. ¿Joy? ¡Sé que estás aquí! ¿Qué haces? ¿Joy?

Me hago un ovillo. Estoy sentada sobre la tapa del inodoro, que he bajado para instalarme en mi refugio habitual y entregarme a mi ritual para calmar los nervios. Solo me incumbe a mí. No tienen por qué saberlo. Es lo único que me va bien cuando siento que la situación me sobrepasa, que ya no controlo nada.

—¿Joy? ¿Te encuentras mal o qué? ¡Si te encuentras mal dilo!

Sé que tengo que responder algo. Es mejor mentir. Encontrarse mal es preferible a estar ida de la olla.

Respondo con un hilo de voz que apenas se oye, con una voz espasmódica para hacerlo más creíble.

—No, no me encuentro demasiado bien… Lo siento. Diles que ahora voy. ¿Cinco minutos?

C. emite un chasquido de contrariedad con la lengua. En mi cabeza, C. no existe. Yo la llamo VIPerina, VIP abreviado. *Very Immoral Person.* Una persona viperina VIP, es una víbora notable, una víbora de alta gama, una víbora de lujo, pero una víbora, al fin y al cabo. En la agencia somos siete, contándome a mí. Siete no es mucho. Cabe decir que, en el imaginario colectivo, el número siete evoca cosas positivas. Los siete samuráis. Los siete enanitos. Las siete maravillas del mundo… Nunca habréis oído hablar de los siete espantosos, o los siete miserables. Ahora ya no suena tan bien. A veces, pienso en la agencia y me digo: «¿Por qué? ¿Cómo es posible? ¿Una agencia tan pequeña con una concentración tan alta de personas con problemas de carácter?». Irónicamente, yo trabajo allí desde hace siete años. Y, por extraño que parezca, he conseguido enraizarme a pesar de todo, sobrevivir e incluso crecer. Como esas semillas que el viento deposita en un entorno hostil y que crecen contra viento y marea, entre las piedras, en un terreno árido, con las tres escasas gotas de agua oportunas… Sin embargo, al parecer La Octava Esfera no tiene nada que ver con un páramo. Al contrario. Es lo opuesto. La Octava Esfera encarna oficialmente el espíritu de la élite, el lujo y el prestigio.

Se supone que somos la flor y nata de la vanguardia corporativa y nos hemos labrado un nombre en el *celebrity marketing*. Se trata de un negocio emergente que está muy de moda, poco conocido todavía, y que de entrada no dice mucho a nadie. La elegancia se halla en una cierta forma de abstracción. ¡La ambigüedad es tan chic! Por ejemplo, cuanto más lujosa se considera una persona, más le gusta usar palabras en inglés; con el acento. *Paris, London, New York. Community management. Brand contents. Motion design.* Cualquier persona normal titubea con dicha jerga, pero en el mundo del lujo está la élite de iniciados.

Así, nuestra agencia conecta talentos VIP con grandes marcas para laurearlas con prestigio. De ahí el nombre «La Octava Esfera», inventado por Virginia y Ugo, socios fundadores y marido y mujer en la vida privada. Según cuenta la leyenda de la agencia, buscaban una idea que encarnara el espíritu de excelencia y dieron con el concepto de «firmamento», la bóveda celeste. A veces explicaban a unos pocos privilegiados aquel *brainstorming* memorable. «Buscábamos una imagen poderosa en torno al concepto del lujo, del prestigio, de las estrellas… Enseguida se hizo evidente la asociación de ideas con la cosmología. ¡En la Antigüedad la última esfera era la octava! En aquella época, según los astrólogos, la Tierra todavía no giraba, sino que permanecía inmóvil en el centro del mundo, y la rodeaban siete esferas celestes con los planetas: Luna, Mercurio, Venus, el Sol, Marte, Júpiter y Saturno. La octava esfera era la de las estrellas fijas, que estaban como colgadas en una tela de fondo que cerraba el universo cósmico».

En mi agencia no creo que se pueda hablar de estrellas, sino más bien de una nebulosa llena de polvo de ego. Y, si fuésemos una constelación, seguramente seríamos la de la Hidra (una serpiente o un dragón mitológico con varias cabezas). ¿Por qué sigo allí en estas condiciones? No lo sé. Me hago esta pregunta a menudo y no encuentro respuesta. Aunque ¿realmente me he tomado el tiempo de buscarla? Creo que me he acostumbrado. Tengo un tío que siempre dice: «Ya verás, Joy, acabamos acostumbrándonos a todo». Es probable que tenga razón.

Con el objetivo de coger distancia con respecto a cada uno de los miembros de La Octava Esfera, dentro de mi cabeza no llamo a nadie por su nombre. Me refiero a ellos con iniciales o apodos. Virginia y Ugo, mis jefes, no son una excepción. Me divierte que sus iniciales sean V & U, ¡parecen una marca de esas tan presuntuosas! Ellos se han convertido en los *Badass*. Una mezcla de la palabra *bad*, «malo» en inglés, y *ass*, que podría ser un diminutivo de «asociados». Y, por supuesto, ¡está el tema del argot inglés! V & U son los *badass* por antonomasia, con ese carácter de tipos duros que saben lo que quieren y cómo conseguirlo, ¡aunque para ello tengan que usar la fuerza!

—¡Espabila, Joy! De verdad que hoy no es el día.

La puerta del baño se cierra. VIP se ha ido. Suelto un suspiro de alivio. Ahora podré entregarme a mi práctica de desestrés. Me tiemblan un poco las manos. Inspiro profundamente para intentar calmarme. Ya hace dos años que tengo esta compulsión. Me parece bastante benigna en sí. No me siento culpable. No me preocupa. Mucha gente tiene manías mucho más tóxicas. En mi caso no es más que un desafortunado tic. O más bien un TOC.

Un TOC digital…

2

Una hora antes

Llego a la agencia a las 8.24. Lo sé porque tengo un reloj inteligente que da la hora con precisión y que dispone de muchas otras funciones: aviso de llamadas entrantes, recordatorio de eventos de la agenda, el tiempo e incluso muestra los titulares de actualidad. Así me aseguro de que no me pierdo ningún mensaje nuevo, ninguna notificación, ninguna cita. Voy hacia allí en metro; doce estaciones y transbordo en la séptima. Siempre bajo dos estaciones antes. Así camino. Necesito ese tiempo de calma, de respiración, donde puedo estar sola con mis pensamientos, antes de enfrentarme al ajetreo del día. Además, caminar es importante. «Es el mejor remedio para el hombre». No lo digo yo. Lo dijo Hipócrates hace dos mil años. También lo he leído hace poco, en un artículo fiable: caminar con regularidad mejora el estado de salud general y la longevidad. Yo hago algo mejor todavía: cuento los pasos. Bueno, mi aplicación Happy-Fit lo hace por mí. Me encanta mi aplicación HappyFit. La manera que tiene de animarme cuando cumplo mis objetivos. Los cotillones pixelados, los silbidos de alegría de la música electrónica. Una recompensa así hay que ganársela;

¡ocho mil pasos o nada! A los cuales hay que añadir el equivalente de subir cinco plantas. Dice plantas pero no es necesario que haya una escalera. Todo lo que sea una cuesta ya cuenta. Un sendero que haya que subir en el parque, o una calle empinada… Al principio puede parecer trabajoso, pero solo hay que coger el hábito. Y, si ese es el precio para estar en buena forma, lo hago encantada. ¿Qué puede haber más importante que la salud? Sobre todo teniendo en cuenta todo lo que debo hacer… No puedo permitirme la menor debilidad, la menor ausencia. Mi organización parece un castillo de Kapla, el juego de construcción de madera para niños. ¡Es genial! Pero al menor movimiento en falso puede derrumbarse…

Hoy no puede decirse que esté en plena forma. Mi aplicación SleepTight me ha indicado que he dormido seis horas. En cuanto me levanto, miro los gráficos que me indican los entresijos de mis ciclos de inconsciencia. He fruncido el ceño al ver una irritante y larga llanura de sueño ligero entre las 4.30 y las 6 de la mañana. Sé perfectamente que el flujo de pensamientos continúa asaltándome incluso mientras duermo. Rara vez consigo apagar mi cerebro. Quizá eso explique el manto de fatiga crónica que siento y que es probable que hoy me complique todavía más el cumplimiento de mis tareas. De camino a la oficina, ya he recibido siete notificaciones. A pesar de haberme encargado de escoger un sonido discreto y melodioso, este martillea de manera desagradable mi sensible oído. Un ruido que si se tradujera físicamente sería como si intentaran introducirme un cardo en la oreja. Algo espinoso y punzante. Me gustaría escapar de esos perseguidores sonoros, pero no me está permitido; mi posición implica una disponibilidad constante, una capacidad de reacción irreprochable. No tengo elección. Es así. Y, cuando no se tiene elección, se acepta. Y no hay más que hablar.

Estoy frente al edificio de estilo haussmaniano. No estamos en cualquier barrio. Rue Chateaubriand. A dos pasos de la embajada de Pakistán y de la cancillería de la embajada de China. Una calle que colinda con la avenida más bonita del mundo. Los Campos Elíseos. Cada mañana me imagino paseando por donde caminó aquel vizconde francés nacido en el preludio de la Revolución, escritor famoso por sus *Memorias de ultratumba*. Un relato lleno de una poesía agridulce sobre un hombre con la mente empañada por el recuerdo de su infancia perdida junto a su padre y su hermana Lucile, su bella sílfide, querida confidente con quien dar refugio sin miedo a los sueños secretos de su adolescencia inquieta.

¿Y yo? ¿Qué queda de mi infancia? Mis padres vivían en la Côte de Beauté, en algún lugar entre la Palmyre y Meschers, en el litoral sudoccidental. Tuve una infancia sin incidentes y salpicada de estallidos de risa, puesto que por aquel entonces tenía la alegría fácil. La alegría de vivir que dejaba explotar a cada momento, por cualquier motivo. Hasta tal punto que mi padre me apodaba cariñosamente «mi palomita». Una palomita es ligera pero no fútil. Las palomitas tienen una ligereza profunda. Las alegrías puras no se dan en la superficialidad. Me acuerdo de mí misma, tan divertida, tan despreocupada, orgullosa de mi nombre, Joy, y de mi apodo, que parecían pronosticarme una vida feliz y llena de color...

¿En qué momento se me desenchufó la toma de alegría?

No sabría decirlo. Ocurrió sin previo aviso. De la misma manera que no nos damos cuenta de si engordamos, tampoco nos damos cuenta de que nos entristecemos.

Me arreglo el pelo antes de entrar en el edificio. Saludo al conserje de lujo, que está rellenando casillas de un sudoku discretamente detrás del mostrador. Ya ni siquiera me pide la identificación. Solo me conoce a mí porque a menudo soy la primera en llegar y la última en irse. Así que no le sorprende verme subir por las escaleras en lugar de coger el precioso ascensor acristalado que anuncia las plantas con una voz femenina y melodiosa.

La Octava Esfera se encuentra en un piso que tiene el encanto de lo antiguo y una repartición del espacio parecida al estilo de las viviendas burguesas del siglo XIX. Por un lado, las habitaciones de recepción con toda la pompa de rigor para deslumbrar al visitante, y por el otro, una vez cruzada la puerta de separación, cuatro pequeños despachos reservados al personal y una cocina compacta minúscula.

En la parte escaparate, se encuentra en primer lugar la sala de espera, digna de una antesala de galería de arte. Después, justo delante, la gran sala de reuniones, con su lámpara de araña y su precioso mobiliario de cuero y madera. Y, por último, el despacho de los Badass, V & U, con una decoración de diseño chic hasta el más mínimo detalle. Un verdadero despacho de la dirección; estudiado para que refleje los valores, la visión y la filosofía de la empresa. Bueno, eso es lo que se dice de puertas afuera. En realidad, es solo para dejar a la gente con la boca abierta. Dicho de otro modo, un estilo que no destila ni modestia ni simplicidad.

En la parte reservada, se encuentran los demás miembros del equipo, que trabajan sin descanso como abejas en unas celdillas que les sirven de oficina. En el rol de abeja madre, según cree ella misma, ya no hace falta que presente a C. (#VIP, la que golpeaba la puerta del baño), una mujer morena con rizos suaves y una mirada felina que alarga todavía más con el interminable y perfectamente ejecutado trazo de lápiz de ojos negro. Siempre va de punta en blanco, peinada, perfumada y con la manicura hecha con el mismo esmero durante todo el año. VIP decidió parar el contador de la edad el día que cumplió treinta y cinco. ¡Ay de quien cometa el error de felicitarla!

VIP comparte su despacho con B., a la que he apodado la Taser. Igual que la pistolita paralizante, B. emite a diario una tal carga eléctrica de histeria nerviosa que podría paralizar de estrés a un regimiento de pepinos de mar. Es una mujer alta y longilínea con el pelo de un rubio indescriptible tan liso como su pecho (motivo de gran desesperación). También ocupa el puesto de mánager de proyectos VIP. El hecho de añadir esa pequeña sigla, «VIP», les confiere elegancia a las funciones. Le añade brillo al título. A C & B eso las complace.

C. se ocupa de la parte inicial de todos los proyectos (prospección y relaciones preferentes con los clientes); en cambio, B. se ocupa de la aprobación y del terreno, esto es, reserva de salas, organización de los rodajes, las sesiones de fotos, las conferencias… C & B se llevaron muy bien desde el momento en que la Taser comprendió que había que dejar que la víbora se diese importancia y que si la halagaba todo iba rodado.

G., el director financiero, tiene el privilegio de disfrutar de un despacho de nueve metros cuadrados solo para él. Ese hombre de mediana edad con un físico corriente, cuyos rasgos no sabría ni siquiera describir, con el típico traje (gris o azul marino) y con los zapatos lustrados, se ocupa de garantizar el respeto de los equilibrios presupuestarios y la sostenibilidad de las acciones que la dirección lleva a cabo. Es el garante de la calidad, la fiabilidad y la transparencia de las cuentas de la agencia, de conformidad con las normas vigentes. Vela por la optimización de la gestión de la tesorería con una profesionalidad que nadie pondría en duda. G. es un señor serio y responsable, de lo más respetable. Un valioso activo. Con la salvedad de que es espantosamente negativo. Experto en escenarios catastróficos, siempre imagina qué es lo peor que podría ocurrir; negociaciones que se suspenden, famosos que no se presentan a un rodaje o un imprevisto técnico que dobla el presupuesto. A algunas personas el estrés las hace engordar. A él el estrés lo deja seco. Probablemente el tabaco también. G. es un *chain smoker*. Durante todo el día se escabulle en dirección al balcón para calmar su ansiedad crónica. Por todas esas razones, he apodado a G. «Cataclillo». Una mezcla entre «cataclismo» y «cigarrillo». Cuando pasa por el pasillo, a menudo siento la tentación de lanzarme bajo el escritorio, para esquivar los restos de la energía negativa que desprende. Pero también debo cuidar nuestra relación, puesto que, al fin y al cabo, él es quien gestiona las cuentas y quien valida (o no) los presupuestos de nuestros eventos de lujo. Es el hombre que calma nuestros delirios presupuestarios. Se puede palpar el placer que le produce soltarnos su expresión fetiche: «Esta vez, queridos míos, ¡se os ha ido la olla!». Ese rigor implacable le vale la estima de V & U.

Por otro lado, los servicios legales y de *community ma-*

nagement los subcontratamos. Los Badass quieren mantener una estructura ligera.

En cuanto a mí, me toca el despacho rotatorio, el que siempre tiene un sitio libre. Para los interinos, los proveedores o, como desde hace unos meses, para un becario.

F. es el típico PIJO. En mi mente, no es porque sea de clase adinerada, sino porque es un Pimpollo Incompetente y Jodidamente Ocioso. Para ser clara, un lastre. No sabe y no quiere hacer nada. Incluso cuando se trata de realizar las tareas más insignificantes, no puede evitar venir a preguntarme cinco veces seguidas cómo se hace. Ya intenté sincerarme con los Badass sobre esta cuestión problemática, pero apartaron el tema como si nada. Los Badass tenían cosas más importantes que hacer.

«¡Es tu trabajo formarlo, mi niña! ¡Apáñatelas, jobar!», me había contestado Virginia mientras se soplaba las uñas mordidas que se estaba pintando.

«Mi niña». Se me erizaba el pelo cuando me llamaba así. Me fascina bastante esta especie de trato cercano que hay en las agencias de lujo, por querer emular un ambiente familiar en lugar de empresarial. Además, no se dicen palabrotas de verdad. Un «jobar» dicho como quien no quiere la cosa puede resultar más hiriente que un buen y típico «mierda» o «joder». Lo mejor de lo mejor es aplicar delicadeza en la descortesía. Una descortesía que prefiere expresarse por medios más originales, que a menudo tienen más que ver con actitudes odiosas que con el lenguaje.

Llego a la agencia cuando son las 8.24, puesto que los Badass me han citado más temprano que de costumbre. Una misión especial que quieren encomendarme. El mensaje que recibí anoche no decía mucho más al respecto. Mi primer reflejo al recibirlo fue soltar un suspiro de desánimo. ¡Otra carga más! El problema con mi trabajo en La Octava Esfera es que los límites no están bien definidos. Incluso el título de mi cargo es ambiguo. Soy «coordinadora». ¿Coordinadora de qué? Justamente, de todo y de lo que sea. Soy un nexo de unión. Un amortiguador. Una esponja. Celofán para reparar los contratiempos. Un palito para acompañar la pausa del café de unos y otros. No soy el cuenco donde vaciar los bolsillos al llegar a casa, sino más bien donde vaciar el bolso entero. En cuanto se les presenta la oportunidad, artistas y clientes me confían su estado anímico. No sé por qué atraigo eso. Ya ni trato de comprenderlo. En resumen, soy la polivalencia encarnada. La mujer orquesta con una batería de instrumentos extraños. Dichos instrumentos son la discreción, la diplomacia, la capacidad de reacción y el sentido psicológico. Este último me conviene tenerlo particularmente desarrollado en vista de las sensibilidades exacerbadas con las que trato a diario. Soy la señora «¿Qué tal? ¿Va todo bien?». Siempre tengo que prestar atención a que todo el mundo esté contento, los artistas y las estrellas, los clientes y la gente del equipo. Puede que finalmente sea una especie de mediadora.

A pesar de mis cualidades de facilitadora y organizadora, jamás he dejado de estar acomplejada por no tener un talento específico, mientras que estoy rodeada de personalidades brillantes. Es por eso por lo que convertirme en indispensable me pareció enseguida la única estrategia de supervivencia en ese universo despiadadamente selectivo.

Antes de entrar en el despacho de V & U me aliso la minifalda y me paso la mano por el pelo para verificar que no se haya escapado ningún mechón rebelde. Llamo a la puerta a pesar de que ya está abierta. Los Badass se giran hacia mí los dos al mismo tiempo, y no puedo evitar tragar saliva con nerviosismo. No sé por qué, pero esas dos personas siguen impresionándome.

—¡Entra, por favor! Estábamos esperándote. ¿Quieres un café?

Virginia, alias Badass 1 (las damas primero), no espera mi respuesta e insiere una nueva cápsula en la máquina de café expreso, que al instante empieza a rugir. V. es una mujer guapa que se divierte burlándose de la cuarentena. Observo sus piernas increíblemente finas y definidas y me arrepiento de haberme puesto una falda que deja a la vista unas rodillas demasiado gruesas para mi gusto, al parecer por culpa de la retención de líquidos.

V & U están casados desde «tiempos inmemoriales», como le gusta decir a ella. Escogieron no tener hijos. No tienen ni ganas ni tiempo para ello. A V. le gusta introducir su cuerpo en trajes imposibles que subrayan su silueta de eterna juventud. Lleva las uñas siempre rojas y zapatos de tacón muy altos. A menudo me pregunto cómo lo hace para aguantar todo el día encaramada ahí arriba. Simplemente creo que V. deja el concepto de la comodidad para la gente ordinaria.

—Tenemos que hablarte de un proyecto. Y nos gustaría que te encargaras tú.

Mi agenda ya está tan llena que anoche consideré la posibilidad de informarme sobre programas científicos de clonación humana. A pesar de que mi sobrecarga de trabajo no tiene nada de humana. Siento cómo un sudor invisible me recubre la frente, el sudor fantasma del pánico. Cargada como una mula, así es como estoy.

Sin embargo, no dejo entrever mis emociones. Al contrario, sonrío y respondo con una calma pseudoolímpica:

—Ah, ¿un nuevo proyecto?

Badass 2, alias Ugo, interviene. Es diez años mayor que Virginia y lleva la madurez tan bien como los trajes de marca. Está milagrosamente bronceado todo el año, y no duda en resaltar su encanto mediterráneo, pliegues risueños alrededor de unos ojos castaños, pelo negro y espeso y arrugas que le favorecen. Lleva un anillo en el dedo pequeño de la mano derecha y una ostentosa alianza de veinticuatro quilates en el anular izquierdo. U. posee una seducción demasiado embriagadora, como esos perfumes caros saturados de virilidad. Sin embargo, en su caso lo lleva con tanta seguridad que acaba por parecer natural. Se apoya en su gran escritorio con un expreso en la mano y me dirige su mirada exigente.

—Joy, hace muchos años que trabajas con nosotros, casi desde los inicios. Eres una pieza clave de la agencia, ¿sabes?

—Casi me atraganto de la emoción con ese cumplido tan inesperado como raro—. Este año, celebraremos los diez años de la agencia… —U & V intercambian una mirada cálida y cómplice—. Y queremos que seas tú quien se encargue de organizar el evento.

—¿Qué tipo de evento?

—Oh, tranquila, un evento solo para nosotros, interno…

¿Por qué será que no estoy tranquila?

—… ¡Sí, en *petit comité*! —insiste Virginia—. Pero es importante que esta celebración deje huella, ¿entiendes?

Pensábamos en una actividad que marque, algo que destaque...

Ugo interviene a su vez. Sus manos se agitan solas por los aires, con esos gestos amplios, indicadores de inspiración, una cualidad de la que se jacta por no faltarle jamás.

—¡Sí, exacto! Algo divertido, gracioso, ¿entiendes? Una idea moderna que todavía no hayamos visto. ¡Nada de concursos ni búsquedas del tesoro, gracias! ¿Entiendes?

Lo escucho sin pestañear y me pregunto para mis adentros por qué la gente de este sector repite sin parar «¿entiendes?» con esa entonación insistente e irritante.

—Uy, sí, ¡entiendo perfectamente! —digo sin entender en absoluto qué es lo que quieren los Badass.

La ambigüedad *is so chic*. Siempre la misma historia. Estoy acostumbrada a trabajar sin nada de información. Y no tengo ninguna duda de que tendré que devanarme los sesos para imaginar de todo a partir de esa nada...

Me atrevo a hacer la pregunta molesta.

—¿De qué presupuesto estamos hablando?

V. estalla en una carcajada estruendosa como si hubiese dicho algo absurdo.

—Cariño mío, ¡para una ocasión como esta no hay que escatimar en gastos!

¿Se da cuenta de la *cordulada* que acaba de hacer al llamarme «cariño mío»? Últimamente hemos visto mucho a Cristina Córdula (ha hecho una gran campaña de colocación de productos para la emisión de *Les reines du shopping*), una persona adorable, pero con la que resulta imposible relacionarse sin que se te peguen sus expresiones estrella, que han contribuido en gran medida a su fama.

Sin embargo, U. hace una mueca.

—Sí, bueno, como siempre, nos vas haciendo propuestas por partes, ¿vale? Tampoco nos contrates el musical de *Le Roi Soleil*, nos entendemos, ¿no?

He captado la idea general. Tengo cuatro duros para hacer milagros. A los Badass les encanta el lema «Siempre más por menos».

Ellos están encantados. Yo en cambio ya me estoy preguntando cómo lo haré. Henchidos de orgullo por la exitosa empresa que dirigen desde hace más de diez años, se ponen a recordar todo el camino recorrido. Ya está. Ahora están escuchándose hablar... Tiemblo en el sillón y retuerzo con ansiosa discreción la punta de mi estola. De pronto, Ugo interrumpe su perorata y chasquea la lengua contrariado.

—... Pero ¿se puede saber qué es ese ruido?

Me quedo inmóvil.

—Ah, eso, no es nada, deben de ser mis notificaciones...

Lanzo una mirada al móvil y le quito el sonido para silenciar mi aplicación Procrastop, que me está enviando alertas cada vez más virulentas para demostrar su descontento. Al parecer estoy en rojo con bastantes proyectos. La aplicación fue creada para enviar notificaciones sonoras que van aumentando su agresividad de manera gradual con tal de poner al usuario entre la espada y la pared respecto a la procrastinación. Soy consciente de que, cuanto más avancen las horas, más retrasada voy a ir con la planificación del día, así que me armo de valor para interrumpirlos y plantear la pregunta crucial:

—¿Y para cuándo está prevista esta celebración?

Los Badass responden al unísono:

—¡Dentro de un mes!

—¡Un mes y pico! —añade V. con una alegre risa—. La fecha de aniversario de la creación es el 15 de enero. Justo después de las celebraciones de Fin de Año. ¿No es maravilloso?

—Maravilloso, sin duda…

A causa de su excitación los Badass no ven la expresión descompuesta en mi rostro, que desmiente por completo mis palabras. Cualquier persona habría detectado mi estado de pánico, pero sus sensores empáticos deben de haberse estropeado hace ya mucho tiempo. Por lo que se refiere a mí, pienso que las fiestas de Fin de Año son el periodo más agotador y que además la pausa de Navidades y Año Nuevo me quitará muchos días de trabajo para la preparación del proyecto.

Pasan los minutos mientras Virginia continúa su monólogo como si yo no estuviese allí. En diez años, V. nunca se ha dignado a almorzar conmigo a solas. Ni una sola vez. Con el equipo sí, pero las dos solas jamás. Descubrir mi faceta íntima no le despierta ningún tipo de interés. ¡Lo único que Virginia quiere saber de mí es mi número de teléfono para tenerme a mano y que gestione los problemas y las urgencias de la agencia! Intento volver a la conversación.

—De todos modos, un mes es muy poco. Sobre todo teniendo en cuenta que estoy trabajando en los proyectos Douillet, Saran, Pokora, Alizée y Chabal, por no mencionar las campañas de *influencers* y los…

—¡Todo eso ya lo sabemos, Joy! ¡Pero si te lo pedimos es porque tenemos claro que eres capaz!

Ya estamos otra vez, pienso. El efecto *stretch*. La especialidad de V & U. ¡Ellos tiran y tiran de la cuerda! ¿Por qué no iban a hacerlo? Mientras aguante... Además, si un día cede, siempre habrá alguien que me reemplace...

Ahora U. está dando vueltas a mi alrededor. Es probable que sea una especie de danza de la seducción. No aparta la mirada de mí. Seguramente está confiando en su poder hipnótico para convencerme de que todo irá bien, de que no hay motivos para preocuparse, de que a fin de cuentas un poco más o un poco menos es irrelevante.

Se inclina hacia su mujer riendo.

—¿Y nosotros? ¿Quieres que te enseñemos cómo se nos llenan los días? ¡Y mira! ¡Seguimos en pie!

Precisamente, me digo en mi fuero interno. Los Badass son unos jefes biónicos. La sangre que corre por sus venas no es humana. Tienen otra cosa allí dentro. Una sangre como en las películas de ciencia ficción, con metales intergalácticos o algo parecido, que multiplica su fuerza. Da la sensación de que los Badass no comen, no mean, no duermen. A su lado, me siento una simple mortal. Intento ignorar el nudo que se me empieza a formar a la altura del plexo solar.

Doy un brinco cuando U. da una fuerte palmada para indicar el final de la reunión. Su expresión de seductor ha desaparecido y ha sido reemplazada por la del hombre de negocios apresurado y autoritario. El hombre que quiere ROI. Resultados. Cifras.

—Bueno, dicho esto, Douillet estará al caer. Joy, ¿has preparado la bienvenida? ¿Y el *photoshoot* a las dos con Alizée? ¿Te has acordado de la caja de sus *macarons* preferidos? ¿Vas bien, Joy? ¿Lo gestionas?

Asiento a todo, como una autómata, con una sonrisa falsa. He desarrollado una técnica imbatible para dar el pego, el «claro-todo-bien». Pase lo que pase, hay que responder que va todo bien. Preferiblemente, con energía y convicción. Ellos no tienen por qué saber que siento una oleada de náuseas y vértigo y que tengo la sensación de perder el control. No tienen por qué saberlo…

3

Salgo del baño radiante. Aparentemente. Un magnífico papel que se me da genial interpretar. Me cruzo con VIP, que me mira de arriba abajo.

—¡Vaya, vaya! Para ser alguien que se encontraba mal hace cinco minutos, ¡de repente tienes una sonrisa de oreja a oreja! ¿Te has cruzado con un príncipe azul en el baño o qué?

Parece contenta con su maliciosa ocurrencia. No es alguien que tenga un tipo de maldad discreta. C. sabe que estoy soltera y no deja pasar ni una oportunidad para tirármelo a la cara.

—¡Oh no, C.! ¡Yo soy libre y quiero seguir siéndolo! Si estás tan amargada será que tu vida conyugal no anda para tirar cohetes...

—¿Hoy estás guerrera o qué? —Sonríe con un rictus que da a entender que mi agresividad no le desagrada.

Cómo decirle que más que guerrera estoy desesperada, y que hoy me siento miserable. Cómo decirle que hace un momento, encerrada en esos elegantes baños con el suelo de mármol y los grifos de oro, con las manos temblorosas y sentada sobre la tapa del inodoro como si se tratase de un bote salvavidas, mi TOC digital volvía a la carga; que para calmarme los nervios que tenía a flor de piel estaba buscando compulsivamente una nueva aplicación que pudiera ayudarme. ¿Mi mayor miedo? Que las situaciones escapen a mi control. Que no consiga gestionarlas. Por eso hace dos años empecé a descargarme aplicaciones. Aplicaciones-asistentes-muñecos de apego. Para que me ayuden. Me calmen. Para procurarme los medios que me hagan sentir que estoy a la altura. Al principio, solo añadía una aplicación de vez en cuando. No era gran cosa. Y después, poco a poco, me volví adicta y empecé a acumularlas. El simple hecho de saber que las tenía cerca, conmigo, me calmaba. O al menos me gustaba convencerme de ello.

Con la nueva misión que me habían encomendado de organizar un evento inolvidable para celebrar los diez años de la agencia, sentía que me estaba hundiendo. Estaba intentando encontrar la manera de salir a la superficie realizando lo imposible, esto es, compactar el tiempo, cada vez más.

Así que durante más de veinte minutos filtré lo mejor que había en el catálogo de las aplicaciones 2 en 1. Dudé largo rato entre tres: Tedyrun, Yogacook y Sleep'n learn.

Tedyrun me pareció muy interesante; ir a correr mientras escuchas las charlas TED más populares del momento. También me gustó mucho el principio de Yogacook; la aplicación explicaba distintas posturas de yoga que se podían llevar a cabo mientras se preparaba una comida, fabuloso para hacer dos cosas a la vez y ganar tiempo. Dos actividades para relajarse simultáneas, ¡estaba entusiasmada, puesto que el concepto me parecía increíble! Evidentemente, Sleep'n learn también me interesaba. Consistía en irse a la cama escuchando algún contenido pedagógico y quedarse dormida así. La aplicación garantizaba que al despertarse se habría asimilado el contenido. Yo, que quería volver a ponerme con el inglés para añadir una habilidad más a mis competencias profesionales, quedé seducida.

Esos largos minutos recorriendo todo el catálogo de aplicaciones de la tienda online tuvieron un maravilloso efecto calmante en mí. Finalmente, incapaz de escoger, decidí descargarme las tres aplicaciones. Salí de la tienda online con una sonrisa en los labios, como quien sale de una zapatería con tres pares de zapatos nuevos; la cartera aligerada, pero el corazón ablandado por una dulce euforia. Mis manos habían dejado de temblar.

VIP se dispone a contestar con dureza cuando B. irrumpe en el pasillo. La Taser de los días gloriosos.

—¿No lo habéis oído? ¡Han llamado! ¡David Douillet está aquí y nadie ha preparado nada! ¿Se puede saber qué hacéis?

A causa del estrés su tono de voz se vuelve agudo, estridente y desagradable.

—Calma, B. He comprado toneladas de bollería. Está todo en mi despacho. Ayer llené la nevera con zumo de naranja, y lo único que falta es preparar un café. Yo me ocupo mientras vosotras le dais la bienvenida y lo acompañáis a la sala de reuniones.

B. y C. me miran, con la boca fruncida, pero tienen que pasar a la acción. Busco a mi becario para que se encargue al menos del café. Encuentro a mi PIJO en el balcón fumándose un cigarrillo y disfrutando de las vistas. Cataclillo también está allí. Están charlando. Debo de estar soñando.

—¡Aquí estás! ¡Te estaba buscando! ¡Ha llegado Douillet! Necesito que prepares el café, si no te molesta.

Despreocupado hasta la exasperación, no detecta mi ironía y se toma mi comentario al pie de la letra, el tipo.

—Bueno, pues sí, un poco sí que me molesta. Acabo de llegar, y necesitaba un tiempo para ubicarme, ¿entiendes?

Y justo en ese momento tengo ganas de hacer picadillo de becario. Mi mirada incendiaria le pide inequívocamente que mueva su precioso trasero de inmediato. Me responde con desgana.

—Bueno, vale, me acabo el piti y me pongo a ello...

Cuando llego a la sala de reuniones, todos están alrededor de David Douillet, atareados y atendiéndolo, y este no da abasto. Hay mucho en juego, puesto que David está dudando entre dos agencias para ofrecer sus intervenciones como orador VIP. Sé que V & U jugarán la carta de la exclusividad para proponerle unas condiciones todavía más retributivas. Yo lo que percibo de David Douillet es que ese tipo de consideraciones no son lo que más le interesa. Mis sensores me dicen que lo que puede marcar la diferencia con un hombre como él es la calidad humana. La atmósfera. Las buenas relaciones. Si los Badass lo abordan demasiado desde el ángulo financiero, perderemos la partida. Y eso es algo que ya auguré hace varios días. Lo tengo todo previsto. Coloco las pastas a su alcance. Me escabullo y vuelvo un instante más tarde con un bol para él. Lo he llenado de monedas de chocolate.

—Admiro mucho todo lo que hace, señor Douillet... ¡Tiene usted un gran corazón!

Me mira, visiblemente conmovido por mi guiño a su compromiso con la campaña benéfica Pièces Jaunes, cuya traducción es literalmente «monedas amarillas», y me recompensa con una calurosa sonrisa. Parece que mi acercamiento le gusta. Me pide que le diga con mis propias palabras por qué debería escoger La Octava Esfera como socia. Juego la carta de la autenticidad y le hablo de las cualidades y también de algunas excentricidades. Estalla en una carcajada. No estoy segura de que los Badass estén del todo contentos con mi intervención. ¡Qué le vamos a hacer! Me parece que a pesar de todo he ganado algunos puntos nada desdeñables… Cuando termina la reunión, me escapo rápidamente. Me espera un día muy largo.

4

Benjamin acaba de finalizar la instalación de su estand. Tal y como había previsto, ha tardado más de dos horas. Ahora le quedan unos minutos antes de la apertura oficial del salón al público, a las diez en punto. Aprovecha para sentarse un momento en el taburete provisional y saborea la pausa. No va a poder hacer muchas más en las horas venideras. Para aquellos que como él trabajan en la organización de eventos, el Salón Heavent es LA cita anual imperdible. Por eso bloqueaba sistemáticamente en su agenda el 23, 24 y 25 de noviembre. Al llegar al aparcamiento de las empresas expositoras para estacionar su furgoneta blanca, sentía cada año la misma excitación. La feria, realizada en la Porte de Versailles, era el gran baile anual de la organización de eventos, donde todos los proveedores podían pavonearse y exponer sus últimos descubrimientos a un público de profesionales de la empresa ávidos de propuestas inéditas y sensacionales. El pabellón 4 ya no tenía secretos para él. Siempre alquilaba la misma ubicación. Un estand de nueve metros cuadrados, suficiente para hacer su demostración, y ya podía considerarse un lujo, teniendo en cuenta el precio exorbitante que había que pagar para poder figurar entre los expositores. Sin embargo, Benjamin no protestaba por dicho gasto. Sin duda, valía la pena la inversión. Cada año cerraba sus mejores negocios a raíz de esas jornadas de puertas abiertas.

—¡Vaya, hola, Benjamin! ¿Qué tal va todo desde el año pasado? ¿Continúas triunfando con tus letras de plástico?

Benjamin saluda a su interlocutor con calidez, sin guardarle rencor por el comentario sarcástico. En este sector es casi de buena educación mofarse amablemente de la competencia.

—¿Y tú? ¿Ya has conseguido asfixiar a unos cuantos con tu bar de oxígeno?

—¡Deja de soñar, este año voy a arrasar con todo! ¡Ve preparando unos pañuelos para secarte las lágrimas!

El hombre se aleja entre risas, dedicándole un gesto de la mano a Benjamin que indica «sin rencor».

Benjamin suelta un suspiro. Se avecina un día complicado, porque por desgracia se encuentra solo ante el peligro. Sus Max no han podido asistir. Los Max son al mismo tiempo sus amigos y sus compañeros de trabajo. Benjamin no separa entre lo profesional y lo personal. Cuando le gusta alguien, le gusta tenerlo en su vida, punto. El apodo se le ocurrió un día al final de una animada cena, cuando sonó la canción *Il est libre, Max*. Todos se pusieron a cantar a viva voz, encendidos por una alegría inigualable; la alegría de estar juntos, la alegría de haber encontrado la familia que se escoge, la alegría de sentirse en sintonía.

Desde entonces, cada miembro de su círculo se había convertido en un Max.

Encaramado en un taburete, Benjamin reajusta la pancarta donde se lee el nombre de su empresa: «EMOTEXT», organización de eventos corporativos. Con un subtítulo: «La magia de las palabras, la magia de los momentos».

Benjamin es autodidacta. Lo ha aprendido todo con la práctica. Tras haberse sacado el bachillerato rozando el larguero, se le metió entre ceja y ceja viajar mucho. Prefería tomarse el mundo como una gran formación y quiso confiar en la creencia de que viajar cuando se es joven forma parte de la educación. Probó un montón de trabajos, algunos disparatados, que le permitieran mantenerse pero que le dejasen suficiente tiempo para lo esencial, nutrirse de la diversidad de culturas y personas. En Nueva York, se las había apañado muy bien trabajando como voz en *off*. Su acento francés y su timbre de voz armonioso eran muy preciados. El tiempo que pasó en China fue determinante. Había conseguido el empleo temporal perfecto: ser el blanco de turno. Su trabajo consistía simplemente en exponerse bien a la vista de los clientes y la competencia en eventos o en vídeos para las redes. La única característica necesaria que exigían en el currículum es que fuese blanco. Allí hay ciertas empresas que están dispuestas a todo para mostrar que son internacionales, aunque sea una farsa. Fue en ese viaje cuando descubrió el trabajo del artista Hongtao Zhou y sus ya famosos Textscape. Los textos, impresos en 3D, ¡se convertían en paisajes textuales! A Benjamin le había parecido que esa idea era de una poesía única. La poesía, su gran pasión. Las palabras le corrían por las venas, eran sus compañeras de juego. Desde muy temprana edad, se divertía jugando con ellas, saboreaba su riqueza, sus matices, su sonoridad. Había probado distintos estilos de poesía. Durante un tiempo, fueron los caligramas, que le permitían abordar la poesía desde un enfoque gráfico. Creaba textos que al mismo tiempo formaban un dibujo relacionado con el tema.

Después se interesó por los haikus libres, una versión occidental del haiku japonés, un poema extremadamente breve que celebra la evanescencia de las cosas y las sensaciones que esta suscita. Las reglas básicas son simples pero permiten un sinfín de posibilidades; hay que componer un texto corto de tres líneas o tres versos. El primero debe tener cinco sílabas, el segundo, siete, y el tercero, cinco de nuevo. Es decir, diecisiete sílabas en total. Ni más ni menos.

Luego, más recientemente, se había decantado por el slam. Una forma de poesía urbana pensada para ser declamada con ritmo y delante de un público. Benjamin adoraba esta forma de expresión que liberaba a la poesía de la obligación de rimar. Era una pequeña revolución poética, un poco como el día en el que las mujeres pudieron quitarse los corsés. ¡Aire! La base del slam es hacer que las ideas choquen entre ellas. Un reto excitante al que le gustaba jugar lo más a menudo posible. Había desarrollado su propio método de creación, que consistía en anotar en pequeños trozos de papel centenares de palabras, de todos los registros, y guardarlas con cuidado en su bombonera de palabras. Después sacaba cinco o seis, a suertes, ¡y tenía que crear un texto que las incluyera obligatoriamente! Quizá en esa improbable convergencia de palabras era donde residía la clave de la poesía para Benjamin.

Así había escrito centenares de textos, decenas de cuadernos... que nunca había mostrado a nadie.

—Hola, me gustaría informarme un poco.

Benjamin ve a una mujer joven enfundada en un largo abrigo de lana color camel, que deja entrever un vestido negro que le llega hasta encima de las rodillas y unas botas de equitación. El primer pensamiento que cruza la mente de Benjamin, curiosamente, es que debe de tener mucho calor.

La temperatura en el interior del salón va aumentando con cada hora que pasa a causa de la multitud, hasta volverse irrespirable cuando llega la hora punta, a media tarde.

—Sí, claro. ¿Quiere que le explique el concepto de mis Brandscape?

—Sería genial, sí.

—Venga, puede pasar detrás del mostrador si quiere.

La mujer le sigue. Él la observa con miradas furtivas y se pregunta qué es lo que le molesta. Tiene un rostro que no llama la atención, con una forma ovalada y el mentón ligeramente retraído, una nariz pequeña, recta y fina y unos ojos claros inmensos, coronados por unas cejas gruesas, pero bien definidas. Tiene una frente bastante grande disimulada con un flequillo de color castaño y miel. Lleva una pinza negra de dientes grandes que sujeta un moño improvisado. El poco carmín rojo que luce y el rubor de sus mejillas contrastan de manera increíble con la palidez de su tez.

Ya está, acaba de descubrir lo que le molesta; no sonríe. En absoluto. ¡Está de lo más seria!

Benjamin le enseña en qué consiste la animación Brandscape.

—Ve, aquí está la impresora 3D. El día D, se imprime su creación en directo ante la mirada de los invitados, ¡le garantizo que tiene un efecto espectacular!

Sigue sin sonreír y Benjamin siente una ligera incomodidad. Ella se limita a preguntar un tanto seca:

—¿Y cómo funciona eso?

Benjamin se aclara la garganta para recuperar la compostura y explica:

—Observe el cabezal de impresión encima de la plataforma móvil; este se va a desplazar para ir depositando el hilo de plástico caliente y lo va a ir apilando en capas sucesivas. El efecto sorpresa gusta mucho, puesto que no se sabe enseguida qué objeto aparecerá ante nuestros ojos.

Ha sacado una libretita del bolsillo de su abrigo y está garabateando algunas notas con aire circunspecto mientras murmura unos «hum...» indefinibles. ¿Escéptica o seducida? Resulta imposible saberlo.

—Entiendo qué tecnología emplean, pero el núcleo de la animación son las palabras, ¿no? ¿Qué propone?

Benjamin extiende la mano y le muestra un folleto con las distintas opciones.

—Para los Brandscape podríamos trabajar juntos y crear una nube de palabras corporativas, los valores de su empresa, por ejemplo.

—¿Y...?

Benjamin está algo desconcertado ante ese rostro falto de toda expresión y esos ojos que no dejan entrever nada. Continúa su demostración con un poco menos de entusiasmo.

—Y no solo tiene la posibilidad de jugar con el tamaño de las palabras en relieve, sino que también puede darles a las palabras la forma de una imagen, un paisaje, ¡o simplemente su logo!

—Hum...

¡Un «hum...» más y Benjamin tira la toalla!

Y, de pronto, sucede el milagro; el esbozo de una sonrisa.

—Muy interesante. ¿Me podría enseñar en el ordenador cómo se diseña la imagen del Brandscape?

Este cambio imperceptible le devuelve el buen humor a Benjamin. Quizá no esté todo perdido. Le explica el abecé de la composición gráfica en el programa de tipografía 3D.

—¿Puedo probar?

Benjamin duda si dejarle los mandos del ordenador, pero otras personas se han presentado en el estand y debe ir a atenderlas.

—¡Sí, adelante! —termina diciendo con reticencias.

Arrollado por numerosos visitantes ávidos de información, se conforma con ir echándole un vistazo a la chica. Parece que se le ha caído la máscara de cliente difícil. Ahora que está calmada y concentrada, se le ha relajado la expresión, revelando una armonía que no había aparecido en un primer momento. Es una metamorfosis imperceptible, pero que no le pasa desapercibida a Benjamin. De pronto, una sonrisa franca en sus labios. Pero, bueno, ¡se está divirtiendo!

—¿Señor? ¿Señor? ¡Le estoy preguntando cuáles son sus tarifas!

Absorto en su observación muda, Benjamin no ha oído la última frase de un potencial cliente.

—Disculpe, ¿qué decía?

El cliente frunce el ceño pero repite la pregunta, no sin dejar entrever una ligera irritación.

Cuando Benjamin vuelve al lado de la desconocida, se inclina sobre la pantalla del ordenador y abre los ojos como platos.

—¿Ya conocía el programa? —No puede esconder su asombro.

Ella ríe con franqueza y eso le cambia el rostro.

—¡Solo soy apañada! Además, me gusta el diseño gráfico...

—También tengo otras animaciones con efectos sorpresa impresionantes, ¿quiere que se las muestre?

—Se lo agradezco, ¡pero todavía tengo que visitar muchos otros estands!

—Ah...

—Me quedo con su tarjeta y su folleto. Me interesa lo que ofrece.

Lo introduce todo en una *tote bag* de colores del Salón Heavent y continúa su camino. Sigue sin quitarse el abrigo. Tendría que haberse ofrecido a guardárselo en su estand. Habría estado más cómoda para pasear...

5

A medida que pasaban las horas, mi *tote bag* se había ido llenando con decenas de folletos de todo tipo. Creación de cócteles moleculares, aperitivo y pintura, *murder party* en la cocina, *blind* test...

Animaciones espectaculares, divertidas, insólitas, pero ninguna tenía tanto sentido como lo que proponía EMO-TEXT. Además los Badass habían sido más que claros, ¡querían una animación que marcase y dejase huella! El Brandscape 3D parecía la mejor idea y me imaginaba fácilmente la sorprendente impresión 3D expuesta en el vestíbulo, como una placa conmemorativa y honorífica para la agencia.

Hace ya seis horas que recorro el salón. La multitud, cada vez más densa, se arremolina alrededor de los estands, en busca de ideas nuevas y sensacionales. De pronto, me choco literalmente contra una gran lona blanca. Un poco aturdida, alzo los ojos y veo a un zancudo blanco, impresionante con su vaporoso traje inmaculado. Son un grupo de cuatro que desfilan por los pasillos.

—¡Ey! ¡Vaya con cuidado! ¡Casi me tira!

Balbuceo unas palabras de disculpa. Creo que he llegado al punto máximo de saturación. Ya no me siento las piernas. Obsesionada como estaba con mi objetivo de encontrar la idea del siglo para mi evento, no me había acordado de hacer ni la menor pausa. Mi estómago protesta, tengo la boca seca como una alpargata. Identifico en el mapa un puesto de bocadillos, en el pasillo B7. Avanzo dando codazos cada vez más fuertes. ¡Tengo tanto calor! No había ido a dejar el abrigo en el guardarropa para evitar la cola y poder irme rápido en cualquier momento. ¡Ya casi llego! De pronto me zumban los oídos. Siento como un hormigueo por todo el cuerpo y palpitaciones en el pecho. Soy vagamente consciente de que se me doblan las rodillas. Espero escuchar el estruendo de mis huesos contra el suelo duro. Pero no. En realidad, algo acogedor y cómodo, que identifico como unos brazos, recoge mi cuerpo. Me abandono por completo. Durante unos maravillosos minutos me envuelve una luz dulce y blanca en un universo sin consistencia, sin sonido y sin presión. Una calma absoluta. Un paraíso de quietud. Después, poco a poco, el bullicio exterior vuelve a crepitar en mis oídos. Mis ojos parpadean para traerme de vuelta a la realidad; había perdido el conocimiento. ¡Qué idiota! Distingo la silueta de una cara, al principio borrosa, después los contornos empiezan a definirse.

—¿Se encuentra bien? ¿Cómo se llama?

—Eh, Joy. —Ahora lo reconozco, es el chico del estand EMOTEXT.

—¿Quién es el presidente de Estados Unidos?

—Joe Biden…

Me mira a los ojos fijamente y con seriedad. Pienso que ese color verde patinado no es común.

—Sonríame, para comprobar.

Frunzo el ceño en señal de desacuerdo.

—¿No me estará haciendo el test anti-ACV por casualidad?

—Hago lo que hay que hacer, ¡se ha desmayado!

—¡¡Sí!! De hambre y de calor, eso es todo —refunfuño
de mal humor.

—Entonces, ¿dónde está esa sonrisa?

Le dedico una verdadera mueca a modo de respuesta.

Estalla en una carcajada.

—¡Ah! ¡Esto sí que me deja tranquilo!

Avergonzada, me doy cuenta de que sigo entre sus brazos. El de la derecha está cubierto de coloridos tatuajes eje-
cutados con gran finura. Él no ha cometido el mismo error
que yo y hace rato que se ha quitado la chaqueta, puesto que
la atmósfera del salón se ha vuelto asfixiante. Lo observo
sin que se dé cuenta. Resulta curiosa la mezcla de estilos de
su aspecto. El pelo castaño claro, ligeramente ondulado y
bastante controlado, unas mejillas un poco hundidas y mal
afeitadas que le endurecen las facciones, una gran frente de
intelectual, una boca risueña de niño indómito, una mirada
dulce y penetrante al mismo tiempo.

Intento activar mi cuerpo para levantarme y me irrita sentirme todavía tan débil.

—¡Poco a poco!

Me ayuda a ponerme en pie y me siento terriblemente
avergonzada, sobre todo porque mi desmayo ha reunido a
un corro de gente a mi alrededor. Alguien de seguridad se
acerca y pretende llevarme al punto de enfermería.

Por suerte, el señor EMOTEXT le da las gracias y le asegura que está todo bien y que él se ocupa de mí. Tranquiliza a
todo el mundo y dispersa la concentración de curiosos. ¡Qué
alivio! Caminamos tomados del brazo hasta su estand, y

una vez allí me obliga a sentarme y me ofrece una barrita de chocolate y una Coca-Cola fresca que seguramente reservaba para su pausa.

—¿Y usted?

—Lo suyo es más urgente. ¡Venga, coma!

Da órdenes con una sonrisa dulce que va de oreja a oreja, así que obedezco. Me ruge el estómago de placer, y al instante noto como la ingesta de azúcares me sienta bien.

«El salón cerrará en un cuarto de hora. Por favor, diríjanse hacia la puerta de salida. ¡Gracias y buenas tardes!».

Echo un vistazo a mi reloj inteligente y ahogo un grito: ¡ya son las seis!

—¡Tengo que irme!

Hace un gesto de sorpresa ante mi estallido de estrés. Hay que decir que he brincado de la silla como si tuviese un cojín de resortes. Me doy cuenta de que ni siquiera sé cómo se llama.

—Por cierto, ¿cómo se llama?

—¡Benjamin!

—Bueno, gracias, Benjamin. Ha sido muy amable. No quiero quitarle más tiempo...

... ¡Sobre todo porque todavía me quedan millones de cosas por hacer antes de acabar mi jornada!

—Espéreme, tardo dos minutos...

—¡Es que tengo prisa!

Sin prestar atención a mis protestas, desaparece un breve instante en el interior del pequeño guardarropa del estand para coger su abrigo y dejar allí la impresora 3D durante la noche. Cuando vuelve a salir lleva un manojo de llaves en la mano y lo agita ante mis ojos.

—La llevo.

Intento detectar la presencia de un signo de interrogación, pero es en vano. Es claramente una afirmación.

—¡No, no, no hace falta! Cogeré un taxi…

—¿Un taxi?

Sé por su expresión escéptica que no se cree ni una palabra de lo que le he dicho. Suspiro.

—¡Le aseguro que me encuentro muy bien, estoy totalmente recuperada, solo necesitaba picar alguna cosa! Además el metro está muy bien, es muy rápido, muy…

Me interrumpe.

—Ni hablar. La acompaño a su casa. No está como para coger el transporte público.

Seguimos la marea humana que nos expulsa del salón como una corriente enérgica. Me ve dudar unos segundos antes de subirme a su furgoneta blanca. Parece amable. Y es cierto que estoy hecha polvo. Después de todo, ¿por qué no? Me sonríe con ese curioso aspecto de chico malo pero bueno a la vez que ha ganado una batalla. Arranca.

—¿Dónde vive?

—Eh… No vamos a mi casa… Tengo que… ¡volver a la oficina! —Dudaba de si decírselo o no. Preveía su reacción.

—¿Volver a la oficina? ¿A estas horas? ¿Después del día que ha tenido?

Me encojo de hombros, apática.

—Es mi pan de cada día.

—Ah…, ¿y eso le gusta?

—No me quejo. Tengo un buen puesto en una buena agencia de renombre.

—¿Cuál?

—La Octava Esfera.

—Me suena…

—Hacemos *celebrity marketing*.

—¿Y el evento que tiene que organizar es para su empresa?

—Sí, para celebrar el décimo aniversario...

—¡Espero que tengan previsto entregarle una medalla! Me giro hacia él con una falsa mirada indiferente.

—No es lo que se estila allí.

Se hace el silencio en el interior del vehículo. Saco el móvil y empiezo a teclear de una manera bastante grosera. Consulto las más de cincuenta notificaciones que aparecen y siento que me empieza a doler la cabeza de la tensión. Con la mirada fija en la pantalla, pienso en todo el retraso acumulado en los demás proyectos y maldigo a los Badass por haberme cargado con esta enésima misión que me desbaratará la planificación durante semanas.

—Podría aprovechar el tiempo de trayecto para darse un descanso, ¿no?

Consciente de que razón no le falta, dejo el móvil en el asiento. Intercambiamos algunas banalidades y entonces llegamos por fin. Le doy las gracias apresurada y llanamente, le prometo que consideraré su animación para nuestro evento y huyo. Una vez estoy debajo del edificio a punto de subir a la agencia, hurgo en los bolsillos y no encuentro el móvil. Me doy la vuelta. Qué alivio, la furgoneta blanca todavía no se ha ido. Confundida y molesta, deshago el camino y abro la puerta del vehículo. Él me tiende el móvil, cuya pantalla está iluminada.

Intento esquivarle la mirada medio afligida, medio sarcástica.

—Intente cuidarse...

Le arranco el móvil de las manos y siento que respiro de

nuevo. ¡Ese objeto es mi vida entera! En la pantalla aparece el icono de una bolsa gigante llena como un globo, a punto de explotar. Es mi calculadora de carga mental. Busybrain. Una aplicación increíble. Ha revisado todas mis tareas y me advierte amablemente de que estoy en el preocupante color rojo, sinónimo de sobrecarga de trabajo. ¿No resulta increíble la tecnología cuando cuida de nosotros? Miro a Benjamin. ¿Habrá visto la pantalla? Tengo la sensación de que sí. Me ruborizo desconcertada, siento un poco de vergüenza. Debe de pensar que estoy loca... Pero, después de todo, ¿qué más da? Balbuceo unas palabras de agradecimiento y cierro la puerta de la furgoneta, y esta vez el vehículo arranca y se aleja. Estrecho más fuerte el móvil contra mi cuerpo y siento una especie de extraña gratitud hacia él... En el ascensor me tomo los dos minutos necesarios para que mi nivel de carga mental baje hasta el naranja; basta con aplazar dos o tres tareas del día, gracias a otra de mis aplicaciones, PostponePro.

Son las 18.45. Empujo las puertas de la agencia y me digo que todo va a salir bien.

«Todo va a salir bien».

6

La agencia sigue en plena efervescencia. Tengo la desagradable sensación de que vuelve a empezar la jornada. Me cruzo con VIP y me lanza una pequeña pulla:

—¡Pero bueno! ¿Te has cogido unas horas libres hoy o qué?

Se aleja conteniéndose la risa. Me encojo de hombros. Sin embargo, avanzo con cautela por el pasillo como si se tratase de un terreno minado. Me da miedo encontrarme con otra bomba humana. No falla. La Taser me asalta sin darme tiempo ni a que me quite el abrigo.

—¡Dichosos los ojos!

«Sí», pienso, y me estoy arrepintiendo de haber querido volver a la agencia para adelantar trabajo.

La Taser continúa:

—No, hombre, no, ¡no te puedes ausentar así! ¿Dónde estabas?

—Me he ido de compras y después me he tomado un aperitivo en una terraza...

La Taser se queda un momento paralizada, con los ojos abiertos como platos, incrédula. Después empieza a temblarle el rostro a causa de la indignación. Si no lo desmiento en los próximos tres segundos podría convulsionar de nerviosismo.

—Claro que no —la tranquilizo, y me inclino hacia ella para susurrarle con aire misterioso—: Estaba en una misión secreta...

La Taser me hace la vida imposible cada día hasta tal punto que está bien pagarle con la misma moneda. Hacerla rabiar, solo un poquito... Me sube un poco la moral. Vagamente ofendida por no ser conocedora del secreto, levanta el mentón con ademán orgulloso y me recuerda que en cualquier caso se enterará de todo por Virginia. Es su favorita. Pero ¿qué tipo de favorita? Virginia tiene a B. pisándole los talones como un perrito faldero más que como un *alter ego*. B. siempre está de acuerdo con Virginia. Le regala tanto los oídos que la situación se vuelve repulsiva. No obstante, parece que la estrategia da sus frutos. Por ejemplo, Virginia lleva a B. a comer a menudo. ¿Estoy celosa? No. Un poco, quizá... No entiendo la gracia de ese tipo de relaciones superficiales y llanas donde no se dicen las cosas de verdad. Si hay que bailarle el agua a alguien para obtener su respeto, entonces no, gracias.

La Taser me informa de la montaña de detalles que tengo que resolver con urgencia para los eventos de los próximos días. Entre los caprichos de algunos famosos y los deseos a menudo poco realistas de los clientes, tengo un buen embrollo encima.

Voy a encerrarme en mi despacho para ponerme manos a la obra. En un destello de esperanza deseo encontrarme allí a mi PIJO. Sonrío ante mi propia utopía. Por supuesto, mi becario hace rato que se ha ido... «¡Ayúdate y el cielo te ayudará, Joy!». Por fin empiezo a sumergirme en mis proyectos cuando Cataclillo asoma la cabeza.

—¿Tienes cinco minutos, Joy? Hay algo que me preocupa del presupuesto del spot de Casta...

Me enderezo en la silla como un animalillo en alerta. Me huelo la encerrona. Mentalmente grito: «¡Corre, Forest!», la frase de la película de culto en la que el protagonista huye de situaciones muy alocadas y peligrosas echando a correr.

—¿Joy? —Su mirada se vuelve insistente.

Bastaría con decir que no. Reafirmarse. Sin más. Empiezo a imaginarme la escena. Con una sonrisa jovial y relajada le diría a Cataclillo: «No, G., ahora no estoy disponible, ¿entiendes?».

Entonces dejaría una pausa corta para permitirle asimilar la negativa, como aconsejan los expertos en comunicación. Por supuesto, protestaría, me presionaría, alegaría que el tema no puede esperar.

Y entonces, calmada y serena, con una sonrisa indulgente en los labios, respondería: «Entiendo tu necesidad, G., y que estás preocupado y descontento, pero te lo repito, ahora no estoy disponible. Te propongo que lo abordemos mañana por la mañana».

¡Ojalá saber decir que no con la técnica «toque de empatía + disco rayado» y así quitármelo de encima!

—¿Entonces? ¿Vienes? —dice irritado Cataclillo.

Se hace un silencio de claudicación.

—Sí, ya voy…

Las nueve de la noche.

Todo el mundo se ha ido. Excepto yo. Todo el piso de La Octava Esfera está sumido en la oscuridad, salvo por mi escritorio minúsculo, en el que se apilan montañas de dosieres. La ligera comida que me ofreció Benjamin de EMOTEXT me queda ahora muy lejos. La cabeza me da vueltas de nuevo.

Es absolutamente necesario que me pida algo de comer. Descuelgo el teléfono. Llamo tan a menudo a ese restaurante de sushi que ya reconocen mi voz. No hace falta que les diga la dirección, se saben el camino de memoria. La aplicación Busybrain vocifera desde la pantalla de mi móvil. El globo de mi carga mental cada vez está más rojo y tiene peor pinta. Decido poner el móvil en modo «no molestar». ¡Cinco minutos de paz! Saboreo el momento de calma. El silencio me envuelve con suavidad, como un amigo arropándome con un mantón reconfortante. Cierro los ojos para dejarme mecer un instante. Un ruido me saca de ese estado con un sobresalto. Me da un vuelco el corazón.

Alguien acaba de entrar en la agencia. No puede ser el repartidor. ¡No tiene las llaves! Salgo al oscuro pasillo y avanzo en la penumbra.

—¿Hay alguien?

Tengo los sentidos en alerta, intentando detectar una presencia. No hay nadie. Me digo a mí misma que lo habré soñado. Aliviada, estoy volviendo a mi despacho cuando una mano, salida de la nada, me coge por el brazo y me arrastra sin miramientos al interior de la habitación vacía. Suelto un grito.

El hombre me rodea con los brazos hasta asfixiarme, me besa el cuello con avidez, recorre todo mi cuerpo por encima de la ropa. Lo aparto y protesto con dureza. Él estalla en una carcajada.

—¡Me has hecho pasar mucho miedo! —Ríe con más fuerza—. ¡Para! ¡Ya te he dicho que aquí no! Alguien podría volver...

El hombre no se detiene en absoluto, pero ¿qué voy a decir? Sus besos tienen un efecto en mí calmante y estimulante a la vez. Sé que no debería… Una vez más, saber decir que no. Mi cabeza ya no responde a las órdenes y mi cuerpo me confiesa educadamente que es débil.

—¡Sabía que volverías esta noche! Empiezo a conocerte…

Nuestros cuerpos se buscan con avidez. Ya no tengo hambre pero el repartidor acaba de llamar a la puerta.

—¡Tengo que ir a abrir! He pedido comida…

—Yo ya sé lo que tengo ganas de comer…

Lo aparto como puedo y voy a abrir. Mientras llevo el ansiado sushi a mi despacho, pienso en la dulce locura que supone tener una aventura con alguien del trabajo. Y, por si fuera poco, con un hombre casado que, para colmo, es mi jefe.

Yo no lo busqué. Sucedió sin que lo viéramos venir. En un principio, yo no era para nada su tipo. De hecho, lo repetía a menudo, como para expresar en voz alta su incredulidad. «¡Pero si no eres para nada mi tipo, Joy! ¡Me has lanzado un hechizo! Sí, tiene que ser eso, ¡me has embrujado!». Una manera de redimirse, quizá; de convencerse de que él no era del todo responsable. Echarle la culpa a factores externos; yo, por supuesto, pero también la crisis de los cincuenta, las interminables horas de trabajo, el estrés, el estancamiento con la pareja…

Yo lo escuchaba distraídamente mientras descargaba su culpa cuando le daba. A decir verdad, me importaba un comino. Mientras continuara abrazándome, todo me venía bien. Había cometido la locura de enamorarme de él hacía dos años. Dos años siendo feliz con cuentagotas. Se había apoderado de mis momentos de alegría y utilizaba muy bien el interruptor. *On* u *off*. *On*, cuando me hacía el favor de dedicarme un momento. Cuando se escapaba unas horas de sus obligaciones profesionales y maritales para estar conmigo. *Off*, cuando volvía a coger distancia y me dejaba en una espera interminable que me sumía en una agonía desoladora. Por dentro, yo hervía. De frustración, de rabia seguramente, y de impaciencia. Soñaba con que algo cambiara. Que la situación se desbloquease. Aguantaba. Una y otra vez. La palomita que era de niña se había convertido hoy en un grano de maíz en aceite hirviendo, un grano de maíz incapaz de explotar pero al borde de la implosión. Y cuanto más retenía todo lo que había en mi corazón, más lo sentía contraerse. Cuando se hacen palomitas, al final de la cocción, siempre hay algunos granos de maíz que no se han transformado, que se han quedado duros e incomestibles. ¿Quizá sea ese el destino que me espera? ¿Quizá el amor no quería tener nada que ver conmigo, y la felicidad tampoco?

Prefiero no pensar en ello. No ahora. Ahora quiero aprovechar que está aquí. Sentada en mi escritorio, me dispongo por fin a empezar a comer. Ugo me abraza por detrás y desliza una mano por debajo de mi blusa. Protesto amablemente.

—Tengo mucha hambre, ¿sabes? —Retrocede sonriendo, pero puedo ver que está decepcionado.

—¡Bueno, te dejo cenar, hermosura!

Me invade una angustia sorda; se va a ir, va a dejarme, posiblemente me abandonará durante días. Me levanto de un salto y me dirijo hacia él tirando uno de los palillos al suelo. Imploro con la voz.

—¿Nos vemos más tarde en mi casa? ¿Un ratito?

—Hum… —Mira el reloj, ajeno a mi suplicio interno—. Ya es tarde, Joy… Lo veo complicado… ¿Lo dejamos para otro día?

Hago todo lo posible por ocultar mi decepción. Me acaricia el trasero y me ofrece un fogoso beso de consolación. Me lanza una última mirada, cálida y envolvente, cualquiera diría que ha estudiado en una escuela de Arte y Técnicas de la Seducción. Promete que me enviará un mensaje por la noche.

La noche ya ha pasado. Y no me ha enviado ningún mensaje.

7

Unidad de lugar, unidad de tiempo y unidad de acción. El pequeño teatro de La Octava Esfera se representa todos los días de la misma manera.

Esta mañana, reunión en la cumbre. Y yo en mi eterno papel secundario. Estoy allí con una única función: escuchar.

Esperamos la inminente llegada de Badass 2. El señor se está haciendo la estrella invitada. La VIP y la Taser hablan sin orden ni concierto sobre la serie de moda, «fooormidable», con muchas oes y la «r» bien marcada, como hace Stromae en su canción. Mi PIJO está medio reclinado sobre la mesa y garabatea formas aleatorias con un Bic en una hoja DIN A-4 que ha cogido de la fotocopiadora. Cataclillo está en el balcón dándole largas caladas a su cigarrillo, como si tuviese miedo de tener que apagarlo antes de acabárselo. Badass 1 ignora olímpicamente a todo el mundo y teclea en su Mac ultraportátil. Cualquiera que no utilice la marca de la manzana como proveedor oficial de tecnología será repudiado. En el universo de la comunicación y el lujo, los androidianos parecen tribus prehistóricas que todavía no han descubierto el fuego.

Llega Ugo. Se esmera en su entrada. Le encanta el espectáculo. Se me encoge el corazón como cada vez.

—¡*Ciao* a todo el mundo! ¿Cómo estáis *tutti*?

A Ugo le gusta intercalar palabras en inglés al hablar, pero esta mañana se da el capricho de usar el italiano. Más original. Da palmas y habla fuerte, como un italiano que sabe que tendrá la atención de los demás. Su energía se expande por las cuatro esquinas de la sala e instala de inmediato una atmósfera eléctrica. Cataclillo aparece enseguida. Estamos todos pendientes de cada una de las palabras del jefe. Nuestras miradas se cruzan. Su mirada pasa por mí sin detenerse. Ninguna señal, por imperceptible que sea, delata nuestra intimidad. No puedo evitar que se me contraiga el diafragma.

Ugo es un jefe eficaz. Ha venido a ser breve, claro y conciso. Como todo buen mánager, anuncia al inicio de la reunión la duración que tendrá, designa a un guardián del tiempo para evitar pasarse de la hora y después anuncia el objetivo: ir tras la gallina de los huevos de oro, la Ultra-performance, el maná de una nueva generación de oradores en boga, especialistas del *empowerment*. Enseguida pone las cartas sobre la mesa; estamos de cacería. Padecemos una grave escasez de este tipo de perfil en nuestro catálogo.

Está inspirado y rezuma ambición por todos los poros de su piel.

—¡No podemos permitirnos perder el tren del #*shiftyourbrain*!

Todas las personas presentes asienten con profunda convicción. Yo me retuerzo en la silla y me hago pequeña. Mi falta de conocimiento y mi ignorancia hacen que me suden las manos. ¡Qué es eso de *shiftyourbrain*, santo Dios! Tengo dos opciones. A: quedarme callada y sentirme idiota lo que queda de reunión, o B: atreverme a preguntar y correr el riesgo de hacer el ridículo. Al final levanto una mano tímida.

—Eh, Ugo, ¿te importaría recordarnos qué es el *chifubrén*?

A mi lado, la Viperina estalla en una carcajada insultante, y le siguen todos los asistentes. Me corrige sin miramientos, burlándose de mi acento.

—¡No es *chifubrén*, Joy! Es *shiftyourbrain*! —VIP saca a relucir su mejor acento estadounidense—. *Shift* quiere decir 'cambiar' en inglés. —Me extermina con la mirada—. Cambiar el cerebro. ¿Hola? ¿Perdona?

Imita la expresión estúpida y exagerada que hizo la participante de un programa de telerrealidad y que dio origen a la conocida frase «Pero a ver. ¿Hola? ¿Perdona?». Ríe con más fuerza y siento cómo me sonrojo todavía más. La mirada de Ugo, divertida y apenada por mí a la vez, termina de dejarme sin aliento. Escondo las manos bajo la mesa para que nadie las vea temblar.

La reunión continúa y yo ya no oigo nada. O sí, algunos fragmentos. Hablan de Performance, con «p» mayúscula, y de Armonía, con «a» mayúscula, y de revelar todo el potencial del talento humano. Surgen nombres de posibles candidatos: Marc Amerigo, especialista en Ultraperformance; Franky Zapata, un brillante emprendedor, el hombre volador con sus conocidas FlyboardAir; Michaël Aguilar y su gran poder dinamizador; Max Piccinini y su obra de referencia de gran éxito… Ugo parece contento con nuestra respuesta, pero quiere más.

—¡Encontradme también a una Beyoncé local! ¡Nos faltan mujeres! Quiero paridad en el catálogo, es bueno para la imagen de la marca…

Con ese comentario se cierra el debate. De todas maneras, se ha acabado el tiempo.

Ugo suelta un «¡a trabajar!» ultrajovial. Aquí todos los días inventamos un estajanovismo New Age, alegre y (casi) benevolente. La asamblea se dispersa.

Trato de pasar desapercibida hasta llegar a mi despacho. No tengo ganas de ver a nadie. Por desgracia, mi becario PIJO se sienta delante de mí. Intento concentrarme en la gran pila de dosieres pendientes. En primer lugar, tengo que ordenar mis prioridades. Abro un documento para crear un gráfico. Tareas. Subtareas. Subsubtareas. Al cabo de un rato, hay tantas ramificaciones que todo es aún más confuso. Se me nubla el cerebro. La vista también. ¡Y mi precioso bobo está tranquilamente mirando las musarañas! Se ha repantingado en su silla, con las piernas estiradas, como listo para echarse una siesta. Toso y le recuerdo que estoy aquí.

—Eh, perdona, F., ¿a qué esperas exactamente?

—¿Cómo que a qué espero?

—Pues eso, ¿a qué esperas sin hacer nada desde hace veinte minutos?

—No lo sé. ¡No me has dado nada que hacer! —Su tono suena a reproche.

Abro los ojos como platos.

—Pero, F., es evidente, ¿no? ¡Tienes que empezar una búsqueda de perfiles de famosos que podrían estar en la sección *shiftyourbrain* del catálogo!

—Querrás decir *chifubrén*.

Suelta una carcajada estruendosa. No permitiré que ese idiota deje mi ego hecho migas como una galleta triturada. Debe de haber notado que se ha pasado un poquito de la raya y trata de arreglarlo como puede.

—A mí también se me ha dado siempre fatal el inglés...
No es fácil, el inglés... ¿Quieres que vaya a buscarte un café?
—¡Sí, eso! ¡Ve a buscarme un café!

Vuelvo a tener taquicardia. Me escabullo al baño y me encierro con el móvil en la mano. Durante diez minutos voy pasando aplicaciones. Encuentro una nueva, Top-of-the-list. Un algoritmo revolucionario multicriterio que sirve para determinar la prioridad de las tareas que hay que realizar. Su particularidad es que tiene en cuenta factores originales como la energía y la motivación de la persona ejecutante en función de la tarea que tiene que cumplir. De vuelta a mi sitio, un tanto mejor, dedico otra hora a configurar la aplicación e introducir todos mis datos. Ya es la hora de la pausa del mediodía. No he avanzado con ningún proyecto. El estrés me oprime. Al lado de mi teclado me espera un café frío. F. ha debido de dejarlo allí hace un rato. No sé dónde ha estado desde entonces. Un cuarto de hora más tarde asoma la cabeza, sonriente.

—Virginia me invita a comer. ¡Hasta luego!

En su rostro no hay ni rastro de apuro o remordimientos por abandonarme con tal montaña de trabajo. Después de todo, ¿por qué preocuparse? Para él no son más que unas prácticas. Y además, sin hacer nada, ya le ha caído en gracia a Badass 1... Ventajas de ser guapo y carismático.

En mi cabeza llueven gatos y perros. En inglés se dice así cuando llueve a mares: *it's raining cats and dogs*. Lo aprendí ayer por la noche quedándome dormida con mi aplicación Sleep'n learn.

En fin, yo sí que estoy de un humor de perros. Pienso que

tengo que avanzar. A toda costa. Según la aplicación Top-of-the-list, parece que la tarea que menos me aburriría, teniendo en cuenta los criterios de urgencia, energía y motivación, es la organización del evento del décimo aniversario de la agencia. En cualquier caso, lo importante es al menos empezar algo. Voy al armario a buscar la *tote bag* con todos los prospectos recolectados en el Salón Heavent y los esparzo sobre el escritorio. Idealmente, debería llamar a varios de estos números, informarme y pedir presupuestos. Oigo voces en el pasillo. Agitación. Decido ir a mirar. La VIP y la Taser ríen y hacen melindres, pero no consigo ver delante de quién. Al oírme llegar, se apartan y veo a Ugo con una modelo que de entrada no reconozco. Al parecer, acaban de firmar un contrato y Ugo le está haciendo un tour. En este mundillo todo parece burbujeante, es decir, ligero y alegre. El *summum* de la felicidad. Yo solo veo una cosa. El brazo de Ugo en la espalda de esa mujer joven y espléndida. Por supuesto, la llevará a comer. Los negocios son los negocios. La modelo me tiende una mano hermosa con una manicura de uñas interminables y yo me seco la mía con discreción antes de estrechársela. Para colmo, me siento muy pequeña a su lado. Nunca he entendido por qué las modelos que miden más de un metro ochenta se ponen tacones. Lanzo un «¡que aproveche a todo el mundo!» ataviado con una mueca sonriente bastante desastrosa y huyo hacia mi despacho, enervada por haber soltado semejante banalidad. Nos encontramos cara a cara, yo y mi colosal retraso. Para compensar no pararé para comer. Siento que me pican los ojos. Pienso de nuevo en Ugo. Nuestros breves arrumacos clandestinos de ayer por la noche, el mensaje prometido que nunca se tomó la molestia de enviarme, la caricia en la espalda de la joven modelo… Siento tanta irritación que arrugo una hoja de papel y la lanzo a la papelera. La bola cae fuera. No me levanto a recogerla. Todos esos folletos que tengo a la vista me dan náuseas. De pronto me invade un estallido de protesta. Después de todo, ¿por qué debería esforzarme tanto? ¿Acaso Ugo hace algún esfuerzo por mí? ¿Acaso los demás miembros del equipo hacen algún esfuerzo por mí? ¿Entonces? ¿Y si, por una vez, me esforzase un poco menos?

Me sueno la nariz ruidosamente para acabar de deshacerme de la oleada de ira y marco el número de teléfono de EMOTEXT. «La magia de las palabras, la magia de los momentos». ¿No era una maravillosa idea de animación para los diez años de la agencia? En todo caso, era una idea que serviría…

8

Benjamin atraviesa el hermoso patio empedrado lleno de encanto, típico del barrio, situado en un pasaje que da a la rue du Faubourg-Saint-Antoine. Enseguida había sentido un flechazo por ese estudio en una planta baja que daba al jardín, tan apacible y tranquilo, en pleno corazón de París, y había instalado allí su oficina hacía cuatro años. Le gusta hasta el más mínimo detalle de ese patio: el árbol inclinado ramificado en dos troncos con un follaje frondoso, las plantas verdes de las macetas, las del bosquete o las que trepan a lo largo de la fachada blanca en la que destaca un bonito aplique de fundición de aluminio. Es una mañana muy fría de principios de diciembre, y de la boca de Benjamin sale vaho. Se sube el cuello del abrigo de fieltro de lana mixta con una mano. Le había parecido elegante. Hoy se maldice por haber preferido una opción estética antes que una térmicamente más inteligente. En la otra mano lleva una gran bolsa llena de comida asiática. Tiene los dedos agarrotados alrededor del asa de plástico. También se le ha olvidado ponerse guantes. Una vez frente a la puerta del estudio, introduce el código digital y entra soltando un suspiro de alivio. ¡Por fin a salvo del frío! Rayane le da la bienvenida con calurosos vítores. Tiene mucha hambre. Le quita la bolsa de plástico a su amigo y compañero de trabajo y la lleva a la cocina para servir la comida.

—¡Te ha llevado un buen rato! ¿Te has cruzado con hombres lobo por el camino o solo bellas damas?

—¡Ni lo uno ni lo otro, colega! Había una cola de locos en Bamboo. ¡Parece que todo el mundo se ha puesto de acuerdo para comer comida asiática hoy!

—¡Me muero de hambre!

Rayane siempre tiene hambre. Como un eterno adolescente. Puede ingerir cantidades astronómicas de comida sin engordar ni un gramo. Injusticias de la vida. Benjamin se sube a un taburete alto y lo contempla mientras distribuye la comida. Observar a Rayane mientras hace cosas ya es en sí un espectáculo. Rayane es un fenómeno. Un artista en potencia. Su especialidad es la música. Crea sonidos con cualquier cosa. Una tapa, una olla, una taza, papel arrugado, una escoba… Rayane es la versión local de Stomp. Sin embargo, hay algo que lo hace mejor que el conocido grupo de percusionistas británicos, y es que a sus actuaciones sonoras les añade brillantes improvisaciones textuales. A menudo la oficina se transforma en un laboratorio experimental, hecho que le permite a Benjamin disfrutar de unos descansos más que divertidos. Rayane todavía está buscando su estilo. Día tras día va afinando su enfoque. Pero lo más importante de todo es que disfruta haciéndolo, y logra que todo el grupo disfrute.

Más allá de sus talentos artísticos, Rayane es un preciado compañero de trabajo. Forma parte del restringido círculo de los Max, esas personas en la vida de Benjamin por las que siente un aprecio especial y que comparten su filosofía, o, mejor dicho, su hilarosofía, de *hilaros*: contento, alegre, jovial. Sí, los integrantes del pequeño grupo de los Max están dispuestos a todo para sentirse libres, vivos y felices, valores que guían sus decisiones. Es libre, Max, como en la canción:

Tiene una sonrisa fácil, incluso para los imbéciles.
Se divierte, nunca cae en trampas.
No se deja aturdir por los neones de los carruseles.
Vive su vida sin preocuparse por las muecas
que hacen a su alrededor los peces en la red.
Es libre, Max, es libre, Max.
Hay incluso quien dice que lo ha visto volar.

Tras la improvisación de Rayane con los palillos japoneses digna de un concierto privado, por fin están listos para sentarse a la mesa. Los platos humean. Justo cuando Benjamin se lleva el tenedor a la boca empieza a sonarle el móvil. Un número desconocido. Decide no descolgar. ¡La pausa de la comida es sagrada! Cuando no han pasado ni cinco minutos, el móvil vuelve a sonar y aparece el mismo número. Benjamin refunfuña, pero no responde. En su página web están bien especificadas las horas en las que pueden contactarlo. La centralita reabrirá a las dos y no antes. Totalmente decidido a no dejar que le arruinen ese momento regenerador, pone el teléfono en modo avión. Si se trata de un potencial cliente, puede esperar media hora. Ese es el problema de los empresarios autónomos: si no vigilan, pueden terminar completamente desbordados por las distintas peticiones y sin poder ponerle freno. En una época de su vida, Benjamin lo experimentó; esa sensación de estar desposeído de una parte de su vida. De no pertenecerse a sí mismo. Casi lo consumen los negocios, hasta que se dio cuenta de la inutilidad de ese sacrificio; no era necesario hacer menos por sus clientes, sino hacerlo mejor. Trazar un marco, ponerle bordes y establecer límites no había disminuido en modo alguno su eficacia, sino todo lo contrario. Al respetarse a sí mismo, al garantizarse espacios de respiro indispensables para recuperar energías, Benjamin había encontrado la solución para ofrecer lo mejor de sí mismo en el trabajo sin sacrificar su calidad de vida.

Cuando Benjamin vuelve a encender el móvil media hora más tarde, se da cuenta de que tiene cinco llamadas perdidas, todas provenientes del mismo número. No hay ningún mensaje en el contestador. Benjamin decide llamar, a pesar de que desconfía de las llamadas sin mensaje en el buzón. Acostumbran a ser teleoperadores.

Alguien descuelga. Suena una voz femenina y seca.

—Hola. Benjamin Wilson, de la agencia EMOTEXT. ¿Ha intentado ponerse en contacto conmigo?

El tono de voz de su interlocutora delata una auténtica irritación.

—¡Efectivamente, desde hace más de una hora!

Benjamin no puede evitar corregirla.

—Querrá decir media hora.

—¿Nunca responde a sus clientes? —se ensaña la voz.

—Sí, en las horas de apertura indicadas en la página web.

La voz suspira profundamente e intenta proseguir con más calma.

—Bueno. ¿Se acuerda de mí? ¿El otro día? ¿En el Salón Heavent? ¿El desmayo? Me llevó hasta mi oficina.

¿Cómo que si se acordaba? ¡Por supuesto que se acordaba!

—¡Joy!

Le sale el nombre con una exclamación alegre, rápidamente sofocada por el tono frío y profesional de su interlocutora.

—Oiga, como seguramente ya le dije, tengo que organizar un evento para los diez años de mi agencia, La Octava Esfera. En general es muy urgente, mis jefes quieren que tenga lugar justo después de las fiestas, hacia el 15 de enero.

—¡Ah, perfecto! ¡Vamos sobrados entonces!

Esa mujer parece impermeable al humor. La tensión que la rodea es palpable a través del auricular. Benjamin casi siente pena por ella. Nota que para tranquilizarse necesita que le respondan con un tono serio, riguroso y profesional, que refleje su estado anímico. Como buen camaleón de la comunicación que es, lo hace a la perfección. Tiene efecto de inmediato y detecta una imperceptible relajación en la voz de su interlocutora mientras le explica las distintas modalidades y el abanico de posibilidades.

—El otro día pudo ver un avance de cómo es nuestra animación Brandscape, con la impresión 3D de su texto corporativo, pero hay muchas otras posibilidades que podrían encajar a la perfección con el espíritu de un evento para un aniversario.

—Ah, muy bien. ¡Pues venga, explíqueme todo eso!

Tiene un tonito deliciosamente autoritario. Alegría-felicidad. Pero no puede con Benjamin, que se ha prometido a sí mismo no alterarse nunca por temas profesionales. Prefiere intentar verlo todo a través de un prisma de humor y ligereza que le ayuda a coger distancia con facilidad. Enfadarse complica las cosas y no ayuda a avanzar. Es totalmente contraproductivo. Benjamin responde a Joy con una sonrisa detectable a través de su voz.

—Por teléfono será complicado. Lo mejor sería que se pasase por el estudio para que pueda hacerle una demostración. Así podríamos abordar juntos toda la organización de la noche, ¿qué le parece?

—… ¡Es que ir a verle me va a hacer perder mucho tiempo!

—… O ganarlo, ¡depende de cómo lo mire!

Deja que sus palabras surtan efecto. Tras un silencio, Joy acepta ir. La cita queda concertada para la mañana siguiente.

9

Benjamin abre la puerta del estudio. Una mujer joven con un sombrero rojo aparece en el marco de la entrada, iluminada por la claridad de esa mañana invernal y soleada. Tiene las mejillas, los labios y la punta de la nariz también rojos, lo que le confiere un aire de lo más infantil y simpático. Una hermosa sonrisa ilumina sus ojos y su rostro. Benjamin se queda atónito durante un segundo. Luego el encantador duende deja de sonreír y reconoce a Joy...

Sin esperar siquiera a que la invite a entrar, Joy se cuela en el estudio con paso apresurado y decidido. Su mirada se pasea sin pudor inspeccionando el lugar mientras se quita los guantes de cuero que guarda cuidadosamente en el bolsillo de su abrigo para no perderlos y desliza la bufanda dentro de la manga por la misma razón. Una vez ha acabado, se gira con brusquedad hacia Benjamin.

—¿Nos ponemos a ello?

El tono no da pie a espera. Benjamin entiende que debe ponerse manos a la obra de inmediato. Pero a él le gusta empezar el día con calma. Conversar un poco con un café en mano, disfrutar un poco de la compañía. A saber por qué, pero la calidez humana le hace ser más productivo. Analiza el rostro de su interlocutora, de nuevo hermético y crispado, y piensa para sus adentros que será difícil transmitirle ese concepto.

—¿Un cafecito para empezar?

—No, gracias, prefiero atacar el tema directamente.

«Atacar el tema». Benjamin se estremece involuntariamente. ¿Se da cuenta de que utiliza vocabulario de guerra? ¿Será que para ella la vida es una lucha? Solo la ha visto dos veces y esa es la impresión que da, la de una mujer permanentemente bajo presión. Es triste, piensa. ¿Percibe la mirada de compasión que le lanza? No lo cree. Siente que está demasiado centrada en su objetivo prioritario como para ser consciente de cualquier otra cosa.

Ella espera que le enseñe las opciones de animación enseguida. Él hace como que no lo ha entendido y se dirige con tranquilidad hacia la zona de la cocina para preparar un café mientras silba, con una sonrisa en los labios. Con el rabillo del ojo puede ver como ella tiembla de impaciencia. Continúa haciéndose el loco.

—¡Siéntese, Joy! ¡Le prepararé un *macchiato* que ya verá!

Tiene el rostro tenso y su boca se entreabre y se cierra, como si las palabras no consiguieran salir. Tiesa como un poste, se sube a uno de los taburetes altos a regañadientes.

—Que sea rápido, entonces —suelta apretando los dientes.

¡Ah! ¡Así le gusta! Añade un chorrito de leche caliente a un expreso y después hace espuma de leche. Joy no pierde detalle de sus movimientos. Debe de estar preguntándose qué se trae entre manos. Por fin, desenfunda su pipeta de chocolate fundido e inicia la última etapa. ¡La estrella del espectáculo, la guinda del pastel, el toque definitivo! Ella solo puede verle la espalda mientras su mano hace un dibujo al más puro estilo barista, una técnica que aprendió cuando estuvo unos meses en Italia. Los Max adoran su talento por el *Latte Art*, y él, según el día y el estado de ánimo, varía los detalles, entre *topping*, dibujos hechos sobre la espuma de leche con chocolate fundido; *painting*, diseños realizados directamente con un palito sobre la espuma; y *free pouring*, que consiste en verter libremente la espuma de leche para crear un dibujo (el blanco de la espuma de leche aparece según la altura desde la cual se vuelca esta en el café).

—¡Tachán! —Benjamin presenta la bebida gourmet ante Joy. De pronto ella tiene la expresión feliz y despreocupada de una niña a la que han sorprendido—. ¡Venga! ¡Póngala dentro!

Tiene la cuchara suspendida en el aire y duda si romper un bonito dibujo de una estrella. Cuando por fin se decide, se lleva una cucharada de espuma tras otra a la boca con apetito y sin levantar la cabeza de la taza. «Creo que no se esperaba disfrutarlo tanto —piensa Benjamin—. Da gusto verla. Si hay placer por la comida, hay esperanza…».

—Gracias, estaba delicioso.

Vislumbra de nuevo el duendecillo alegre, pero dura poco. Salta del taburete indicando el final de la pausa.

—Entonces, ¿me lo explica?

¿Quiere ponerse profesional? Pues la señora va a quedar bien servida…

10

Llevo unos veinte minutos escuchando la explicación de Benjamin. Él habla maravillas de las distintas animaciones para eventos utilizando palabras. Tiene buenas ideas, pero no dejo que se me note nada. Esa es la base en los negocios. Si se muestra demasiado interés desde un inicio, luego ya no hay margen de negociación. He oído a Ugo decir eso muy a menudo. Intento seguir su estela. Me hago la clienta difícil. Creo que así es como le habría gustado a Ugo que llevase la reunión. Ponérselo difícil al proveedor de servicios para conseguir el máximo... Con Ugo, he aprendido del mejor. Con cada nueva idea que propone Benjamin, mascullo alguna onomatopeya poco convencida. Veo como va perdiendo poco a poco la compostura. El tono entusiasta que tenía a primera hora de la mañana se ha ido convirtiendo gradualmente en un tono cortés. Durante un instante fugaz, creo leer en sus ojos que ya no tiene demasiadas ganas de que el negocio siga adelante. La Joy empática aporrea el interior de mi pecho. «¡Eh, oye! Deja de hacérselas pasar canutas al chico, es muy guay y paciente, y además piensa un poco en el *supermacchiato* que te ha ofrecido hace un rato con tan buena voluntad, ¡no debe de ser algo que haga por todo el mundo! No se merece que le arruines el día, lo sabes muy bien...».

Un hombre joven de unos treinta años entra en el estudio y suelta un «buenos días» general. Se ha subido el cuello de su chaqueta de aviador y se frota las manos enérgicamente para entrar en calor. Tiene un aire travieso, hoyuelos risueños, el pelo rizado y rebelde, una tez mestiza, y en las orejas unos pendientes de diamantes de imitación. «Tremenda horterada», habría dicho Virginia... Sin embargo, se le ve seguro con ese estilo y está bastante bien llevado. Benjamin parece más que agradecido por la interrupción, y me pide que lo disculpe un momento.

—¡Hola, Rayane! ¿Qué tal? —Se dan un único beso en la mejilla.

—¿Quién es?

Benjamin susurra pero no lo suficientemente bajo. Puedo oírlo de todas formas.

—Una clienta, ya te contaré...

—¡Qué mona, la clienta! —dice su compinche mientras me observa por encima del hombro de Benjamin.

—No creo, no...

Esa última réplica escuece un poco. Me quedo inmóvil en el asiento. El ordenador se ha puesto en modo espera y puedo ver mi reflejo en la pantalla negra. ¿Realmente me reconozco en esta mujer que reparte su estrés sin miramientos, quisquillosa, pesada y tocapelotas? Siento que me invade una oleada de tristeza. No me gusta esta Joy, pero no sé muy bien cómo hacer que vuelva la otra, la que desapareció hace tanto tiempo...

Benjamin vuelve hacia mí con aire despreocupado y me presenta a su compañero Rayane.

Este último me ofrece un enérgico apretón de manos y una amplia sonrisa. El buen humor debe de ser firma de la casa. Me desconcierta. ¡La atmósfera que reina aquí es tan distinta a la de La Octava Esfera! Rayane se escabulle enseguida.

—¡Haced como si no estuviera aquí!

Va a instalarse en su puesto, tras un ordenador de última generación, e inicia el programa de creación 3D que reconozco, puesto que es el que probé en el Salón Heavent. En la salita que hay al lado, varias impresoras 3D trabajan a pleno rendimiento. Junto a la pared, un gran número de cajas en fila parecen estar esperando la mercancía. Benjamin detecta mi mirada interrogativa y me lo explica:

—Imprimimos muchos obsequios pequeños de recuerdo que se entregan a los invitados al final de los eventos. No podemos hacerlo en directo el día D porque requeriría demasiado tiempo. Usted también podría escoger esta opción para que la gente tenga un souvenir de su fiesta.

Sacudo la cabeza, arisca.

—No, no es lo suficientemente original.

«Demasiado nunca es suficiente» es el otro lema favorito de Ugo. Siempre hay que hacer más. Es capaz de llevar la exigencia hasta la tiranía… Siento de nuevo una presión en el hombro izquierdo, un punto de dolor justo debajo del omoplato, e intento masajearme con discreción.

—¿Le duele? —pregunta amablemente Benjamin.

—Para nada.

La sequedad de mi respuesta es como un golpe. ¡Por Dios, estoy insoportable hoy! Me sobresalto al oír un portazo. Otra persona más entra en el estudio.

—¡Hola a todos!

¿Es un desfile o qué? Una especie de ovni avanza, enfundado en un mono negro y rojo fluorescente, coronado por un casco integral con una visera tintada. Como un cristal unidireccional que no permite ver la mirada de quien está dentro. El curioso personaje se detiene en seco cuando me ve.

—¡Oh, buenos días, señorita! No sabía que teníamos visita.

Se quita la máscara y descubro con asombro a una mujer de mediana edad (no sabría decir cuántos años tiene), con una mata de pelo rubio con grandes rizos hechos con permanente, un bonito rostro cubierto de líneas de expresión y un bronceado imposible en pleno invierno que resalta dos brillantes ojos color azul piscina.

La mujer avanza hacia mí con una sonrisa que muestra todos los dientes.

—¡Carmen, encantada!

Segundo apretón de manos vigoroso. ¡Con decisión!

Benjamin se levanta y coge a Carmen por el brazo para llevársela más lejos, hacia la zona de la cocina. Ella hace las mismas preguntas que Rayane dirigiéndome las mismas miradas interrogantes. Luego se pone a hablar con Benjamin como si yo no estuviese al alcance del oído.

—... ¿y tú estás bien, cariño? ¿Llegaste bien ayer? Bueno, oye, tengo que contarte mi cita... Gracias, eh, por haberme enseñado esa aplicación...

A pesar de mi humor de perros, presenciar esa escena me divierte durante un rato; Benjamin lanzando miradas de preocupación hacia donde yo estoy e intentando esquivar los gestos familiares y cariñosos de Carmen, que, mientras parlotea sobre sus cotilleos del día, intenta peinarle un mechón rebelde.

—Chis... Carmen... ¡Para! Me lo explicas más tarde,

¿vale? Pero sí, estoy supercontento por ti... Luego me cuentas, tengo que avanzar con lo de mi clienta, ¿OK? No tengo tiempo de hacerte un *latte* ahora, pero te prometo que por la tarde te preparo mi té estrella, venga...

Disimulo una sonrisa tapándome con las manos y finjo que es un bostezo. Él se da cuenta y debe de preocuparle que esté empezando a desconectar.

—¡Perdón! ¿Todo bien? No dude en preguntarme cualquier cosa.

Es amable. No estoy acostumbrada a la gente amable. Continúa mostrándome el abanico de posibilidades, y pienso para mis adentros que lo que no puede ser es que continúe rechazando todas sus propuestas. Así que decido aferrarme a sus últimas palabras para cambiar el rumbo y darle por fin un poco de ánimo.

—Ah, sí, eso es, ¡es muy buena idea, eso!

Me mira sorprendido.

—¿El qué es muy buena idea?

—¡Eso, lo que acaba de decir!

—¿El qué? ¿Los Magic punchlines?

—¡Sí! ¡Exacto! ¡Los Magic punchlines!

Venga, Joy, regálale una sonrisa ahora. Mi interlocutor, al que debo de haber dejado aturdido con mi mal humor durante la última hora, todavía se está preguntando si se puede fiar del milagroso cambio de tono. Vuelvo a esbozar una sonrisa. Veo que está empezando a relajarse.

—Entonces, ¿quedamos en eso? Empezamos con una cena de cóctel y, en el momento del aperitivo, justo después del discurso de su jefe, viene la animación Brandscape de impresión 3D. Y nos reservamos la animación Magic punchlines para el postre, a modo de cierre de la velada. ¿Sí?

—Me parece bien.

Lleva la mirada al cielo y parece que grite «aleluya» con una expresión tan desarmante que, sin querer, estallo en una carcajada. No sé cuál de los dos está más sorprendido.

11

Carmen observa a Benjamin acompañando a la chica, y tan pronto como cierra la puerta suelta un suspiro de alivio socarrón que podría significar algo así como: «Por fin se ha ido esta pesada que por poco me vuelve loco...». Benjamin le sonríe cuando pasa por su lado. Ella lo envuelve con la mirada mientras se aleja en dirección a Rayane para hablar un momento sobre los pedidos en proceso de producción.

La mañana ha pasado volando. Carmen está atareada en la cocina. Deben de tener hambre. Ha llevado un delicioso cocido para sus niños. Es verdad que podría ser su madre. Tiene más del doble de años que ellos. La vida no quiso que tuviera hijos. Una vez casi tuvo, y después no. Rompieron antes. Él dijo que no se imaginaba lo suficiente con ella en un futuro. Lo que ella creía por encima de todo es que él había encontrado a otra más... ¿Más qué, de hecho? No sabría decirlo... ¿Más guapa? ¿Más agradable? «Más mejor», en definitiva. No obstante, ella nunca se dejó amargar. Eso no, jamás. Es contrario a su temperamento. Ella acepta la vida tal y como viene, con lo bueno y lo menos bueno y, sobre todo, sabe por experiencia que uno nunca está a salvo de una grata sorpresa... Por eso todas las mañanas se levanta optimista. Hace cuatro años la vida le envió un increíble y precioso regalo poniéndole a Benjamin en su camino. Benjamin es la prueba fehaciente de que la vida a veces regala pequeños milagros. Carmen llevaba tres años luchando por encontrar un trabajo. La habían despedido amablemente de su puesto de contable con el pretexto de una reducción de plantilla a causa de la crisis, pero ella sabía muy bien que dicho despido se debía a su edad. Ahora era más barato contratar a alguien recién graduado o incluso externalizar las funciones para aligerar los costes de la seguridad social. Intentaron que se prejubilara, pero no había cotizado suficiente tiempo para que esa opción fuese viable. Además, ¡ella no tenía ningunas ganas de dejar de trabajar! A ella le gustaba mantenerse activa como los demás, en contacto con las nuevas generaciones. «Donde ocurren las cosas». En su cabeza se sentía muy joven, ¿por qué tenía que irse ya al desguace? (Se estremecía solo de pensarlo). La gente del servicio estatal de empleo se mostró pesimista. «Ya sabe, a su edad...». ¿Cuántas veces había oído esa frase? Sin embargo, Carmen sabía que era especial. Ella no era una contable cualquiera.

Carmen no veía las cifras como todo el mundo. Las veía de colores. Recibe el nombre de sinestesia. Es una particularidad del cerebro. Algo neurológico que hace que la persona asocie dos sentidos para percibir los signos. La gente no lo sabe, pero hay muchos tipos de sinestesia. La suya se llama «grafema-color». Siempre le ha gustado. No es un genio de los números, pero tiene ciertas aptitudes bastante impresionantes. Allí donde cualquier persona se aburriría a morir ante inacabables columnas de cifras, para Carmen es como pasearse por un paisaje. Le gusta. Se siente bien. Como en un refugio. En su mesita de noche tiene el libro de Daniel

Tammet *Nacido en un día azul*. Tal es su fascinación por el tema. Lo ha leído siete veces, para intentar entender mejor lo que puede estar sucediendo dentro del cerebro de ese extraordinario genio autista...

Y un día hace cuatro años, Carmen, casi resignada a su destino de beneficiaria de la renta mínima y excluida de la sociedad, respondió a un particular anuncio que encontró en una nueva página web de búsqueda de empleo dedicada a microempresas, pymes y pequeños empresarios.

«Cuando una puerta se cierra, hay que abrir una ventana...», no había dejado de repetirse. El anuncio le había gustado enseguida, puesto que estaba maravillosamente bien redactado, con una pizca de humor y un toque de fantasía, al contrario que la mayoría de los anuncios fríos e institucionales, que daban la impresión de estar contratando a robots, números, y que en conclusión tenían muy poco de humano.

Recursos inhumanos.

El anuncio de Benjamin no tenía nada que ver. Más que un/a contable, buscaba a «alguien que cuente», puesto que, según el mensaje, cuando se es una estructura tan pequeña, cada miembro enseguida se convierte en indispensable. Un/a contable que «haga tiempo que no cuenta con los dedos, pero que será tan imprescindible como los dedos de la mano para su equipo». Carmen podía leer entre líneas el buen ambiente, la faceta solidaria y bondadosa... Todavía recuerda la febrilidad con la que respondió al anuncio y los nervios que sintió. ¿Por qué iban a querer a una vieja bruja como ella?

Sin embargo, unos días más tarde, Benjamin la llamó para concertar una entrevista. Al llegar se cruzó con otra candidata, una chica joven, esbelta y encantadora, todo sonrisas. Estaba claro, parecía que no había nada que hacer. Casi tuvo ganas de dar media vuelta, pero algo se lo impidió. Tal vez fuera la cautivadora sonrisa de Benjamin, que, con mucha amabilidad, la invitaba a entrar.

La entrevista transcurrió sin complicaciones, pero tuvo la desagradable sensación de que no había logrado destacar. Benjamin la miró fijamente, buscando la verdadera autenticidad.

—¿Qué es lo que la llevó a presentarse para este trabajo, Carmen?

Notó que era un momento crucial. O maquillaba los motivos de su candidatura o apostaba por la total honestidad.

Entonces lo soltó todo: los años de lucha, la exclusión que sufrió a causa de su edad, la imposibilidad de volver a encontrar trabajo, ¡ella que sin embargo tenía tanta experiencia y energía por ofrecer!

—... y también veo las cifras en colores.

Benjamin iba tomando notas mientras ella hablaba, pero con el último comentario alzó la cabeza con un destello de fascinación en la mirada.

Tres días después, Carmen empezaba a trabajar en el estudio.

No hace falta ni decir que por Benjamin se cortaría un brazo. Mira, hablando del rey de Roma...

—¡Vaya, vaya! ¿Qué plato delicioso nos has preparado hoy? ¿Has tenido tiempo de cocinarnos un cocido? ¡Carmen! ¡Eres increíble!

Le planta un beso en la mejilla y eso la hace reír. «Alegría, alegría. Hola, hola, golondrinas». Carmen siempre canturrea interiormente cuando tiene el corazón contento. Llega Rayane, también atraído por el olor suave y aromático. Los chicos no se hacen de rogar y se sientan a la mesa. Engullen. Carmen se reprime para no decirles que coman más despacio, da tanto gusto verlos...

—¡¿Qué haríamos sin ti?! —murmura Rayane, con la boca llena de agradecimiento.

Aquí Carmen se siente útil, valorada, más de lo que se hubiese podido imaginar. Así que no hay nada que no estaría dispuesta a hacer por estos dos.

—¿Y con la chica? ¿Te las has arreglado? Parecía una situación un poco complicada...

Benjamin frunce el ceño al recordar la mañana en compañía de Joy.

—¡Efectivamente! ¡Qué pesadilla! Tenía la sensación de que nada le parecía bien. La gente indecisa es lo peor... Creo que en realidad no sabía lo que quería.

—Sí, un *briefing* un poco confuso, vaya —se compadece Rayane mientras se sirve una segunda ración del excelente cocido de Carmen.

—Cierto. Y ella, el prototipo de clienta cerrada y autoritaria.

Carmen le sonríe a Benjamin como si no hubiese entendido nada.

—Qué va, para nada. Yo la he notado sobre todo muy estresada a esa chica... Su lado autoritario es solo una fachada, te lo digo. Se ve enseguida que es una persona amable.

—Ah, ¿sí? ¿Y en qué te basas?

—Pues en la mirada, obviamente. La mirada no engaña, créeme.

Benjamin le responde con una mueca dubitativa, pero al mismo tiempo su aire pensativo indica que está considerando la teoría de Carmen. ¿Puede fiarse de que lo que esa tal Joy ha mostrado de sí misma esa mañana para juzgarla? ¿Puede ser que se haya quedado atrapada en un papel que le imponen o que se ha impuesto ella misma?

—Pero, entonces, ¿es insoportable así, por placer?

Carmen estalla en una carcajada. Le encanta cuando su pupilo usa ese tono burlón con ella, para desmontar su teoría de la «chica que tiene buen fondo, pero que se ve obligada a ponerse una coraza».

—¡No por placer, idiota! Puede que simplemente sea porque no puede hacerlo de otra manera, ¡porque la han cargado con muchísimo trabajo, por ejemplo!

Benjamin la mira sorprendido y divertido.

—¡Ah, bueno, mira tú por dónde! ¡O sea, que mi clienta pesada te cae bien!

—Todo el mundo merece una oportunidad, ¿no? —Su amplia sonrisa y el guiño cómplice parecen dar en el blanco.

—Vale, si tanto te importa, ahondaré un poco.

12

Por fin.

Por fin Ugo viene a cenar a casa.

Por fin ha encontrado un momento.

Hace semanas que espero que esto ocurra.

Estoy nerviosa. Hoy no he hecho nada bien en el trabajo. Me he portado fatal con Benjamin, de la agencia EMO-TEXT. Él solo estaba intentando adelantar trabajo para el evento y lo he mandado a paseo. «¿No puede pensar usted mismo la nube de palabras corporativas? Es su trabajo, ¿no?», le he dicho casi gritando. Él ha mantenido la calma.

—No.

—¿No, qué? —No entendía nada.

—No —ha repetido con esa asertividad implacable. Ni siquiera ha sido agresivo. Con amabilidad, pero con una firmeza que me ha dejado sin palabras.

—No, no soy yo quien debe pensar las palabras que definan los valores de su agencia. Uno no le pide al vecino que le diga qué nombre ponerle al hijo. Sin embargo, la ayudaré a que surjan. Podemos hacer una sesión de trabajo cuando quiera.

No he dicho ni sí ni no y he pretextado que tenía que entrar en una reunión que estaba a punto de empezar para colgar sin tener que disculparme por mi malhumorada conducta.

Incapaz de concentrarme en mis proyectos, he decidido irme de la agencia temprano, hecho que no ha pasado desapercibido al ojo de Moscú, es decir, a VIP (aunque la hipótesis de que haya víboras moscovitas no parece muy realista).

—¿Acabas a las seis? ¿Ahora trabajas media jornada o qué?

Su cinismo burlón me ha hecho rechinar los dientes. A pesar de todo, me convenía encontrar una coartada rápido, y, cuando a una no se le da bien mentir, más vale ser breve.

—¡Cita con un cliente! —le he soltado mientras me iba para no dejarle opción a indagar más haciendo preguntas.

Por supuesto, para honrar la visita de Ugo no he escatimado en gastos. He montado toda la parafernalia y he tirado la casa por la ventana.

«¡Tienes que hacer que todo salga perfecto!».

He procurado comprarle sus manjares favoritos. Me he puesto su vestido preferido, el que más resalta mi mejor baza, mis pechos. Les estoy agradecida por no ser ni demasiado grandes, ni demasiado pequeños, y por tener una bonita forma redondeada, de manzana, como dice mi madre.

Cada vez que viene Ugo, se da una paradoja en mi interior; ¿cómo puedo estar a la vez tan feliz y tan tensa? A medida que ha ido avanzando el día mi diafragma se ha puesto tan duro como una pelota de ping-pong de bronce.

«Tienes que estar a la altura».

Mi mente no deja de torturarme con órdenes abrumadoras que empiezan todas por «tienes que»…

Me tiemblan las manos y noto cómo llega una nueva crisis. Me siento en el sofá y acaricio el teléfono con la punta de los dedos durante unos instantes, intentando resistir a la compulsión. Pero cedo. Me descargo dos nuevas aplicaciones que me parecen extraordinariamente indispensables para asegurarme la velada de principio a fin.

«Tienes que disponer de recursos».

Llega cuarenta y cinco minutos tarde. Cuarenta y cinco minutos pueden parecer poco, pero, cuando ya hace cuatro semanas y cuarenta y cinco minutos que esperas, es muchísimo. No se disculpa; cuando abro la puerta está al teléfono. Entra en mi piso como Pedro por su casa, mientras continúa con la animada conversación que lo tiene pegado al teléfono. Se acerca a la mesa que había preparado y picotea con despreocupación unos cacahuetes. No obstante, me dirige unas miradas de disculpa señalando el móvil, como para indicar que es el responsable de la interminable e irritante llamada. Acabo deduciendo que se trata de VIP, y la intrusión de dicha perniciosa compañera en mi casa, en ese momento, me irrita enormemente. Ugo detecta mi mueca y, ¡oh, milagro!, comprende que es hora de terminar la llamada.

—Perdona, ¡tenía que cogerlo! Un tema urgente, ya sabes...

Ah, sí, saber, ya sé de qué va el tema. Pero al fin me besa y toda mi tensión desaparece. Tiene mucha hambre. Pasamos a la mesa. A mí la cena me da igual. Incluso me saltaría encantada esa parte, especialmente porque los nervios mezclados con la excitación me han quitado el apetito. Y sobre todo porque, cuando tengo a Ugo delante, siento como si estuviera haciendo un examen oral. Es tan brillante... Tan culto... Siempre que saca un tema de conversación, acaba las frases con un «¿sabes?». Y el silencio que le sigue es horrorosamente incómodo. Porque no, la mayoría de las veces no sé. Tiene un don para citar políticos, escritores y acontecimientos que han ocurrido en países cuya existencia en el globo terráqueo yo ni siquiera sospechaba… Pero esta noche me he anticipado. No le dejo tiempo a que abra la boca. Soy yo quien hace las preguntas. «¿Y qué piensas del tema de menganita? ¿Y qué opinas de la próxima apertura del parque no sé qué? ¿Has oído hablar del escándalo de fulanito?».

Estoy entusiasmada. ¡Todo va tan bien! Sin embargo, al cabo de un rato, Ugo empieza a mirarme de una manera extraña. Se queda unos instantes en silencio y con el ceño fruncido.

—¿Qué pasa?

Desvía la mirada hacia el plato.

—No, nada… Es solo que esta conversación…

—¿Qué le pasa a esta conversación?

—Nada… Es tu manera de hacerme tantas preguntas esta noche… Es un poco…. —Busca las palabras—. ¡Crispante!

Con un gesto discreto cierro la aplicación Clevertalk que tenía abierta sobre la falda. Su comentario me ha decepcionado. ¿Quizá me ha faltado naturalidad al hacer las preguntas? «Es normal», me digo a mí misma, es la primera vez que utilizo la aplicación. Me falta práctica… Por lo demás, ¡me parece fantástica esta aplicación! Gracias a ella llevo una hora siendo capaz de mantener una conversación sustancial.

—¿Pero qué tienes en las rodillas…? —Se inclina para ver qué toqueteo bajo la mesa.

—Nada —me veo obligada a mentir.

El ruido de mi móvil al caer al suelo emite un sonido terriblemente desagradable, pero al menos eso me permite mostrar que no tengo nada sobre la falda.

—¿Qué ha sido ese ruido?

Siento calor por todo el cuerpo, ya no sé ni dónde meterme. Es momento de actuar. Salto de la silla para echarme a su cuello y hacerle olvidar esas nimiedades. A ambos nos invade el mismo ardor. Nos levantamos sin despegar nuestros labios y vamos tambaleándonos hacia la habitación. ¡Por fin él! ¡Por fin nosotros! Embriagada de alegría, repito una frase en bucle dentro de mi cabeza.

«¡Tengo que impresionarlo, tengo que impresionarlo!».

Nuestro cuerpos ruedan sobre la cama y nos desnudamos con prisas. Respiraciones cortas, caricias desordenadas, cuerpos enredados… Todo va divinamente. ¡Él está en el *summum* de su excitación!

«¡Tengo que impresionarlo, tengo que impresionarlo!».

Obsesionada por la idea de ser original y conseguir sorprenderlo, había preparado una pequeña sorpresa para que nuestros encuentros fuesen un poco más picantes. Interrumpo su arrebato apasionado.

—¡Espera! ¡No te muevas! ¡Te he preparado algo!

Suelto una risita mientras me deslizo fuera de la cama, desnuda, y voy brincando hasta el comedor para coger el móvil. Cuando vuelvo, está sentado y se ha tapado con el edredón. Agito el móvil delante de sus narices.

—¡Mira! ¡Es divertido! Es la aplicación Sexy421. ¡Sacudes el móvil y pam! Lanza tres dados a la vez: uno que indica una parte del cuerpo, otro una acción y el último cuánto tiempo…

Muevo el móvil sin ser consciente de que me está mirando con incomodidad.

—¿Joy? ¿Joy? ¡Ey, ey!

Se ve obligado a quitarme el móvil de las manos para que lo escuche. Intenta vagamente ir con pies de plomo.

—Lo siento, pero esta interrupción y todo este jueguecito me ha cortado un poco el rollo, ¿entiendes…?

— …

Lanza un vistazo a su enorme reloj de marca.

—Además se hace tarde, Virginia pronto volverá de su cena de cóctel, y sería mejor que estuviese en casa cuando llegue, ¿entiendes…?

Implacable, se pone en pie y empieza a buscar sus cosas en la oscuridad. Sin mediar palabra, se sube los calzoncillos, los pantalones y se pone la camisa. Cuando ha acabado se gira por fin hacia mí y me da un beso rápido en los labios.

—La cena estaba muy buena.

Oigo la puerta cerrarse de un golpe. No me he movido. Mi cuerpo se ha quedado allí, inmóvil, mi desnudez expuesta a la noche, y mi corazón humillado ante el silencio de su precipitada partida.

13

Los días siguientes deambulo como un fantasma por la agencia. Hago todo lo posible para evitar a Ugo. Por supuesto, yo soy la única que se come la cabeza. A él no parece preocuparle lo más mínimo. Acabo de hablar por teléfono con Benjamin sobre la preparación del décimo aniversario de la agencia. Ha sido amable pero bastante distante y directo. Nada que ver con esa faceta tan cálida y entusiasta que percibí cuando nos conocimos en el Salón Heavent. No sé por qué, pero eso me ha entristecido un poco. Me ha encomendado distintas tareas para que contribuya a la creación de las animaciones. En vista del limitado presupuesto acordado por la dirección, me veo obligada a implicarme personalmente. Benjamin aceptó con amabilidad el encargo con la condición de que dedicase parte de mi tiempo para compensar. Una vez más, yo era quien pagaría las consecuencias de que tensaran la cuerda...

Se le sumaba una dificultad más. Los Badass habían exigido expresamente que la animación sorpresa de la fiesta se mantuviera en secreto. Así que ¿cómo podía interrogar a la gente del equipo para sonsacarles «materia prima de palabras» sin que sospecharan nada?

«Materia prima de palabras»... Había sido Benjamin

quien había utilizado esa expresión. Me había parecido divertida. ¿Qué palabras encarnaban el espíritu de la agencia, su esencia, sus ambiciones, sus valores? ¿Qué palabras representaban la personalidad de cada miembro de la tripulación?

De momento, no tenía muy claro qué iba a hacer con eso. A mí simplemente me habían encargado ir «a la pesca de palabras»…

Y el mejor estanque para pescar sin ser descubierta me parecía que era la zona de la máquina de café. Sabía a qué hora iba la manada al abrevadero. A las once de la mañana es el momento de máxima afluencia. Eso ya no es un pasillo, sino una acera de Nueva York. ¡Y la gente habla por los codos! Incluso Cataclillo está allí. Es el único momento del día que cambia su paquete de cigarrillos por su aparatejo de vapeo electrónico para poder pasar un rato con los demás miembros del equipo. Mi PIJO también está allí. Como siempre, relajado, y ya es decir poco.

—¡Hola, Yoji! —exclama desternillándose F., contento con su ocurrencia.

—¿Yoji?

—Sí, Joy del revés es «yoj». ¡Y me recuerda a Yoji! ¿No sabes quién es Yoji? —Traducción: si no sé quién es Yoji, no soy nadie—. ¿Qué? ¿No sabes quién es Yoji?

Evidentemente, VIP aprovecha para meter baza. No puedo entrar en Google con el móvil y buscar a ese Yoji delante de ellos. No tengo otra opción que dejar que se burlen de mí… A modo de ejemplo, F. pone una música trance con el móvil. Se pone a saltar y a bailar allí mismo como en los conciertos de hard trance. Los demás disfrutan del espectáculo. El que ofrece el chaval enloquecido, pero sobre todo el de mi derrota. Aplauden. Resuenan los «you», «you».

—¿No conoces esto? ¿Hardstyle Disco? ¡Pero si es brutal! ¡Es superconocido este *anthem hard trance*!

—Espera, poco a poco, F., Joy ya no es tan joven, ¿sabes?

Todos estallan en una carcajada. Yo me repito en bucle la triste frase que me decía mi madre cuando era pequeña: «A palabras necias, oídos sordos»...

Pero, bueno, al lado del hard trance ese dicho suena realmente demasiado anticuado para dar la talla. Introduzco una moneda en la máquina y decido dejarlo correr mientras esbozo una sonrisa de «no está mal».

Cataclillo me analiza.

—¿Va bien la mañana, Joy?

Juego la carta de «claro-todo-bien».

—¡Muy bien, gracias!

—Me alegro, entonces... Porque estás un poco pálida...

—Es la luz de los fluorescentes, G. —lo corto antes de que me pida la tarjeta sanitaria para un informe médico o que me diagnostique algún tipo de anemia. Tengo que pasar a la acción. Rápido, antes de que la manada se disperse—. ¡Mirad! Ahora que os tengo aquí. V & U me han encargado redactar un publirreportaje para la agencia. Si tuvieseis que decirme una palabra para describir nuestro espíritu corporativo, ¿cuál sería?

¿Morderán el anzuelo de este pequeño sondeo inocente?

Sus expresiones dejan entender que la pregunta les da pereza, pero aquí toda demanda procedente de V & U se toma en serio. Cataclillo es el primero en responder.

—Excelencia, sin duda. Estrategia, si acaso.

—¡Prestigio! —prosigue la Taser.

—Imagen. Influencia. Impacto. Atractivo, esplendor...

¡Firmamento! —Cuando la VIP se lanza no hay quien la frene.

—¡Está fino! —exclama mi PIJO y pone los subtítulos para los mayores—: ¡Muy bien, vaya! —añade encogiéndose de hombros, como si fuésemos tontos por no saberlo.

Por suerte, a juzgar por los semblantes de los demás, no soy la única que no conoce la expresión.

En ese momento, seguramente atraídos por el alboroto, V & U aparecen en el pasillo.

—¿Qué pasa aquí? ¿Hay fiesta o qué?

Ugo tiene el don de hacernos saber con una sonrisa, humor y buen rollo que no se alegra de encontrarnos allí charlando en lugar de trabajar.

VIP reacciona de manera espontánea.

—Es Joy. Nos está pidiendo que le digamos palabras que describan la agencia, para el publirreportaje que le has encargado…

«Ay. Siento que se viene la hecatombe».

—¿Qué publirreportaje?

Unas cuantas miradas interrogantes se dirigen hacia Ugo. Pasa un ángel. Me gustaría ser un avestruz para meter la cabeza en un agujero, pero de momento el único agujero que hay es el que siento en el estómago. Toso exageradamente.

—¡Sí, Ugo! ¡El publirreportaje! —Abro los ojos como platos con una expresión extraterrestre lo suficientemente rara como para conseguir que calle.

—Ah, sí… ¡Eso!

Uf. Lo ha entendido. Es cierto que, con los últimos acontecimientos, no he tenido ni tiempo de poner al día a los Badass de la animación que he escogido para la fiesta de aniversario. V & U me piden con una mirada cómplice que vaya a verlos antes de la hora de comer.

La asamblea se disuelve. Cada uno vuelve a su guarida, con su café con palito en mano. He sudado tinta, pero me voy con un poco de materia prima de palabras. Por lo menos una tarea que puedo tachar de mi *to-do list* de la aplicación Procrastop…

14

La Navidad está a la vuelta de la esquina. Avisé a mis padres de que haría un sube-baja exprés para Nochebuena, y que tenía demasiado trabajo para poder quedarme unos días. Mi padre se quejó porque no llamaba casi nunca.

—Bueno, ¿cómo está mi palomita?

Mi querido padre. Siempre tan jovial. Con esa alegría franca, simple y comunicativa de la gente que no se come la cabeza. Cómo lo envidiaba; él, el artesano de souvenirs de madera para los turistas de playa... Cuando me mudé a París, huía de ese estilo de vida que me parecía un tanto rústico y aburrido, sobre todo en invierno. Pensaba que en la capital encontraría el ajetreo, el lujo, las lentejuelas, un torbellino de placeres, ¡una vida a mil por hora en la que por fin me sentiría viva del todo!

¿Cómo explicarle a mi padre que había caído en la trampa yo sola y que mi vida a mil por hora me estaba consumiendo por completo? ¿Podía confesarles a mis padres que alternaba unos momentos de hiperactividad en los que desplegaba una energía extraordinaria para estar a la altura de la imagen que quería dar en la agencia, y otros momentos en los que, escondida en mi casa, sola, muy sola, caía en un profundo letargo, incapaz de moverme, como anclada a mi cama, exangüe, agotada, arrollada por una sensación de vacío sideral? Yo, un punto minúsculo, flotando en un gran e inquietante vacío, sin bordes ni contornos... Pero la señora claro-todo-bien tiene la piel dura, y, para no preocupar a mi padre, finjo que todo va bien. Le explico que mi vida en París es formidable, que me respetan mucho en el trabajo, que incluso mis jefes me lo han demostrado confiándome la delicada misión de organizar la fiesta de aniversario de los diez años de la agencia. Que todo va sobre ruedas. ¿Por qué preocuparlos inútilmente?

—¡Me alegro, palomita! ¡Tenemos tantas ganas de que vengas a vernos!

Yo también tengo ganas de verlos. Y, al mismo tiempo, ese sube-baja me quitará energía y me retrasará con los preparativos del evento. ¡Los plazos son tan ajustados...! Precisamente esta mañana tengo cita con Benjamin. Gracias a Dios, me propuso ayudarme también a buscar el sitio. Es una prestación que de vez en cuando ofrece, bajo demanda, a pesar de que no es su especialidad. Sin embargo, todo este tiempo trabajando en el mundo de los eventos le ha proporcionado algunos contactos útiles. Se ofreció para acompañarme a visitar los tres sitios preseleccionados, y yo me apresuré a aceptar la oferta agradecida. ¡Así me evitaría tener que atravesar de punta a punta París en transporte público!

Benjamin me espera delante del edificio para irnos directamente. Me da los buenos días con cordialidad y yo le devuelvo un saludo más cálido. Me arrepiento de haber sido tan poco amable las últimas veces. No tiene por qué soportar ese comportamiento cuando él ha sido tan amable y profesional desde el primer momento. Hoy quiero mostrarle otra faceta mía. Le dirijo mi mejor sonrisa y me la devuelve con entusiasmo.

—¡Le sigo!

Levanta una ceja sorprendido, pero se le ilumina el rostro. Parece contento al verme de buen humor. Dejamos atrás la furgoneta blanca.

—¿No acabamos de pasar de largo su vehículo?

—Ah, no, no. Ese solo lo uso cuando tengo que transportar material voluminoso para los eventos... El resto del tiempo, alquilo un pequeño piojo.

—¿Un piojo? ¿Qué...?

Entiendo a qué se refiere cuando llegamos delante de una estación de recarga donde hay un coche azul eléctrico microscópico recargándose. En comparación, un Fiat 500 es como un Espace de ocho plazas. Alquila el vehículo con tres clics, me subo a su lado y a falta de espacio me pongo el bolso sobre las rodillas. ¡Pues ya estamos listos para dar una vuelta por París en un tarrina de yogur! Por extraño que parezca, la situación me hace sonreír. El buen humor debe de ser contagioso, puesto que ahora Benjamin decide hacer de guía turístico con un irresistible acento socarrón. Lo hace muy bien. Me río. Primero con timidez. Y luego abiertamente. París desfila ante nuestros ojos mientras recorremos los muelles del Sena. La luz es muy hermosa, proyectada sobre las aguas, las estatuas y los majestuosos monumentos. Durante cinco minutos tengo la sensación de estar de vacaciones. En un semáforo, Benjamin gira la cabeza hacia mí. Ya no tiene ese aire de payaso, sino una sonrisa franca.

—Es agradable.

—¿El qué es agradable?

—Verla así.

—¿Cómo?

—Sonriente. Relajada.

Vuelve a arrancar. Me quedo unos instantes absorta en mis pensamientos. Busco las palabras para decirle que lamento haber sido tan insoportable. Me lanzo:

—Lo siento.

—¿Por qué?

—No he sido demasiado agradable las últimas veces. —Se dispone a negarlo, por educación—. No intente desmentirlo. Sé que he estado inaguantable y le pido perdón.

Parece agradecer que le haya dicho eso. Su expresión se ha vuelto más cálida. Es absurdo, pero me siento aliviada. No me gusta estar en malos términos con nadie.

Se aventura a preguntar:

—¿Es su agencia la que le hace la vida imposible?

Espera la respuesta mirándome de soslayo. Pienso en todo lo que me pesa últimamente y que permanece oculto en lo más profundo de mi ser: la carga de trabajo, los proyectos que se suceden uno detrás de otro, la gente del equipo que me saca de quicio, la frustración de mi aventura clandestina... Debe de haber visto cómo se me crispa el rostro de nuevo. Suspira.

—¡Cualquiera diría que le hacen tragar sapos y culebras!

A modo de respuesta le ofrezco un silencio avergonzado y una sonrisa un tanto triste. Se ha roto el encanto. Pero ¿por qué le iba yo a contar mis penas y desgracias? Ni siquiera nos conocemos.

Acabamos de llegar al primer sitio. Me regaño internamente y me pido a mí misma guardar mis sentimientos en un cajón y hacer el favor de tragarme la llave. Me recompongo y recupero una actitud adecuada para la situación; neutra, distante y profesional...

15

Mira el sitio, toma algunas notas y hace preguntas técnicas para la organización del evento. Sin embargo, Benjamin nota que se ha vuelto a encerrar en sí misma desde hace un rato. ¿Es porque le ha dicho que le hacían tragar sapos y culebras? La observa con el rabillo del ojo, como si esperase el retorno de la otra Joy. La que ha visto algunas veces y que tiene un rostro totalmente distinto. Un rostro alegre, radiante, luminoso, que transforma sus rasgos de una manera espectacular. ¿Cómo pueden dos mujeres tan distintas convivir en un mismo cuerpo? La primera, retraída, tensa, casi sin brillo, ¡en cierto modo apagada! Y la otra, espontánea, viva, deslumbrante, con una belleza singular.

Sus carcajadas no solo le habían sorprendido, sino que le habían cautivado al instante. No se esperaba tal efecto. ¿Quizá era el contraste entre las dos Joy lo que había producido ese choque de sensaciones? Esa mujer le intrigaba. Pensó durante un fugaz momento en la vez que la había acompañado en coche y se había olvidado el móvil. Había visto la notificación de la aplicación Busybrain con el globo enorme de color rojo, señal de una carga mental al borde del colapso. Conocía la aplicación porque una vez había hablado de ella con los Max; habían dado con un artículo online que hablaba de esos nuevos trabajadores al borde de un ataque de nervios, consumidos por su trabajo, siempre bajo presión e incapaces de ponerle freno. Adictos al trabajo e incapaces de sentir alegría. ¿Y si eso era lo que le ocurría a Joy?

—Este sitio me parece mejor que el primero. Más adecuado. Más original también. ¿Vamos a ver el tercero?

—Eh, sí... ¿No se está olvidando de un detallito antes?

—No veo qué...

—¿La pausa para la comida? —se aventura a responder Benjamin.

—No creo que tengamos tiempo para eso.

Benjamin le lanza una mirada amablemente inflexible.

—Yo, por el contrario, opino que le dedicaremos todo el tiempo que haga falta a eso.

—Pero...

—¡En marcha!

—Rápido, entonces...

Benjamin finge que no la ha oído.

—¿Qué?

—¡Rápido, he dicho! ¡Deprisa, vaya!

—¿Deprisa? No conozco esa palabra...

Joy no sabe qué más decir. Eso es genial; cuando está desconcertada se olvida de sobrecontrolarlo todo.

—¿No cogemos el coche?

—No hace falta, está muy cerca de aquí.

Esa información parece aliviarla. ¿Estará pensando quizá en el tiempo ahorrado? Siempre esa carrera contrarreloj. Conoce un buen sitio, rápido y acogedor. Cuando llegan a la entrada, le sujeta la puerta con cortesía, gesto que la hace sonreír. Resulta agradable arrancarle una sonrisa. Benjamin siente que podría convertirlo en su nuevo juego. Cada sonrisa ganada son tantos puntos por ponerla de buen humor. Él cuida de su buen humor todos los días, como si se tratase de un amigo.

El sitio tiene encanto.

—¿Les bariolés de Maud? No lo conocía...

Se instala en un banquito azul y como si se tratase de un acto reflejo saca el móvil y lo deja sobre la mesa, a su lado. Sin ser consciente de la mirada de desaprobación que le lanza Benjamin, se sumerge en la lectura del menú, con un brillo de glotonería inesperado en los ojos. Él le explica cómo funcionan los *bariolés*.

—Mire, son pequeños triángulos *delicatessen* y coloridos, que van acompañados de crudités o de un gazpacho. Mi preferido es el Kabocha: calabaza confitada, queso de cabra, miel y tomillo. Pero si le gusta viajar le aconsejo el Berbère: tajín de pollo con frutos secos y especias de Marruecos.

—Tiene buena pinta.

Enseguida les toman nota. Inspecciona el lugar con la mirada. Benjamin empieza a saber leerla mejor. Parece que el sitio le gusta. El mobiliario de madera, simple pero acogedor, los cojines mullidos con patrones coloridos, las plantas verdes colgantes, las botellas de vino sobre las estanterías, en un nicho de piedra... El teléfono de Joy tan pronto vibra como suena. Ella no puede evitar mirarlo, y frunce el ceño mientras con un dedo ágil se encarga de la información recibida.

—¿No ha pensado nunca en apagarlo durante la comida?

Ella lo mira como si acabara de decir una estupidez.

—Es mi herramienta de trabajo —responde al instante, un tanto picada.

—¿Su herramienta de trabajo o su herramienta de tortura?

«¿Está bromeando?», parece preguntarse.

—De tortura, evidentemente. Me encanta sufrir.

Benjamin estalla de risa. Y de alivio también. Tiene sentido del humor. Nada está perdido.

Llegan los *bariolés* salados.

—¡Qué bonitos! —A Benjamin le sorprende esa exclamación alegre y casi infantil—. ¿Cómo lo hacen para teñir todo esto?

—¡Es cosa de ella! ¡Se llama Maud, la que se ha inventado estos triangulitos mágicos! Son productos y colorantes naturales. ¡Impresionantes! Tinta de sepia, cúrcuma, espirulina, alga verde, remolacha…

Impaciente por probarlos, le da un mordisco a uno de los coloridos triángulos hechos con una masa crujiente. Benjamin espera el veredicto.

—¡Fantástico! —Los disfruta, pero sobre todo los devora—. ¡No me había dado cuenta de que tenía tanta hambre!

Da gusto verla con apetito. Parece que se le han subido los colores de los *bariolés* a las mejillas. El móvil vuelve a emitir soniditos estridentes y desagradables.

—Lo siento. Son notificaciones… Tengo muchas aplicaciones…

—¿Cuántas?

La pregunta la incomoda.

—Muchas…

Benjamin no insiste. Terreno pantanoso. Además, cuando Joy decide guardar el teléfono en el bolso, Benjamin se siente todavía más conmovido.

El resto de la comida transcurre sin que se den cuenta del

paso del tiempo. Joy se muestra verdaderamente interesada por su trayectoria y hablan un poco de todo. Tienen una conversación fluida y agradable, sobre todo desde que Joy ha dejado de estar enganchada a la pantalla. ¡Relajarse la transforma! Es bastante fascinante observarlo. Les traen la carta de los *bariolés* dulces. El lema de la firma llama la atención de Benjamin y lo lee en voz alta.

—«El color de sus deseos...». Y sus deseos, Joy, ¿qué color tienen?

Se queda un momento desconcertada, con la mirada perdida.

—El color de mis deseos... —repite como si se hablase a sí misma—. A decir verdad, hace tiempo que no me lo planteo...

—¡Solo tiene que hacer un Pantone chino!

—¿Qué es eso?

—Es como un retrato chino, pero con la carta de colores universal. Tiene que asociar un color a cada uno de sus deseos profundos. Por ejemplo, azul: deseo de evasión, de mar abierto, de calma, de ociosidad...

—¡Su azul evasión me gusta! ¡Pero creo que no disponemos de tiempo para hacer mi Pantone chino!

Joy tiene la mirada fija en su reloj-quita-alegría. Un tanto decepcionado, Benjamin pide la cuenta.

—No pasa nada. Ahora que sabe cómo funciona, ¡podrá pensarlo por su cuenta!

Se dirigen al distrito XVIII para visitar el tercer sitio. En el coche, Benjamin tiene la impresión de ser el chófer, puesto que a su lado Joy encadena llamadas de trabajo una detrás de otra. Sin duda, sería una ardua tarea conseguir que esa chica reconectase con las verdaderas cosas de la vida. A base de escucharla hablar ha logrado identificar mejor lo que le pasa: ¡está tan sobreadaptada! ¡Es tan buena alumna! ¡La manera en que responde a los distintos interlocutores desvela una voluntad de hacer las cosas bien llevada hasta un punto tóxico! «Debería soltarse», piensa, curiosamente irritado. «¿Por qué te importa tanto?». Benjamin se sorprende a sí mismo cavilando al volante. «Porque es frustrante ver como alguien se echa a perder de esta manera. Tengo la intuición de que esta no es su verdadera naturaleza... ¡Mierda! ¡Y yo qué sé! Solo sé que está muchísimo más guapa cuando sonríe...».

Por un momento, otro rostro le viene a la mente. Myriam. ¿Por qué piensa en ella aquí y ahora, si Joy no se le parece en nada? Salvo porque ella tampoco sonreía muy a menudo. Sin embargo, le había seducido esa especie de reserva natural que según él le daba un aura de misterio y el atractivo de lo inalcanzable. Myriam había sido su gran amor y su gran decepción. Se conocieron en París tras su regreso a Francia. Era una bailarina con un cuerpo sublime que formaba parte de una compañía de ballet contemporáneo. Dondequiera que fuera, los hombres se giraban al verla pasar. Su elegancia, la belleza de sus rasgos, su pelo rubio y fino como hilos de seda... Benjamin se enamoró perdidamente sin darse cuenta de que Myriam no estaba viviendo la aventura con la misma intensidad. Era ambiciosa, incluso arribista, y soñaba con la fama internacional, de manera que no dudó ni un solo instante en aceptar una gran oportunidad al otro lado del Atlántico. Lo habría dejado todo por ella, a pesar de que por fin acababa de instalarse y crear su empresa. Pero todo se derrumbó cuando descubrió que iba detrás del director artístico que la había contratado. Salían juntos desde hacía ya un tiempo sin que él lo supiera. Benjamin no se había recuperado de esa traición. Desde entonces, no había vuelto a abrirle su corazón a una mujer y estaba mejor así. Procuraba limitarse a relaciones superficiales y efímeras, que no lo expusieran al riesgo de pasar por un sufrimiento tan insoportable como el que había experimentado con Myriam.

La visita del tercer sitio no dura mucho. No es en absoluto lo que busca Joy. Confirma que quiere el segundo sitio para la celebración del aniversario. No se lo puede creer; de pronto, va adelantada según el programa.

—¡Podré volver a la oficina y avanzar con los demás proyectos!

—O no. —Benjamin adopta una actitud tentadora. No sabe por qué, pero tiene ganas de presionarla un poco. Ella lo mira sin entender—. O aprovecha para hacer algo que no estuviese previsto…

—¿Que no estuviese previsto? —repite como si fuesen las palabras más incongruentes que ha oído en mucho tiempo.

—¡Sí! ¡Algún capricho espontáneo! ¡Así!

Chasquea los dedos en el aire para materializar el concepto. Ve perfectamente cómo su engranaje cerebral se ha puesto en funcionamiento. Hay que impedirle que piense, y no hay más que hablar. La coge por el brazo para llevársela en contra de su voluntad.

—¡Pero bueno! ¿A dónde vamos?

Benjamin se hace el misterioso.

—Volvemos a la infancia…

16

Llegamos a las puertas de un almacén situado en un remoto patio trasero del distrito XVIII. El lugar parece unas antiguas cuadras reformadas. Nos sale un espeso vaho de las bocas del frío que hace. Aún sigo preguntándome por qué he seguido a este energúmeno y su impulso de hacer novillos. Pienso en la montaña de dosieres que me espera en la agencia y siento cómo empieza a aparecerme una ansiedad familiar en la zona del diafragma. ¿Lo conseguiré? ¿Estaré a la altura de la tarea?

—¿Hola? ¿Hay alguien ahí?

Benjamin tiene un don especial: su buen humor es contagioso. Consigue ahuyentar los nubarrones grises que tengo en la mente y me trae de vuelta al presente.

—¡Me alegra tenerla de vuelta con nosotros! —suelta divertido—. Creía que la había perdido.

—Lo siento, lo cierto es que estaba pensando en todo lo que tengo por hacer y...

—La, la, la. Ahora mismo está conmigo en este sitio tan agradable y solo tiene que hacer una cosa...

—¿Cuál?

—Disfrutar.

Entramos en el almacén. El cambio de temperatura resulta impactante. La sala está muy bien climatizada. Me pregunto qué vamos a ver. Distingo una pancarta que me da un poco más de información sobre lo que me espera.

EXPOSICIÓN BRAILLE
La emoción al alcance de la mano

No intento disimular mi sorpresa. Me dirijo hacia el pequeño mostrador donde una chica joven está vendiendo tíquets para la visita, pero Benjamin se me adelanta. Le dice unas palabras en voz baja. La chica sonríe encantada y desaparece detrás de una cortina. Al cabo de unos instantes, vuelve acompañada de un hombre alto enfundado en una camisa blanca con chorrera que le confiere una prestancia indiscutible. Se dirige hacia nosotros, se acerca mucho a Benjamin y le palpa los hombros con las manos. Después abre los brazos de par en par.

—¡Benjamin, amigo mío! ¿Has podido venir a pesar de todo el trabajo que tienes?

—¡Por supuesto que he venido! ¡No me perdería tu expo por nada del mundo!

Ambos se giran hacia mí y Benjamin nos presenta. Me sorprende que me describa como «una amiga», pero al mismo tiempo no me lo imagino diciendo: «Joy, una clienta un poco insoportable aunque simpática que debería estar trabajando como una loca en la oficina ahora mismo, pero, como he notado que necesitaba una pausa, me la he traído conmigo...».

El hombre se llama Yvon.

—Encantado, señorita. —Se adelanta a mi pregunta con picardía—. Tengo una pérdida de la visión del noventa por ciento, ¡pero le puedo asegurar que con el diez por ciento que me queda no me pierdo ni un detalle del mundo!

Me estremezco cuando me mira con esos ojos azul piscina. Una mirada magnífica que concentra toda su intensidad en el único ojo con visión. Toma mi mano entre las suyas. Tiene unas palmas grandes y cálidas que desprenden un no sé qué dulce y tranquilizador.

—Los amigos de Benjamin son mis amigos.

Me conmueve que me acoja con tanta amabilidad a pesar de que ni siquiera me conoce.

—¿Nos haces tú la visita?

Yvon se mueve sin dificultad por el espacio. Admiro su manera de tenerse en pie, de avanzar sin miedo, con esa confianza tan plena de la que yo no poseo ni una décima parte. ¿Hace cuánto que tengo la impresión de avanzar a tientas por la vida, entre la niebla opaca de mis deseos borrosos? Sin quererlo, Benjamin me había pillado con esa pregunta durante el almuerzo sobre el color de mis deseos. ¿Cómo podría asignarles un color si no conseguía ni siquiera identificarlos? Creía haber encontrado todo lo que siempre había querido al entrar en una prestigiosa agencia que me permitía codearme con personalidades y estar inmersa en un entorno distinguido y muy deseado. ¿Pero deseado por quién, por qué? Ya no estoy muy segura...

Benjamin me tira de la manga para conducirme hacia una primera caja negra colgada de la pared, de un metro de altura, unos ochenta centímetros de ancho y unos treinta de profundidad. En la parte delantera de la caja hay dos agujeros lo suficientemente grandes como para introducir las manos. Al lado de la caja, en una mesita, se encuentran algunas hojas de papel de dibujo y ceras de colores.

Esperaba encontrarme con cuadros y me quedo desconcertada al ver una serie de cajas negras.

—No lo entiendo.

Yvon me sonríe con una indulgencia adorable.

—Es normal. Es porque no hay que entender nada. Hay que sentir.

—¿Sentir?

—Venga, ponga las manos dentro. ¿Qué siente?

Cierro los ojos para centrarme en las sensaciones. Pero, de momento, lo único que siento es la insistente atención de dos hombres puesta en mí, observando mi reacción. Benjamin debe de darse cuenta de mi incomodidad. Posa la mano sobre mi hombro y me susurra amablemente al oído que no les preste atención. Es en vano. Sin embargo, a nivel de sensaciones, el resultado es muy satisfactorio; ahora soy muy consciente del contacto de la mano cálida de Benjamin sobre mi hombro. Yvon estaría contento, mi mente ha cambiado a modo kinestésico.

—¿Qué?

La voz de nuestro guía me lleva de vuelta a la exploración. Siento cómo los relieves aparecen bajo mis dedos. Estos enseguida se convierten en mis ojos y me dibujan una imagen mental.

—¿Es una cara?

—¡Sí! ¡Bien! Continúe…

Me resulta todavía más sorprendente notar con claridad las diferencias de temperatura de una zona a otra de esta escultura en bajorrelieve que estoy descubriendo a ciegas. Yvon me explica que ha encontrado otra manera, que no sea con la pintura, de representar el concepto de los tonos cálidos y fríos.

—Fue así como tuve la idea de crear esta serie de retratos térmicos. Gracias a las sutiles variaciones térmicas, se puede hacer una idea al tacto de la disposición de los colores de la obra. El tono más cálido es el rojo, el más frío el azul...

Estoy fascinada. Y, en efecto, el retrato que tengo bajo los dedos va apareciendo cada vez con más claridad en mi mente, con un increíble cabello de tonalidades frías (sin duda azules y violetas), con una gran parte de la cara en la que debe de predominar el rojo, puesto que los dedos me queman, y con otras partes de agradables tonos tibios, probablemente tipo amarillo anaranjado.

Retiro las manos y cruzo una mirada con Benjamin, que espera mi reacción.

—¡Es fantástico!

Parece contento de que la experiencia me haya gustado. Ahora introduce las manos en la caja negra. Aprovecho que tiene los ojos cerrados para observar cómo las emociones le tiñen el rostro. Una exposición dentro de una exposición. Benjamin es muy expresivo. Es divertido verlo sentir.

Cuando acaba, Yvon nos propone que dibujemos con las ceras lo que creemos haber visto. Me muestro un tanto reticente. Siempre ese miedo a hacerlo mal.

—¡Haga como si tuviera ocho años!

Es cierto que los niños nunca dudan antes de hacerse con los colores. Quizá por eso dibujan tanto. Cuando se es mayor, la mirada de los demás bloquea. Probablemente es miedo a ser juzgado. Yvon debe de notar mi aprensión, puesto que me anima con un comentario tranquilizador.

—¡Disfrute, de todas maneras solo veré su dibujo a medias!

Al cabo de un rato, dejamos las ceras. Nos reímos a carcajadas de nuestros dibujos.

—Los colgaremos con los demás.

Hay una pared entera cubierta de «retratos sentidos» de los demás visitantes. Los dibujos, sin duda torpes y en su mayoría garabatos, desprenden sin embargo una gran emoción y causan una impresión de lo más conmovedora.

Al final Yvon nos muestra un interruptor situado al lado de cada caja que permite iluminar el interior, así como una mirilla desde donde admirar la obra original.

—¡Es magnífico! ¡Pero creo que me he acostumbrado a que me gusten todavía más al tacto!

Dejamos unas palabras de elogio en el libro de visitas, y después Yvon nos acompaña a la salida. Nos coge por el hombro a los dos, como si a mí también me conociera de toda la vida.

A pesar de que solo tiene una imagen muy imprecisa de nosotros, nos envuelve amablemente con la mirada. Dios mío, casi parece que nos esté dando... ¡su bendición! De pronto lo entiendo. Se ha pensado que somos... ¡lo que no somos! Vuelvo a coger distancia con sequedad y les hago entender a los señores que ya es hora de que regrese al trabajo. Benjamin asiente, pero su expresión se vuelve hermética. Mientras nos alejamos, Yvon no puede evitar soltarnos con voz risueña la célebre frase de Saint-Exupéry:

—Y, amigos, no lo olviden: «Solo con el corazón se puede ver bien; lo esencial es invisible a los ojos...».

Una vez en el coche y tras permanecer unos instantes silenciosa, me relajo de nuevo. Benjamin ha puesto la radio y canturrea alegremente. Este hombre debe de desprender ondas cigomáticas; me dan ganas de sonreír involuntariamente. Este descanso me ha sentado muy bien. Y escapar del ambiente cargado que hay en la agencia también.

—Gracias por este rato. De verdad que ha sido muy...

Noto que en el interior de mi bolso el móvil empieza a vibrar, recibir notificaciones y sonar. Como si se estuviese vengando de que me haya tomado un momentito de libertad. Por primera vez desde hace mucho tiempo, me niego a ser la ayudante devota y atenta a la que pueden molestar a voluntad.

—¿No responde?

—Seguramente puede esperar. Y me apetece alargar un poco más este momento de descanso...

La noticia parece alegrarle.

—Tiene una cantidad de llamadas impresionante.

—La verdad es que la gente de la oficina me llama por cualquier cosa...

—¿Cómo? ¿Durante todo el día?

—¡Oh, sí! ¡Y a veces hasta bien entrada la noche!

—¿Y no ha intentado nunca delimitar?

—¿Qué entiende por «delimitar»?

—Establecer límites, líneas, ¡saber decir que no, vaya!

Me encojo de hombros en señal de impotencia.

—No —le respondo con una sinceridad desarmante.

—¡Ah! ¡Ve como sí que sabe decir que no!

Me río. Sienta tan bien...

Me doy cuenta de que, en lugar de llevarme a la oficina, aparca cerca de la plaza principal del barrio, donde han puesto un mercado navideño.

—¿Qué hace?

—Pues es evidente, ¿no? ¡La llevo a merendar! Hacen unos churros deliciosos con un vaso de sidra caliente...

—¡Protesto!

Benjamin se tapa los oídos, se dirige a abrirme la puerta y me saca fuera del coche.

—¿Sabe cuál es su problema, Joy?

—¿Cuál?

—Que tiene el síndrome de la buena alumna... —Mientras me guía en contra de mi voluntad por el mercado navideño temporal, me lo explica—: Tengo la sensación de que, a fuerza de querer hacerlo todo tan bien, se hace daño...

—Es cierto que quiero hacer bien las cosas, pero... ¿es eso algo malo?

—¡Si es en gran medida, sí! Querer controlarlo y dominarlo todo es imposible, y supone someterse a una presión infernal en el día a día. ¿Me entiende?

Me ruborizo ligeramente y hundo la nariz en la bufanda para que no perciba mi bochorno. Continúa con su implacable razonamiento.

—Mire, por ejemplo, estoy seguro de que tiene una carga mental enorme, ¿cierto?

—¿Cómo lo sabe?

—Eh, pues... vi la notificación de Busybrain en su móvil el día que nos conocimos.

—¿Me miró el móvil?

Benjamin le extiende un billete a la vendedora del puesto de churros y sidra y nos quedamos de pie en una mesa alta que han colocado para los consumidores.

—No lo miré, ¡aparecía un globo rojo gigante en la pantalla! Además de un increíble número de notificaciones. Joy, ¿cuántas aplicaciones tiene exactamente?

Le doy un mordisco a un churro ardiendo, prefiero quemarme la lengua antes que responder a su pregunta. Debe de haber notado que ha tocado un punto sensible, y no lo deja correr.

—¿Joy?

Doy un gran trago de sidra caliente y sigo sin responder.

—¿Joy?

—Muchas —contesto a regañadientes.

—¿Qué tipo de aplicaciones?

Me aclaro la garganta con fuerza.

—Principalmente, aplicaciones como Busybrain. Aplicaciones para gestionar mejor las cosas, que me tranquilizan...

Benjamin se toma un tiempo para digerir mis palabras y me mira con intensidad. Me gustaría apartar la mirada, pero es imposible. No quiero que descubra mi vulnerabilidad. Siento cómo la emoción me sube hasta los ojos. Intento reprimirla. Se me hace un nudo en la garganta. Una gran lágrima que no consigo contener me cae mejilla abajo. La atrapo con el dorso de la mano, molesta. Llega otra, y él la seca con el pulgar, con mucha dulzura. Deja la palma cálida sobre mi rostro y se inclina amablemente hacia mí. Puedo ver los matices color ámbar de sus ojos claros, a menos que sea el reflejo de las guirnaldas decorativas.

—Ey, ey, ¿Joy? Míreme. No es tan grave todo esto, ¿de acuerdo?

Me susurra esas palabras reconfortantes como si le hablase a una niña pequeña. Asiento con la cabeza forzándome a sonreír a través de unas pocas lágrimas que caen traicioneras. Él continúa secándolas con el dorso del pulgar. ¿Cómo hemos podido pasar en cuestión de segundos a esta situación tan íntima, a esta proximidad? Es bastante surrealista, pero tan reconfortante.

—Joy, es joven, es guapa. —Ahora digo que no con la cabeza—. Sí, sí, es guapa, su futuro le pertenece…

—Lo…, lo dice para subirme la moral… ¡Pero creo que no se me da muy bien esto de la felicidad! Es así… No sé cómo hacerlo…

Mi tono resignado le hace fruncir el ceño.

—¿O sea que una mañana se levantó y decidió marcar la casilla de «ser infeliz»?

Suelto una extraña carcajada.

—No, pero…

—Entonces, si es que no, es que todavía no está decidido.

Parece estar reflexionando sobre una idea. Le da un mordisco a un churro y me habla con la boca llena. No puedo evitar señalarle que eso no se hace. Se ríe.

—Lo ve, Joy, es precisamente esto a lo que me refería. Es demasiado alumna ejemplar. Demasiado aplicada. Solo hay que ver el síndrome de aplimanía en el que se ha encerrado: ¡un sistema cerrado a cal y canto, y sobre todo hiperpresurizado!

Lo miro como diciendo que es muy amable, pero que todo eso no me aclara qué es lo que debo hacer. No me privo de preguntárselo.

—Y explíqueme, genio, ¿qué hago, entonces?

Sonríe mostrando todos los dientes, orgulloso de su ocurrencia.

—¡Debería «desaplicarse»!

17

Paso una noche bastante turbulenta. No paro de dar vueltas y más vueltas en la cama. No consigo poner los pensamientos en *off*. Y con razón. Pasar el día con Benjamin me ha sentado muy bien y a la vez me ha alterado. Durante las horas que le he seguido, me ha sorprendido su capacidad de vivir los acontecimientos con esa especie de actitud relajada y tranquila, como si todo fluyese. Él también debe de tener mucho trabajo con una empresa por gestionar; sin embargo, ha encontrado tiempo para concederse un buen almuerzo, ir a ver una exposición y hacer una pausa gourmet en un mercado navideño... Es innegable que el hecho de seguir su ejemplo por un día me ha rellenado el depósito de energía. Al volver a casa, me he notado con la mente más clara, como si ese tiempo de ocio hubiese sido una gran bocanada de aire para mi estado de ánimo. Por desgracia, el efecto no ha durado y a medida que ha ido avanzando la noche he notado un extraño aumento del estrés y una especie de culpa ante la imagen de todos los dosieres en los que no he avanzado debido a unas pocas horas de libertad.

Ahora estoy mirando el despertador, que marca las 4.30 de la madrugada. Y con los ojos abiertos como platos, pegados al techo, acabo alimentando una suerte de enfado hacia

Benjamin. Como si lo culpara por tener esa facilidad para fijarse en el lado bueno de la vida. A Benjamin se le da bien ser feliz de la misma manera que a otros se les da bien tocar un instrumento o aprender un idioma. Dice que soy demasiado «buena alumna». Me molesta; ¿cómo tiene el valor de decir eso, después de todo lo que sabe sobre mi vida, mi carga de trabajo y La Octava Esfera? Además, se equivoca, tengo más bien la sensación de ser un cero a la izquierda en materia de felicidad... Rabiosa, aplasto la cabeza contra la almohada. Él es su propio jefe. Es mucho más fácil ser guay en esas condiciones. Yo tengo que obedecer, sobreadaptarme a los deseos de unos y otros para conservar mi puesto... ¿Cuánto margen tengo para cambiar las cosas, eh? Me retuerzo entre las sábanas arrugadas por el insomnio. Irritada, cuando dan las cinco, me deshago del edredón, me levanto y me dirijo a la cocina. Abro la nevera en busca de cualquier alimento que me calme. Opto por un yogur natural. Nunca se sabe. Quizá el bífidus calme los nervios a flor de piel. Le añado azúcar hasta el borde. El azúcar es un acierto seguro para encontrar consuelo. Me hago un ovillo en el sofá y engullo el lácteo tiritando. ¿Dónde he metido la puñetera manta? Ah. Sí. A lavar, por supuesto. Intento sepultarme bajo los cuatro cojines del sofá para no coger frío, pero el método resulta ser poco eficaz. Continúo dándole vueltas. «Desaplicarme, desaplicarme...». ¡Menuda ocurrencia! Y no tengo ni idea de lo que quiere decir. ¿Era consciente del impacto que podía tener en mí su comentario ingenioso? Sinceramente, me ha herido que me diga que le doy la impresión de ser una «buena alumna» un tanto estirada. Vuelvo a meterme en la cama, ¡sin duda incapaz de relajarme! «Solo las verdades duelen», me dice una vocecita interior que tengo ganas de acallar a golpe de bastón. Cojo el móvil con mano febril. Debe de existir alguna aplicación que ayude a conciliar el sueño, ¿no? Paso unas cuantas decenas. De pronto, siento vértigo, casi náuseas. Me siento sola y triste. Me gustaría que alguien estuviese aquí. Pero sé perfectamente que ninguna aplicación me abrazará... Decido realizar unas cuantas respiraciones profundas. Al cabo de un rato, el alboroto que hay dentro de mi cabeza se calma un poco. Otra vocecita toma el relevo. «¿Y si en lugar de enfadarte le preguntas con amabilidad qué ha querido decir con eso?». Sí, la idea me parece bastante bien. De todas maneras, tengo que ir a verle al estudio para continuar con la preparación de nuestras creaciones textuales. Será un buen momento para entablar una pequeña conversación, como si nada.

18

Cuando Benjamin le abre la puerta a Joy, siente como si un soplo de mal humor penetrara en su guarida. Qué agradable. ¡Qué contraste con la última vez! Cambio de rostro. La expresión alegre no ha aguantado. No obstante, hace como si no se diese cuenta de nada y se acerca para ayudarla a quitarse el abrigo. Ella lo esquiva y prefiere quitárselo ella misma y tirarlo sin delicadeza alguna sobre el sofá de la entrada. Se anticipa a su oferta de un *macchiato* y lo rechaza.

—Hoy tengo prisa y de verdad que hay que avanzar.

Benjamin piensa que habría que prohibirle en su vocabulario todos los «hay que» y «tengo que», que cuentan con esa capacidad de meter presión.

Ambos se instalan frente al ordenador. En efecto, «tienen que» trabajar en el Brandscape, el paisaje de palabras 3D sobre los valores de la empresa. Benjamin ha creado una original composición gráfica jugando con el tamaño de las diferentes palabras. Joy lanza una mirada crítica al conjunto y empieza a dictar modificaciones. ¡Mira que es desagradable esa faceta de mandona!

—Para que lo entienda, ¡no todas las palabras tienen la misma potencia, la misma importancia! ¡Por ejemplo, el glamour, allí, es demasiado grande comparado con la excelencia!

—Ningún problema —contesta Benjamin intentando disimular su irritación.

Entre clic y clic, la observa sin que se dé cuenta. Ella se retuerce en el asiento. Percibe sus ojeras azuladas. El brillo de tristeza y de melancolía en la mirada. Nota que algo no va bien. Fingir no le funciona con él. De pronto, se harta de que interprete un papel que no se parece a como es en realidad. Prefiere cuando baja la guardia y puede ver por fin a la Joy auténtica. Aparta el ratón y se levanta con brusquedad de la silla.

Ella se sobresalta.

—¡Venga, vamos! ¡Paramos máquinas!

—¿Qué?

—Paramos, Joy. Está cruzada hoy.

—¡No, no entiendo por qué reacciona así! Hay que...

—¡Basta! ¡Ha agotado su reserva de «hay que»! ¡Ya no puede decir ni un solo «hay que» más!

La coge del brazo y la arrastra hasta la cocina. La sienta en un taburete a pesar de las protestas y mantiene las manos sobre sus hombros para que lo escuche.

—No le voy a decir ningún «hay que»; le voy a decir, Joy, ¡que NECESITA tomarse el tiempo que haga falta para decirme qué es lo que le pasa!

Lo mira, boquiabierta. Tal y como se esperaba, Benjamin ve cómo cae la máscara. Su pseudoagresividad es un camuflaje. Un camuflaje que esconde sufrimiento y tristeza, está seguro de ello.

A pesar de los esfuerzos por mantener el control de sí misma, la emoción acaba invadiéndola y habla.

—Lo que me dijo el otro día..., que tenía que desaplicarme... ¿Cómo decirlo...? ¡Me dio una imagen de mí no muy buena!

—Qué pena, Joy, porque no era el efecto deseado, todo lo contrario.

—¿Tan aburrida le parezco? ¿Tan «buena alumna» y estirada?

Benjamin suelta una carcajada, pero, ante el semblante grave de Joy, entiende que urge tranquilizarla.

—¡Para nada! ¿De verdad cree que habríamos pasado un día tan bonito juntos si fuese el caso? Le voy a decir lo que ocurre, Joy...

—¿Qué?

—Ocurre que, no sé por qué, hay algo de usted que me conmueve desde el primer momento... Es irracional, pero siento que lo que muestra de usted, esta especie de personaje que se ha creado desde que trabaja en esa agencia, pues, bueno, no es su yo real...

—¿Cómo que no es mi yo real?

—No, es como si interpretara un papel que no se parece a usted. Como si su verdadera esencia se hubiese perdido por el camino, un poco como si hubiese renegado de ella... Y por eso a menudo parece triste.

—Ah, ¿sí? ¿Parezco triste?

—No todo el tiempo, no. Y adoro eso. Cuando a veces se olvida de tener el control, cuando se deja sorprender, entonces la alegría vuelve a su rostro. Y esa gran sonrisa que deja brotar la ilumina. Un poco como cuando la luz del sol se abre paso entre las nubes de un cielo muy cargado, ¿sabe?

Benjamin se detiene, consciente de sus propias palabras y sus manos, que están representando ese paisaje imaginario en el aire. ¿Acaba de decirle en voz alta lo que realmente piensa a esa mujer? ¿No está muy fuera de lugar decir ese tipo de cosas a una clienta? ¡Maldita sea su espontaneidad!

Se muerde el labio y mira profundamente a Joy, tratando de descubrir el impacto de sus palabras en ella. Un silencio incómodo se cierne sobre ellos, cuando de pronto la puerta del estudio se cierra.

19

Carmen sujeta el casco de moto bajo el brazo. Rayane camina pisándole los talones. Han llegado a la vez y han decidido traer cruasanes. Carmen se da cuenta enseguida de la situación. Parece una escena de confidencias, piensa para sus adentros; los dos protagonistas inclinados el uno hacia el otro de esa manera, para crear una atmósfera más íntima, los ojos de la chica con ojeras y húmedos de emoción mal contenida. Después de todo este tiempo ya empieza a conocerlo, a su Benjamin. No necesita un descodificador para ver la atención que le dedica a esa mujer. Y es cierto que desprende algo particular. No sabría decir qué. A veces irritante, a veces conmovedora... Seguramente sea eso lo que le llama la atención a Benjamin. Los mira y se descubre a sí misma cruzando los dedos. Y es que ella solo le desea el bien a su Benjamin. No logra entender cómo alguien como él todavía está soltero. Un chico guapo, con un corazón tan grande, amable, listo, luminoso... Un día intentó indagar un poco. Él se mostró bastante evasivo, pero le pareció entender que había tenido una mala experiencia con una mujer hermosa que se lo tenía demasiado creído, y que había cortado con él, dejándole el corazón roto. Desde entonces, su Benjamin no tiene ganas de preocupaciones. Acepta la vida tal como viene y prefiere no atarse a nadie. Pero, angelito, no sabe todavía que el corazón de los hombres necesita un puerto, porque un corazón siempre de flor en flor no es bueno, a la larga termina secándose. Ella sabe de lo que habla. Durante mucho tiempo, se prohibió enamorarse por miedo a sufrir. Hasta el punto de dejar pasar al que podría haber sido el hombre de su vida. Escucha a menudo la canción de Gabin *Maintenant je sais*. Y hace que se le salten las lágrimas. Sobre todo este fragmento:

> *Lo que he aprendido se resume en tres, cuatro palabras.*
> *El día en el que alguien te ama es un día hermoso.*
> *No puedo decirlo mejor, es un día hermoso.*

Ahora, cuando echa la vista atrás, ella también lo sabe. Y no dejará que su Benjamin cometa la misma estupidez que ella...

Rayane se acerca a la mesa de la cocina y se sienta en un taburete alto.

—Bueno, ¿qué pasa aquí?

Lanza una mirada interrogativa a su amigo. Carmen, Benji y él se han convertido en una familia. Lo comparten todo desde hace unos años. Está orgulloso de formar parte de los Max. No comparten la misma sangre, pero sí la misma filosofía; juntos procuran vivir de una manera más libre, más solidaria y más feliz. Se conocieron hace muchos años en un torneo de combates de oratoria. Un cuadrilátero de palabras. El jurado no consiguió escoger a uno de los dos. Acabaron empatados y después celebraron su covictoria yendo a tomar una copa. Tuvieron una acalorada conversación sobre el amor por las palabras y la poesía que los mantuvo en vela hasta el amanecer y selló el inicio de una gran amistad. Más tarde, la idea de montar una empresa juntos surgió de forma natural. ¡Qué felicidad tan pura trabajar con personas que uno escoge y que están en la misma onda! Entre ellos no existía ningún tipo de rivalidad. Preferían la complementariedad. Rayane tenía un humor bastante ácido, pero Benji acabó acostumbrándose y dejaba que se metiera con él no sin demostrar una extraordinaria habilidad con las respuestas mordaces. Los Max tenían una ligereza profunda. Abordar las cosas poniendo el corazón, pero no con demasiada seriedad. ¿Quizá era eso lo que le faltaba a Joy? Solo se había cruzado con ella tres veces en el estudio, y es la sensación que le había dado. Como una crispación. Algún bloqueo. Es una pena, porque por otro lado, cuando en otros momentos la había oído reírse a carcajadas con Benji, parecía alguien muy distinto... «¡A esta chavala habría que sacarla de su contexto! —pensó involuntariamente—. Desmelenarla un poco, a ver qué pasa...». Sin embargo, por ahora tiene ganas de entender mejor lo que está pasando, sobre todo porque su amigo parece bastante afectado por la situación. Y lo que afecta a su amigo le afecta a él.

Rayane se dirige a mí:

—Bueno, Joy, ¿qué tal va la mañana? ¿Interrumpimos algo?

Parece amable, este tal Rayane. Rectifico: los tres parecen amables. El tipo de gente al que uno podría confiarse sin dudarlo. Me miran con esa expresión benévola, esa actitud un tanto familiar que me da la impresión de ser ya de los suyos... Resulta extraño sentirse rodeada y que sea agradable... Los tres tienen la mirada clavada en mí, esperando que me entregue. ¡Pero a ver! ¡Tampoco voy a ponerme ahora a contarles todo lo del hastío de la palomita! Apenas los conozco... Me pongo en pie para intentar una evasiva y uso la técnica del claro-todo-bien como si fuese una estocada de esgrima.

—Todo bien, todo bien, gracias, nada interesante que contar, y además tenemos mucho trabajo, así que propongo que nos pongamos a ello sin demora. De todas formas, son muy amables, gracias...

Es un fracaso estrepitoso. No se lo creen ni por un segundo. Benjamin, como siempre con esa dulzura irresistible, me agarra por la muñeca e impide que me vaya.

—Ah, pero yo no estoy de acuerdo en absoluto. ¡Creo que tiene cosas apasionantes que contarnos sobre su agencia y estaremos todos encantados de escucharla!

Asienten todos a la vez tan sincronizados que parece que hayan ensayado antes de representar la escena.

Benjamin continúa:

—Y estoy seguro de que juntos se nos pueden ocurrir muy buenas ideas para que se desaplique...

Pone al corriente a sus compañeros brevemente sobre toda esa historia de la desaplicación. Carmen y Rayane me dirigen ahora miradas compasivas, de esas que se dedican a alguien a quien se quiere ayudar. Jugueteo con el móvil y estoy a punto de activar discretamente la aplicación False Call, que genera una llamada falsa para tener una coartada y huir de una situación incómoda, como una reunión interminable o una cita aburrida... ¡O un interrogatorio amistoso como el de hoy! Pero este estudio tiene un efecto muy particular en mí; esta atmósfera protectora, cómoda, acogedora, con estas personalidades tan abiertas, empáticas y espontáneas. Después de todo, podría estar muy bien sentirse escuchada por una vez, sobre todo teniendo en cuenta que me paso el día escuchando las confidencias de los demás. Me siento de nuevo y, poco a poco, empiezo a hacerles un resumen de cómo es mi vida en La Octava Esfera...

Han permanecido impasibles durante todo el relato. Han prestado atención a las descripciones de cada personaje de mi historia y sus anécdotas. La VIP, que siempre me hace sentir insuficiente; la Taser, que me traspasa su estrés y se desahoga cada día contándome sus insignificantes problemas, drenando por completo mi energía; Cataclillo, que deja una estela con tanto pesimismo como nubes de humo; PIJO, mi becario inepto que se aprovecha de mi amabilidad para hacer lo mínimo posible; después viene el turno de los Badass, V & U...

—Para ellos, demasiado nunca es suficiente, ¿saben...?

Les hablo de su tendencia a tensar la cuerda, a forzar la máquina sin reparos. Menciono la personalidad esnob de V., a la cual parece producirle un malvado placer ignorarme y que debe de haberme dedicado tres gestos de reconocimiento en siete años.

—En cuanto a Ugo...

Me detengo, incapaz de seguir, con las mejillas sonrosadas, avergonzada por tener que hablar de mi aventura. Me enredo con explicaciones confusas que a Carmen le parecen claras.

—¡Que tiene una aventura con él, vaya! —Carmen lo dice con una franqueza desarmante—. No hay necesidad de avergonzarse, ¿sabe? No nací ayer, ¡y no es la primera que tiene un lío con su jefe!

Lanzo una mirada avergonzada en dirección a Benjamin, pero no parece que le haya afectado lo más mínimo.

—¡Entonces no me sorprende que se coma tanto la cabeza!

—Con razón... —añade Rayane mientras se frota los ojos con las palmas de las manos como para ahuyentar la imagen de todas esas personas molestas.

—Sí, ¡pero no hay que caer en la trampa del «con razón»!

Me giro hacia Carmen sin entender a qué se refiere.

—¿Qué es la trampa del «con razón»?

—¡Es escudarse en eso para tomárselo todo como una tragedia! Cuando tenía su edad, yo también me lo tomaba todo tan en serio. Y luego, un día, fui a ver a mi abuelo para contarle mi pequeño drama de aquella época: un chico que me gustaba al final había decidido salir con otra chica. Y él me dijo con su querida voz teñida de humor y sabiduría: «Hijita mía, ¿qué será de ello en seis meses...? ¿Qué será de ello en un año...? ¿Qué será de ello en diez años...?». Y me dije a mí misma que a partir de ese momento intentaría mirar todo lo que ocurriera en mi vida con más perspectiva, porque, al final, a menudo hay muchas menos cosas graves de las que pensamos.

Pasa un ángel, pero Rayane rompe el silencio haciendo percusión con los dedos sobre la mesa y exclamando alegremente:

—¡Qué bonita historia, Carmen!

—En todo caso, a mí me ha dado una idea para una primera acción...

Giro la cabeza hacia Benjamin, intrigada.

—Debería probar la técnica del señuelo camaleónico.

Los tres Max sueltan una carcajada cómplice. Por lo que parece, todos saben en qué consiste.

—¿Y qué es el señuelo camaleónico?

Los tres conspiradores se inclinan hacia mí y exclaman al unísono:

—Se lo vamos a explicar...

20

«¡Que se divierta!», me había susurrado Benjamin el día anterior antes de que me fuera. Es la primera vez que llego al trabajo con este estado de ánimo. Sin embargo, siento que hay un concepto en el que vale la pena ahondar. El principio es simple: ¡jugar con la situación en lugar de que ella juegue conmigo! En otras palabras, recuperar el control de la situación, dirigir la función, ¡ser la reina del baile! ¡Dejar de aguantar el comportamiento de los demás, ese es el objetivo!

Sé lo que tengo que hacer, pero, cuando estoy a punto de pasar a la acción, de pronto siento una especie de pánico escénico, como una actriz antes de subir al escenario. Una mezcla de miedo y excitación. Hay que ir con todas, porque mi juego tiene que ser lo suficientemente fino como para que nadie lo note. Para ello, el abrevadero es un lugar estratégico. Allí es donde se encuentran los fuertes y los débiles. Los depredadores y las presas. Cada vez me corroen más las ganas de cambiar de categoría y demostrar que, en esta jungla de terrestres de dientes largos, los más fuertes son ante todo los más astutos…

Introduzco una moneda en la máquina y espero. Sonrío por dentro cuando veo aparecer a la Taser. ¿Cómo es posible?, ¡parece que tenga una antena o que perciba mi presen-

cia a kilómetros de distancia! Se dirige hacia mí, selecciona
también su café y, como todos los días, reproduce su ritual
preferido, esto es, cogerme por banda y hablarme en bucle
de lo que le inquieta, hasta haberme vaciado encima todo su
saco de problemas. Cualquiera diría que en una vida anterior yo era Gran Oreja (así es como imagino el personaje de
una tribu ancestral encargado de escuchar las pequeñas desgracias de sus compañeros indígenas...). Por lo general, intento interrumpir ese interminable relato con el que consu-
me mis horas de trabajo, hiervo y estallo por dentro, pero
siempre me acabo resignando, incapaz de atreverme a cor-
tarla. Debo decir que a lo largo de los años intenté justificar
mi falta de asertividad con los argumentos equivocados;
después de todo, ¿no era una señal de confianza que la Taser
se abriese conmigo? ¿No era su manera (una manera insoportable, ciertamente, pero una manera al fin y al cabo) de
mostrarme su estima, o por lo menos el comienzo de una
cierta complicidad? Hoy estoy lista para afrontar la verdad.
La Taser me quita el aire desde hace mucho tiempo y me
aspira la energía como si fuese un auténtico oso hormiguero
de oficina. Ha llegado la hora del señuelo camaleónico. Repito el concepto en mi cabeza como una fórmula mágica, un
hechizo divertido. La idea me hace reír y me infunde el valor
necesario para intentar el experimento. Llevo un rato escuchando a la Taser como nunca antes la había escuchado.
Todo mi ser está dirigido hacia ella, atento a todas y cada
una de sus palabras. A diferencia de lo que hago habitualmente, ni siquiera he intentado escabullirme de ese confe-
sionario-encerrona. Ahora me toca a mí, agarro su antebrazo y me acerco todavía más a su rostro, hasta entrar en su
espacio íntimo.

—Yo también tengo que contarte algo, ¿sabes...? Es tan importante hablar entre compañeras, ¿verdad?

La Taser pestañea a causa de la sorpresa.

—Eh, sí... Seguramente...

—No vas a creer lo que pasó el otro día en el rodaje del anuncio de Vanessa...

Veo un destello de interés en los ojos de la Taser. Apostaría lo que fuera a que está esperando unos jugosos cotilleos acerca de miss Paradis ocurridos en el plató. «Señuelo camaleónico, señuelo camaleónico», sigo repitiéndome para darme fuerza. Y me lanzo a soltarle una perorata, muy inspirada por cierto, sobre los contratiempos con el catering (el comedor para el equipo, vaya), muy poco interesante y acompañándola con detalles, cada uno más insignificante que el anterior. En cuanto veo en su rostro el leve atisbo de un bostezo, aumento la presión sobre su antebrazo para impedirle eludir mi monólogo expurgatorio sobre mis frustraciones de pringada, obligada a gestionar los problemas relacionados con bandejas de comida que se han servido frías o tenedores de plástico que faltaban. Mientras tanto me deleito con los gestos que hace para intentar, mal que bien, disimular su incomodidad, el desinterés abismal por mi discurso así como un toque de desprecio al puro estilo Godard.

—¡Tengo trabajo, Joy! —dice casi gritando al final, antes de huir, rabiosa, hacia su despacho.

En cuanto me da la espalda sonrío. He sembrado las semillas del señuelo camaleónico y ya veré qué frutos da.

Me encuentro con mi becario de brazos cruzados. Me instalo o, mejor dicho, me repantingo en mi asiento. Saco una lima de uñas y pronto lo único que se oye es el ruido del pulido.

—¿Qué haces? —pregunta el joven al cabo de un rato.

—Pues nada, ¿y tú?

—Igual.

Le dirijo una sonrisa totalmente desenfadada. Parece que eso hace brotar en él un despunte de malestar. Se pone a buscar entre los dosieres apilados desde hace días y empieza a encargarse de ellos. Prueba con una pregunta.

—¿Sabes si ha respondido la gente de Tedybex sobre la Masterclass Marx?

Hincho las mejillas y pongo los ojos como platos para indicarle que no tengo ni la menor idea.

—Habría que llamarlos de nuevo, ¿no?

Continúo con la inercia de mi brillante juego de adolescente.

—Ah, sí, estaría bien…

Y continúo haciéndome las uñas. Me muerdo la mejilla para no estallar en una carcajada ni mostrar ninguna reacción, y mucho menos cuando mi PIJO acaba descolgando él mismo el teléfono.

En los días siguientes, continúo con el experimento con los demás miembros del equipo. Después de una comida, me cruzo con la VIP, que fija su malvada mirada en mi vientre.

—¡Vaya! ¿Estás de tres meses o qué?

¿Hay algo más ofensivo para una mujer que el hecho de que crean que está embarazada cuando no lo está? Por lo general, hago todo lo posible para que la VIP no note hasta qué punto me hieren sus comentarios sistemáticos, pero esta vez… me divierto de lo lindo rompiendo en sollozos atronadores delante de los demás miembros del equipo, testigos consternados de la escena. Me regocijo también al descubrir sus miradas de desaprobación hacia la VIP. Y mi alegría llega a su punto álgido cuando oigo a Ugo diciéndole que podría tener un poco más de tacto.

Esta es la magia del señuelo camaleónico: el hecho de adoptar una actitud inusual e inesperada transforma también el comportamiento de los demás. Unas veces consiste en divertirse sobreactuando el papel de víctima en lugar de convertirse en una; y otras consiste en decir que no para hacer valer los gustos y opiniones propios. Por ejemplo, en una cena de negocios con clientes importantes, fui la única que decliné el vino y me pedí una Coca-Cola, por llevar la contraria. El juego no consistía en decir las cosas con discreción, sino al contrario, en decirlo alto y claro. Los tres Max me habían dicho que era esencial observar después cómo evolucionaban las reacciones con respecto a mí.

Me divertía también ignorando por completo a Virginia. Dejé de hacerle la pelota o de buscar su aprobación a cada frase. Imitaba su manera de vestir, más llamativa, más segura, y la miraba con indiferencia. Quería hacerle entender que no tenía nada que envidiarle. La ponía en su sitio sin dirigirle una palabra, solo gracias a ese cambio repentino en mi actitud mental y corporal. No tardó en surtir efecto y vi como su conducta hacia mí cambiaba. Como si empezara a respetarme más a medida que iba imitando su personalidad dominante. Todo parecía tener efectos muy positivos. Salvo por un detalle: había fracasado con mi señuelo camaleónico más importante. El que reservaba para Ugo. Había imaginado que podría interpretar el papel de la mujer que toma distancia, que no responde a las llamadas, o, peor aún, ¡capaz de dejarle plantado! Sin embargo, no había sido capaz...

21

Carmen ha quedado con Rayane por la tarde en un restaurante cercano al estudio para hablarle de su plan lejos de los
oídos de Benjamin. La complicidad que ha notado entre él y
Joy la última vez le confirma la idea de que la chispa entre
esos dos solo necesita un empujoncito para prenderse. Es
superior a ella; Carmen nunca puede evitar meter baza en
las historias de los demás, tanto es así que en su círculo de
amistades la llaman afectuosamente «la alcahueta». Por supuesto, no quiere forzar nada, solo crear más oportunida-
des para que Benjamin y Joy se vean. ¡Sería tan maravilloso
que pasase algo entre ellos! Carmen adora las historias ro-
mánticas. Leía muchas cuando era joven. A algunas personas les sorprendía esta faceta cursi en una motera con un
estilo más bien rock'n'roll. Pero lo que preocupa a Carmen
es otra cosa. ¡La verdad es que no quiere que Benjamin sea
el único de los tres Max que no tenga a alguien en su vida!
Porque ella misma acaba de encontrar novio. Inesperado.
Justo cuando había tirado la toalla. ¡Nunca hubiese pensado que los amores otoñales pudieran ser tan bonitos, tan
ardientes! Enamorada, a su edad... ¿Era razonable? «¡Locamente razonable!», le gustaba decir. No obstante, no le
gusta nadar en la felicidad dejando a otros en puerto. ¡La

felicidad tiene que difundirse! Y eso es lo que le desea a Benjamin.

Rayane la escucha mientras le expone su plan. Al principio, se burla un poco de ella. ¿En qué está pensando? Lo que pueda pasar entre Benji y Joy no es asunto suyo. Y, de todas maneras, nunca funciona cuando alguien se inmiscuye. Pero cuando a Carmen se le mete una idea en la cabeza...

—¡Tú estás con Manon desde hace más de un año! ¿No estás harto de ver a tu amigo haciendo de sujetavelas en todas las fiestas que organizamos? ¡Tenemos que darle un empujón a nuestro coleguita para que se ponga en marcha de nuevo!

—¡Carmen! —responde sorprendido.

—¿Qué? Estás de acuerdo, ¿no?

Rayane se ve obligado a asentir y bebe un trago antes de ir al grano.

—Bueno, entonces, ¿qué es lo que quieres de mí exactamente?

—Querría que organizaras en los próximos días un AperiSlive...

—Un Slive... No, pero Carmen... ¿Tú has visto bien a esa chica? ¿De verdad crees que Joy se soltará lo suficiente como para hacer un Slive? Por lo que he visto, siento que necesita controlar demasiado como para atreverse a participar en algo así...

—¡Al contrario! Además, ¡estoy segura de que solo puede irle bien! Y tú sabrás acompañarla, ¡eres especialista en deshacer los bloqueos de la gente! Y piensa que un momento tan intenso puede reforzar el vínculo, sin duda...

Rayane parece dubitativo.

—Sí, pero olvidas que, si se pone a la defensiva, la cosa

puede torcerse. Y después Benjamin nos echará la culpa a nosotros. Imagínate que hacemos que su clienta se le ponga en contra...

Carmen se termina su mousse de una cucharada.

—¡Bueno! Yo creo que tienes demasiada imaginación y que estás exagerando. ¡Confía en mí!

Rayane le pellizca afectuosamente la mejilla a Carmen, como si fuese una niña de doce años.

—Ay, te lo pasas bien, ¿eh?

—Tengo que confesar que sí... —La mujer de sesenta años lo mira con los ojos brillantes de picardía.

—Venga... ¡Chócala! ¡Te voy a organizar tu taller de Slive! ¡Todo sea para hacerte feliz!

—Lo que me haría feliz es ver a nuestro Benjamin saliendo de su cueva.

—Ya reconozco tu faceta de mosquetero.

Rayane se burla amablemente, pero Carmen sabe que hace tiempo que han adoptado entre ellos la filosofía de uno para todos y todos para uno.

22

Me levanto con música. La radio suena a todo volumen mientras me preparo para ir a la agencia. Me gusta ponerla fuerte por la mañana, como si la fuerza de las ondas pudiera tener el efecto de la cafeína en mis oídos, y, por extensión, en mi cerebro. Han puesto una canción de Emmanuel Moire.

> *Estar a la altura*
> *de lo que se nos pide,*
> *de lo que los demás esperan.*
> *Y superar el miedo*
> *de estar a la altura*
> *del común de los mortales*
> *para cada día responder a la llamada*
> *y tener la firme intención de*
> *estar a la altura.*

Me acerco de nuevo al equipo de sonido y quito el volumen. No es que no me guste la canción, es simplemente que hoy he decidido no querer estar a la altura a toda costa, sino simplemente ser yo misma. «Hacerlo lo mejor que se pueda no está nada mal, ¿no?», me había dicho el día anterior entre risas Benjamin cuando pasé por el estudio. ¿Su filosofía de vida me estaba influyendo? No lo sé. ¿O quizá estoy cansada de este papel de buena alumna tan ingrato con el que cargo desde hace tanto tiempo?

Cuando llego a la agencia, me dirijo hacia la máquina de café. La Taser ya está allí. En cuanto me ve, cambia de expresión y se le tensa todo el cuerpo. Tras un breve «buenos días», huye hacia su despacho para evitar mi presencia. Me río disimuladamente al notar los efectos secundarios del señuelo camaleónico. Creo que los Max han inventado el «mimetismo paradójico»; al reproducir la actitud de B., le he descubierto lo insoportable que es. Mi jueguecito de imitación ha sido como ponerle inocentemente un espejo de aumento ante su molesta tendencia de usarme como vertedero para su negatividad. Y por el momento eso me ponía más o menos a salvo de su toxicidad. Ahora VIP también pasa de largo cuando me ve por los pasillos. La sobredosis de emotividad y el torrente de lágrimas de la última vez fueron como un jarro de agua fría para su crueldad. Esta mañana tengo vía libre para avanzar con mis proyectos con más calma. Una locura; incluso he decidido disfrutarlo, algo que no ocurría desde hacía siglos. Hago bien las cosas; ordeno el escritorio para que sea agradable, limpio la pantalla con un producto de eucalipto, un aroma que huele a limpieza, sumerjo tres flores que he comprado antes de llegar en un jarrón improvisado... Me estiro y respiro profundamente antes de ponerme manos a la obra. También he decidido renunciar a la infame máquina de café y traer mi propio té verde aromatizado con un nombre tan delicado como su sabor: «A la sombra de los cerezos en flor». Coloco debajo de la pantalla la piedra pintada que me he comprado en la tienda de un artesano. Tiene la palabra «dulzura» caligrafiada con elegancia, rodeada de motivos decorativos. Hace que mi mente se instale en un agradable estado de relajación.

Cuando levanto la mirada a las 12.30 me siento satisfecha. Hacía tiempo que no era tan eficiente. Me podré tomar una pausa de verdad para comer. Abro el bolso para verificar que tengo los tíquets restaurante y me encuentro con la invitación que Benjamin me dio hace tres días.

—¡Rayane organiza un AperiSlive el jueves por la tarde! Debería venir, el taller merece la pena. ¿En qué consiste? ¡Preferiría que lo descubriera en directo! Aparte de que sería una preparación excelente para nuestra animación de los Magic punchlines... ¡Tómeselo como una invitación medio de trabajo, medio de relax!

—¡Ay, sí, tiene que venir! —exclamaron Carmen y Rayane, cómplices.

Ahora le doy vueltas y vueltas al folleto entre las manos. Siento la tentación de ir, pero... ¡a las seis! ¡Es muy temprano! Eso supone irse como muy tarde a las 17.30. Los Max dijeron que era un taller «liberador». ¡Tentador! Pero, para permitirme esa actividad de ocio, tengo que aceptar mandar a paseo cinco minutos a la buena alumna. En realidad me dan miedo los comentarios de la gente de la oficina y quedar mal con los Badass... ¿Por qué temo tanto el juicio de los demás y por qué les cedo tanto espacio en mi vida?

La tarde pasa sin que haya tomado una decisión y, a las 17.10, Cataclillo irrumpe en mi despacho con cara de malas noticias y un dosier humeante bajo el brazo. «Ay —pienso para mis adentros—, se acabó el debate...». Me pesca sin molestarse en preguntar si estoy ocupada.

—Tengo que hablar contigo. Ahora mismo. ¡Cacharel quiere que revisemos nuestra copia! ¿Te lo puedes creer? ¡Es una catástrofe! ¡Todas nuestras propuestas de embajadores de marca se salen de presupuesto! ¿Lo entiendes? Quieren alto standing… ¡pero a un precio más bajo!

—¿No era B. quien se ocupaba de este proyecto?

Cataclillo tose y esquiva la pregunta.

—¡Tienes que ayudarme, Joy!

Siento cómo me invade una mezcla de emociones. Me hierve la sangre y a la vez siento ansiedad por verme atrapada, una vez más.

—¿Para cuándo es? —le suelto, apretando los dientes.

—Para mañana. —Me mira con esos ojitos de hurón.

Dejo pasar un momento de silencio.

—No.

—¿No qué?

—No, no puedo solucionártelo.

—¿Cómo que no puedes solucionármelo?

—No, no puedo solucionártelo. Ya me estaba yendo.

—¿Te estabas yendo?

La incredulidad y la contrariedad lo invaden y se le forman unas ronchas rojas que van desde el cuello hasta la raíz del pelo. Se me pone el corazón a mil por hora, pero intento que no se note. Repito mi negativa en bucle, como un disco rayado, adoptando adrede una voz tranquila y calmada, sin un ápice de agresividad.

—Pero ¿cómo lo voy a hacer? —estalla, al borde de un ataque de nervios.

Conciliadora, le sugiero una especie de solución.

—Quizá podrías volver a preguntarle a B. si no hay manera de que haga un hueco en su agenda para gestionar esta prioridad o conseguir que el cliente os dé un poco más de margen y, en tal caso, yo podría ocuparme de ello.

—Bueno. Veremos.

Cataclillo da media vuelta, envuelto en una indignación silenciosa. Sin embargo, lo he conseguido. Ha cedido. Sin pensármelo más, cojo el bolso y el abrigo y me escapo antes de que vuelva. ¡Nunca se sabe! He conseguido decirle que no esta vez, pero los diques de mi asertividad todavía son muy frágiles. Me cruzo con Virginia en el pasillo.

—¿Te vas?

—¡Tengo cita con el médico! —suelto sin mirarla para que no lea en mis ojos que estoy mintiendo descaradamente.

Estoy en la calle, sin aliento por haberme precipitado escaleras abajo, como un convicto a la fuga que puede oler el sentimiento de libertad recién recuperado. Todavía necesito recorrer unos cuantos metros más para borrar todo rastro de culpa. Y, cuando llego a la dirección indicada para el misterioso taller de Slive, siento la estimulante sensación de hacer novillos y una emoción que casi había olvidado, la alegría.

23

Benjamin está sentado en un taburete alto con los codos apoyados en la barra, sorbiendo un cóctel virgen mientras observa cómo los participantes del taller Slive van tomando asiento. Rayane organiza a menudo este tipo de actividades y ha conseguido asociarse con un bar local que tiene una sala alquilable abajo. La gente se va instalando alrededor de las mesitas redondas, por grupos de amigos. Sobre el escenario, Rayane ha colocado un micrófono, y a un lado ha puesto una silla para él. Benjamin conoce el taller y está disfrutando con antelación de lo que está a punto de ocurrir. Hay una atmósfera electrizante y la gente pide bebidas a buen ritmo. Los nervios flotan en el ambiente, algo totalmente normal antes de una experiencia como esta. Rayane trajina sobre el escenario y Benjamin reconoce un palo de lluvia, una kalimba (una especie de piano pequeño para pulgares africano), un yembé toca y unas maracas. Dichos instrumentos por sí solos le dan un toque poético al escenario y anuncian un viaje sonoro de lo más exótico.

Benjamin no ha visto llegar a Carmen. Se sobresalta cuando esta le planta un beso sonoro en la mejilla. Carmen nunca ha puesto límites entre lo profesional y lo personal, ¿y cómo reprochárselo? Él es igual... Benjamin sabe que se ha convertido en mucho más que un jefe para ella. Seguramente es un poco como el hijo que nunca tuvo… Esa sorprendente risa que tintinea con alegría no pasa desapercibida y dos o tres personas se giran sin que ella se dé cuenta. Ha venido con su nuevo novio. Un tal Jean-Pierre, que enseguida se ha convertido en JP. Se conocieron en una página web para adultos llamada «unmañanamasbonito.com». Ella casi lo swipea hacia la izquierda, como se suele decir. Esto es, eliminarlo directamente desplazando la fotografía con el pulgar hacia la izquierda. Sin embargo, el inicio de su texto de presentación le había llamado mucho la atención: «Joven de sesenta años, que no cuenta los años sino los días que lo separan todavía de su dulcinea, sueña con los ojos abiertos para encontrarla y admirar juntos el cielo y la tierra azul como una naranja, borrar todas las imágenes, deslumbrar al amor y a sus sombras reacias, amar, amar hasta olvidarse de sí mismo». Un hombre capaz de inspirarse en Paul Éluard para escribir un mensaje así en una página web como esa no era algo habitual. Las conversaciones que siguieron parecieron muy prometedoras y enseguida culminaron en una primera cita. Desde el primer momento, se sintieron identificados con sus atipicidades; dos roqueros soñadores con un corazón tierno. Él también iba tatuado y era un motero, a pesar de ejercer la seria profesión de subastador. Era un personaje hecho de contrastes, como ella, y ambos se sentían atraídos por el mismo deseo de compartir y de ternura. A menudo quedaban en el barrio de Drouot para callejear cogidos de la mano y picar alguna cosa mientras se comían con la mirada. A veces la llevaba a los bastidores de Drouot para enseñarle los lotes expuestos para una próxima subasta. Lo admiraban juntos, contentos de compartir la pasión por el arte y la belleza. E incrédulos, tanto el uno como el otro, ante la ventura de haberse encontrado.

Con una sonrisa de oreja a oreja, JP le estrecha la mano a Benjamin. Es de naturaleza feliz. Alto y delgado, con el cabello canoso y alborotado, un tanto ralo sin que eso le reste encanto en absoluto, ojos claros y chispeantes. «¡Son tal para cual!», piensa Benjamin, contento por ellos, mientras los observa de reojo flirteando como adolescentes.

—¿Y ella viene? —le susurra Carmen al oído.

Ella. Es en lo que estaba pensando en este preciso instante. Sí, le gustaría verla. ¿Se atreverá a venir? Rayane avanza hacia el micrófono. Bajan la intensidad de las luces y un foco ilumina por completo el escenario. La temperatura de la sala aumenta a la vez que el público estalla en aplausos. Benjamin se retuerce en el taburete alto y lanza miradas furtivas en dirección a la escalera. Rayane inicia el taller. Se divierte haciendo efectos vocales dignos de los grandes presentadores de programas en directo. Su contagiosa energía enciende el ánimo de los invitados.

—Bienvenidos, señoras y señores, a este maravilloso taller Slive. ¿Hay alguien aquí que sepa qué es el Slive?

Las personas presentes se revuelven, y responden que no a voz en grito.

Rayane los pica para montar espectáculo.

—¿No tienen ni idea de lo que les voy a pedir que hagan y aun así vienen? ¡Bravo! ¡Son muy valientes entonces!

Estallan las risas entre el público.

—AperiSlive... ¿De qué puede tratarse? ¡Venga, intenten adivinarlo de todas formas! ¿Qué creen?

Se han alzado varias manos para participar, pero Rayane decide interrogar a la persona que llega tarde y está bajando las escaleras.

—¡Usted, señorita! ¿Podría decirnos que es el Slive?

La señorita se queda atónita en las escaleras. Rayane gira el foco en su dirección.

—¡Venga, ánimo!

La sala entera aplaude mientras Joy, sin aliento y ruborizada, intenta escapar del haz de luz que le inunda la cara protegiéndose con el reverso de la mano.

Benjamin se levanta de un salto del taburete para ir a darle la bienvenida. Como un caballero, le tiende la mano para ayudarla a acabar de bajar las escaleras.

—Quizá le vamos a dejar un tiempo para que se instale —le lanza a su compañero con voz traviesa.

La mano de Joy se ha posado con dulzura en la suya, pero lo más dulce es esa bonita sonrisa que tiene, la cual, sin duda, transforma toda su fisonomía. Además, la encuentra deslumbrante con ese vestido de color carmín que resalta su silueta de gráciles curvas.

Contra todo pronóstico, toma la palabra.

—¡Me gustaría intentar responder!

Benjamin la mira con cierta incredulidad. No se hubiese imaginado que le seguiría el juego con tanta facilidad.

—Slive… Me suena a «live», la palabra inglesa para decir «en directo», ¿no? ¿Quizá el Slive tenga algo que ver con la improvisación?

Rayane, en el escenario, parece encantado con la respuesta, y la aprovecha para seguir con su presentación.

—¡Bravo, señorita! ¡Qué perspicacia! ¿Cómo se llama? —le pregunta dedicándole un guiño cómplice.

A Rayane debe de parecerle más divertido fingir que no se conocen.

—Joy.

—Gracias, Joy, ¡un aplauso bien fuerte para ella! Ahora que nuestra encantadora Joy nos ha puesto la mosca detrás de la oreja, ya puedo revelarles por fin qué es el Slive. ¡Y sabrán a qué se enfrentan esta noche!

El público ríe con una excitación teñida de una ligera aprensión.

—El Slive es una improvisación poética instantánea, sin ninguna preparación. Tendrán que arreglárselas con la inspiración del momento ¡y dejar que venga lo que venga, sin censuras! Esa es la diferencia con el slam, donde hay que escribir el texto antes de recitarlo oralmente…

Surgen exclamaciones entre el público. Suenan «oh», «ah», gente contenta, gente estresada, gente con ganas de probarlo.

—¿Y los instrumentos? —pregunta un curioso.

—¡Acompañarán su creación poética! En «Slive» figura la «s» de sonido, de sensaciones y de sentidos. Para empezar, conéctense con sus sensaciones y emociones del presente. Escuchen lo que pasa en su interior… ¡Lo que suele impedir que surja la energía creativa es pensar demasiado!

Rayane se sienta en un taburete pequeño y se pone a tocar con suavidad percusiones, creando una atmósfera envolvente en la sala. Adopta un timbre de voz deliberadamente grave y profundo para susurrar su mensaje a los oyentes.

—Sentir… No pensar demasiado…

Se pone a repetir la frase como un mantra musical, una frase sonora, y empieza a jugar con ella, creando distintas variaciones de entonación y ritmo. Cuando termina, toda la sala aplaude.

Benjamin se inclina hacia Joy, que está dando sorbos a un cóctel mientras mordisquea la pajita, nerviosa.

—Bueno, ¿qué me dice?

—¡Le digo que no tendría que haber venido!

—Sí, ya verá. ¡Al principio, uno se muere de miedo y después no quiere soltar el micro!

—¡De todas maneras dudo que me suba allí!

Mientras Joy suelta ese comentario, Rayane agrega una regla al juego.

—Ah, y quería añadir que todo el mundo pasará, ¡sin excepción! ¡Así que es inútil que se escondan detrás de una silla! Y si lo que hacen no es bueno, cuidado, porque les lanzaremos tomates. Por cierto, las cajas de tomates están a su disposición en los pasillos.

Rayane deja una pausa suficientemente larga como para probar el efecto «¿va en broma o en serio?». Todo el mundo estalla en una carcajada.

—Les ha entrado el miedo, ¿eh? Bueno, por supuesto, les voy a recordar el abecé del Slive: ¡Acogida, Bondad y Censura colgada en el guardarropa! ¡Aquí no juzgamos la actuación lingüística, ni la proeza poética! ¡Este momento es para USTEDES, y solo para ustedes. ¡Es su momento! ¡Así que disfrútenlo! Y, para que estén tranquilos, sepan que la primera vez que lo probé no me salió casi nada. Pero no olviden que ese casi nada ya es maravilloso, ¡es el comienzo de un hilo de inspiración del que después solo habrá que tirar un poco más!

Joy va por el segundo cóctel con alcohol y le brillan los ojos más que nunca en la penumbra. Benjamin todavía se pregunta si se atreverá. Daría cualquier cosa por verlo, pero piensa que, con el oficial de control que ha puesto al mando de su sesera, es bastante improbable…

Rayane pide un voluntario para empezar. Como de costumbre, nadie quiere. Rayane y él tienen un pequeño pacto, Benjamin siempre se ofrece para romper el hielo. Se levanta y se dirige hacia la tarima notando todas las miradas clavadas en él. Sobre todo la de Joy. Intenta no pensar en ello, o perderá el valor.

—¿Cómo te llamas? ¡Benjamin! Fantástico. ¿Qué instrumento quieres que te acompañe? ¿El bastón de lluvia? Muy buena decisión. Yo te daré las primeras palabras de tu improvisación, después tú darás un paso hacia delante en dirección al micro, contarás hasta tres por dentro y te lanzarás sin pensarlo. Señoras, señores, no olviden que la poesía surge cuando dejamos de querer ser poéticos. A la poesía le encantan los accidentes afortunados, las combinaciones de palabras impensables, las expresiones involuntarias… Sobre todo no intenten hacerlo bien. El perfeccionismo impide que aflore la imaginación. ¡Dejen que salgan incluso, y sobre todo, cosas disparatadas! Benjamin, ¿estás listo?

—Listo.

Rayane sujeta con las manos el inmenso bastón de lluvia en posición vertical, le da la vuelta como a un reloj de arena y las semillas que caen en cascada emiten un sonido dulce. Se hace el silencio en la sala. Todo el mundo está pendiente de Benjamin.

—En mi espalda…

Rayane acaba de lanzarle las primeras palabras a Benjamin. Este da tres pasos hacia delante, respira hondo y se lanza de una tirada.

En mi espalda...
siento como una sombra.
Me doy la vuelta,
nadie.
Solo oigo una risa
que resuena.
¿Tú otra vez,
sombra mía?
¿Jugándome malas pasadas? Ven entonces a la luz,
demos un paseo.

Benjamin guarda silencio, como si de pronto se hubiese quedado sin ideas, pero conoce el ejercicio, así que aguanta repitiendo la palabra «paseo», «paseo», «paseo», seguido de una serie de onomatopeyas para ganar tiempo.

Luego continúa, cada vez más invadido por su improvisación. Personaliza la sombra hasta convertirla en una compañera imaginaria. Se teje un juego de seducción entre los dos, parecido a un baile.

Me rozas,
mi sombra.
Me azaras.
Pero no estás loca, avispa mía.
Nunca me picarás
porque...
porque...

Benjamin valora con cuidado el remate final.

tú, sombra mía, tú, ¡eres yo!

Toda la sala estalla en aplausos. Benjamin saluda, con una sonrisa radiante, y vuelve a su sitio.

—¡Es tan bueno que da asco! —suelta Joy con admiración.

—Es que usted es un buen público —responde él con ironía, inevitablemente contento de que le haya gustado su actuación.

—¡Nada de falsa modestia, Benjamin!

Ahora todo el mundo tiene ganas de probarlo. Las improvisaciones se suceden una detrás de la otra, todas conmovedoras a su manera.

—¡Le toca, Joy!

Rayane la interpela desde el escenario y dirige de nuevo el foco hacia ella. Joy se resiste, se niega a ir, pero todo el público empieza a corear su nombre y, a su derecha, Benjamin lo hace todavía con más fervor que los demás. ¡Le gustaría tanto que afrontase el desafío de dejarse llevar! ¿Pero aceptará no controlar la situación y dar rienda suelta a su emoción y a su inspiración?

Joy le lanza una mirada implorante a la cual él no responde. En cambio, se levanta para cogerla de la mano, se la estrecha con fuerza, y la lleva como a una princesa hasta el escenario.

24

Es mi turno. Experimento unos instantes de incredulidad; ¿qué hago allí, de pie, sola, frente a un público que me escruta, que espera de mí una actuación que me siento incapaz de hacer? Entonces, recuerdo las palabras que Benjamin me ha susurrado al oído justo antes de subir al escenario. «No lo olvide, no tiene que demostrar nada, solo ser usted misma y divertirse...».

Tengo las manos húmedas. ¿Se darán cuenta si me las seco en el vestido? El micrófono está demasiado alto para mí. ¡Entro en pánico por un momento! ¡No puedo hacer una improvisación con un micrófono tan alto! ¿Cómo se ajusta este pie de micrófono telescópico? Empiezo a toquetear los tornillos de sujeción y ¡catástrofe, el micrófono se hunde! Rayane viene al rescate y en tres hábiles movimientos lo ajusta todo a la altura correcta.

—¡Es cuestión de práctica, querida! —bromea para hacerme sentir mejor.

Su amabilidad y su humor me ayudan a recuperar la compostura. Involuntariamente dirijo la vista hacia Benjamin. Intento sacar fuerzas de su mirada, fija en mí con una intensidad benévola. Se hace un silencio, ensordecedor. Le pido a Rayane que me acompañe con las maracas y me dé las tres primeras palabras de mi improvisación.

—Bajo el sol…

Las tres palabras se entremezclan en mi cabeza. ¡Me gustaría tener tiempo para reflexionar! ¡Para organizarme! Pero no se me permite. Tengo que contar hasta tres, dar un paso hacia delante y lanzarme a la piscina, abriendo el grifo de palabras sin ni siquiera saber qué puede salir. Noto el corazón latiéndome con fuerza en el pecho.

Uno, dos, tres, inspira y… habla. El micrófono se me clava en el mentón y mis palabras resuenan por toda la sala, al ritmo de las maracas que acunan mi inspiración. Dejo que ocurra y suelto por completo el control.

> *Bajo el sol*
> *exactamente*
> *es allí donde estaba,*
> *antes,*
> *antes de las nubes,*
> *y los grandes tormentos.*
> *Se ha perdido mi alegría*
> *en una terrible tormenta.*
> *Mi risa se ha silenciado*
> *en un suspiro de rabia,*
> *y solo las sombras bailan*
> *desde entonces en mi rostro…*
> *¿Será que me he equivocado tanto*
> *que ya ni siquiera sé cómo*
> *escribir una nueva página?*
> *Si la alegría es un sol*
> *y la felicidad una suave orilla,*
> *quiero convertirme en pintora*
> *de ese paisaje…*

Rayane al principio del taller había aconsejado que acabásemos las improvisaciones con un remate limpio, un buen punto final claramente subrayado por la caída de la entonación de la voz, y que luego retrocediéramos un paso sin decir nada.

Lo hago y me preocupo por el silencio que reina. He metido la pata. Lo he hecho fatal. Tengo sudores fríos, me imagino las cajas de tomates ficticias cayendo sobre mí. Me da miedo alzar la vista y cruzarme con las miradas burlonas de la gente, o peor, con las miradas de pena. Así que mantengo la cabeza gacha y los ojos cerrados. Suenan algunos aplausos. Siempre hay algunas almas caritativas entre el público. Me aferro a la idea de que muy pronto podré volver a mi sitio y dejar que me trague la tierra. Pero los aplausos se intensifican. ¡Se oyen silbidos, la gente patalea, grita «bravo»! No entiendo lo que está ocurriendo. ¿Estoy soñando o la gente me está elogiando? Rayane viene a mi lado, me levanta un brazo en señal de victoria como si acabara de ganar un combate de boxeo, y se desgañita felicitándome. Estoy terriblemente avergonzada y, a pesar de todo, un extraño sentimiento empieza a aflorar en lo más profundo de mi ser. Como un agradable cosquilleo, una calidez que me sube por todo el cuerpo hasta el cuello y las mejillas, que se sonrojan. Mientras me abro paso para regresar a mi sitio, dicha sensación se va volviendo más clara hasta que consigo identificarla; siento alegría, auténtica alegría, ¡teñida de orgullo! Cuando llego a la altura de Benjamin, le dirijo una sonrisa que nunca ha visto: la sonrisa radiante de la palomita feliz. Ahora todos los Max me rodean. Con el alivio, una ligera euforia se apodera de mí. Río por todo. Hacía tiempo que no me divertía tanto. Estoy muy bien con ellos, no me explico el porqué. Quizá en eso consiste estar bien; no necesitar entender ni poner palabras a las cosas. Está por encima de todo eso… Carmen, la parlanchina excéntrica, me hace reír tanto… ¿De dónde saca tanta energía a su edad? Observo la pareja que forman ella y JP. Se conocieron en una página web y Carmen lo asume plenamente. «Hay que adaptarse a los tiempos, ¿no?». Ambos están radiantes y debo admitir que de pronto los envidio. Parece que entre ellos todo ha sido fácil, fluido. Pienso en mi historia con Ugo y mi expresión se ensombrece al instante. ¡Qué odioso es vivir una situación que está tan estancada! Siento en mi interior un nudo gigante que jamás llegará a deshacerse. Se me encorvan los hombros de abatimiento. Benjamin parece darse cuenta.

—¿Pasa algo, Joy?

Los Max son afortunados por poder contar con él. Debe de resultar muy agradable tener cerca a alguien tan atento.

Automáticamente he sacado el móvil, y eso le ha hecho fruncir el ceño. Lo miro y me doy cuenta de que tengo cuatro llamadas perdidas de Ugo. El corazón me da un vuelco.

—No, no, todo bien, ¡gracias! Pero debería irme…

—¿No se queda a cenar con nosotros?

—Eh, no, no puedo, es que… he… quedado.

—Ah… ¿Con él?

Asiento en silencio sin dejar de mirarle. Sigue sonriendo, pero la mirada se le nubla de manera imperceptible. Incómoda, huyo como una ladrona, impaciente por escuchar los mensajes de Ugo. ¿Cómo he podido estar tantas horas desconectada?

Una vez en la calle, camino en dirección al metro, con el móvil pegado a la oreja. Los mensajes de Ugo son lapidarios. Mensaje 1: «Joy, ¿dónde estás? ¡Llámame!». Mensaje 2: «Joy, es urgente, llámame, gracias». Mensaje 3: «¿Qué puñetas haces, Joy? Es raro que no me llames...». Mensaje 4: «Joy, ¿es que no coges nunca el teléfono o qué? ¡Llámame ASAP!».

Yo, que hace un momento estaba tan contenta de que diera señales de vida, ¡ahora me siento como si hubiese recibido un jarro de agua fría! No obstante, decido devolverle la llamada.

—¿Dónde estabas? ¿Con quién? ¿Qué hacías? ¡Quiero que estés disponible si necesito hablar contigo, Joy!».

Siento un hormigueo en las fosas nasales, pero todavía tardo unos instantes más en entender que debe de ser porque ¡se me están hinchando las narices! Espero que se calmen sus vociferaciones. ¡Qué descarado! ¡Podría volar como un globo de lo henchido que está! Pero el colmo todavía no ha llegado.

—Bueno, Virginia ha ido a una cena. Me paso por tu casa. Estaré allí en una media hora.

La palabra brota sola de las profundidades de mi indignación.

—No.

—¿No qué?

—No, no vendrás esta noche.

—Pero ¿qué dices?

—Tengo otros planes. No estoy disponible.

Percibo su estupefacción al otro lado del auricular y de pronto me invade una sensación bastante emocionante. Como cuando se está perdida en el fondo de una cueva y por fin se descubre un camino hacia la salida. Me enardezco interiormente para reafirmarme en mi decisión y tener el valor de mantenerla. «No eres suya. No puede ser que chasquee los dedos y tú aparezcas a su voluntad. No tienes que aguantar esto. ¡Hay otras opciones que no implican sufrir!».

Me mantengo firme e intento no prestar atención a su estruendoso tono de voz. ¿Está disgustado? ¡Mejor! Así invertimos un rato los papeles. Cuando cuelgo, me doy cuenta de que me tiemblan las manos. No acostumbro a imponerme. Me altera. Estoy en la acera, sola. Acabo de enviar a paseo a mi jefe y amante. Pero ¿qué me pasa? Me pregunto qué hago ahora. ¿Vuelvo a casa? Temo pasarme la noche dándole vueltas a la bomba que acabo de lanzar. ¿Doy media vuelta? Quizá todavía puedo unirme a los Max. Me topo con ellos en la salida del bar. Dos minutos más tarde y no los hubiese encontrado.

—¿Se ha anulado su cita?

Afirmo con la cabeza.

—Lo siento —responde Benjamin sin sentirlo en absoluto—. ¿Se viene al restaurante, entonces?

Vuelvo a asentir, esta vez con una sonrisa de oreja a oreja. Rayane y Carmen me cogen del bracete, como si el clan me hubiese adoptado de manera espontánea. No puedo ni expresar cuánto me conmueve ese gesto. Todos continúan tratándome de usted, la relación con el cliente así lo requiere. El «usted» como última barrera antes de la intimidad. Por mi parte, ya es tarde; los quiero demasiado a todos como para relegarlos a un papel de simples proveedores. ¡Ya he traspasado la línea! Probablemente todo esto no sea demasiado profesional, pero por una vez... ¡a la mierda!

Y encima empiezo a decir palabrotas... Puede que la careta de niña ejemplar se esté agrietando. Esta noche decido probar qué ocurre si no intento aparentar lo que no soy.

¡O peor! ¡Si corro el riesgo de dejarme llevar! En el restaurante, tengo a Benjamin a mi derecha y a Carmen a mi izquierda. El animado grupo emite un nivel de decibelios digno de una sala de conciertos y las conversaciones fluyen de todas partes. Con discreción, saco el móvil y lo pongo sobre mi falda. Benjamin, contrariado, posa su mano sobre mi antebrazo, como para detenerme.

—Joy, ¿qué hace? —me dice en voz baja.

Le enseño la aplicación Clevertalk, que utilizo tan a menudo con Ugo para no sentir que no tengo temas de conversación.

—Nada, nada. Solo estoy desinstalando una aplicación que ya no necesito.

Nos sonreímos y noto como si estuviésemos conectados por una extraña complicidad. Creo que me entiende.

—¡Ey! ¡Nada de cuchicheos aquí! —dice con indignación fingida Carmen, a quien no ha pasado desapercibido nuestro aparte—. ¡Compartidlo con nosotros!

Benjamin viene al rescate.

—¡Tengo el placer de anunciaros que nuestra amiga Joy va por muy buen camino de desaplicación!

Suenan exclamaciones de júbilo mientras Carmen le aclara el concepto a su pareja y alza la copa.

—¡Brindemos, entonces! ¡Viva la desaplicación!

Y todo el grupo repite al unísono.

—¡Viva la desaplicación!

Carmen se inclina hacia mí estrechándome el antebrazo con afecto.

—Y hablando de desaplicación, me gustaría compartir con usted otra idea… ¡Uno de mis secretitos para cultivar la alegría y el placer!

¡Carmen tiene unos ojos tan brillantes! Esta mujer es un encanto. Al igual que Benjamin, tiene una alegría contagiosa.

—¿Por qué no? Cuénteme de qué va, Carmen…

—Hum… ¿Qué hace este sábado?

—La verdad es que nada especial.

—Entonces ¿se viene conmigo?

A la Joy controladora le hubiese gustado tomarse un rato para pensárselo, pero la de esta noche quiere dejarse sorprender.

—Sí, Carmen. ¡Me apunto!

Benjamin no ha perdido detalle de nuestra conversación. Intento en vano descifrar qué significa ese aire misterioso y travieso. Algo me dice que sabe muy bien lo que me espera el sábado. Pero, por supuesto, no me pondrá al corriente…

25

Carmen me ha citado en el distrito VI de París. Rue de la Grande-Chaumière, 14, «¡a las 9.50 clavadas!», decía el mensaje. «¡Ya dormirá hasta tarde otro día!», había añadido con un emoticono sonriente. Es verdad que los sábados por la mañana acostumbro a quedarme en la cama, o incluso a pasar la mitad del día en pijama para recuperar energía después de las semanas tan ocupadas, pero una vez al año no hace daño. Debo decir que estoy muy intrigada por descubrir la sorpresa que me ha preparado Carmen... Me bajo en la parada Vavin, sopla un aire suave para ser diciembre y el ambiente del Barrio Latino me entusiasma desde el primer momento. Llego enseguida al número 14 de la rue de la Grande-Chaumière gracias a mi legendario paso rápido (¡se lo debo a mi aplicación Happyfit!). Carmen me ve llegar desde lejos. Creo que me estaba esperando, me hace amplias señales con la mano. Lleva un abrigo amarillo que no pasa desapercibido. Carmen no es una de esas personas discretas, pero amo su excentricidad llena de bondad. Me recibe con entusiasmo y se interesa por mil detalles: si he dormido bien, si he desayunado, si me ha costado encontrar el sitio... Le sonrío y hago directamente la pregunta que me preocupa.

—Carmen, ¿me va a contar por fin lo que me espera?

—Mi querida Joy, la he hecho venir hoy para que pueda compartir conmigo «mi día de primeras veces».

La miro con los ojos abiertos como platos, llenos de sorpresa.

Se desternilla de risa. Una mujer de sesenta años más traviesa que una niña de diez. Llama al timbre del número 14 y me arrastra dentro del inmueble agarrándome del brazo mientras me lo explica.

—¡Mire, más o menos una vez al mes me pongo el reto de hacer un día de primeras veces! Antes hago una pequeña búsqueda en internet para encontrar nuevas ideas de todas las cosas que nunca he probado y que podrían divertirme, nutrirme o sorprenderme…

—¡Increíble!

—Sí, ¡y sobre todo muy divertido!

Nos unimos a un grupo de gente de todas las edades que parecen estar esperando a que abran la sala, y yo todavía no sé lo que hacemos allí. Carmen baja la voz para hablarme con tono confidencial.

—Sabe, antes a veces me aburría mucho. Tenía una actitud muy pasiva. Esperaba a que otras personas me arrastraran para salir y moverme. A veces me pasaba fines de semana enteros arrastrando mi tedio…

Me recita a Baudelaire con una teatralidad de lo más profesional que me hace sonreír.

Cuando el cielo bajo y pesado como tapadera
sobre el espíritu gemebundo presa de prolongados tedios…

—¡Etcétera, etcétera! —Hace como que lo aparta con un gesto despreocupado, indicando que ya he entendido la idea general—. Y entonces un día me harté de estar tan desanimada, de dejar mi alegría en manos de amigos que no siempre estaban disponibles, o de un hombre que no había conseguido encontrar.

Intento entrar en calor soplándome las manos mientras escucho con atención su relato.

—¿Y qué hizo entonces?

—Creé movimiento.

—¿Creó movimiento?

—Sí, puse fin a la espera. Dejé de depender de otra persona para ser o no feliz. No quise darle ese poder a los demás. Entonces me puse en movimiento para salir de nuevo a conquistar mi vida y mi libertad. Al principio, fue muy difícil. Al fin y al cabo, es más cómodo alimentar la melancolía que atreverse a salir de la zona de confort. El primer paso cuesta de verdad. Es un poco como cuando nos operan de un pie y tenemos que volver a caminar. Por suerte, una se da cuenta muy rápido de que, cuanto más se hace, más ganas se tiene y la dinámica se pone en marcha sola…

Me impresiona. Miro con todavía más interés esos ojos claros, brillantes y traviesos y tengo ganas de preguntarle para saber más, pero un señor alto, delgado y bigotudo abre la sala para que podamos entrar. Nadie se hace de rogar y la corriente me arrastra hacia dentro. Carmen paga la entrada. Protesto. Intento inútil. Así que prometo invitarla a comer después. Descubro una estancia con un escenario, sobre el cual se encuentra un radiador eléctrico. Raro. ¿Un radiador en un escenario? ¿Puede que se trate de una exposición conceptual? Observo la disposición de los taburetes, colocados en tres filas formando un semicírculo. Y de una manera muy extraña han colocado un caballete delante de cada uno de ellos. Por el momento, me quedo de pie cerca de la puerta de salida, perpleja e incómoda. ¿Qué se supone que tengo que hacer? Los demás parecen estar familiarizados con el lugar. Veo cómo se dirigen sin dudar hacia el fondo. Todo el mundo se hace con una plancha de madera, va a sentarse y la fija en el caballete. Me giro hacia Carmen, que me dirige una gran sonrisa sin ningún tipo de explicación.

—¡Buena sesión! ¡Hasta luego!

Y desaparece detrás del biombo colocado al lado del escenario. Entonces, decido entrar en el juego, a pesar de que no entiendo nada y, como una autómata, repito los movimientos que hacen los demás. Al cabo de un momento, el señor bigotudo pasa entre nosotros y empiezo a entenderlo. Reparte unas grandes láminas de papel y pinzas para fijarlas en las planchas. Entonces oigo un concierto de cremalleras; todos abren sus mochilas, sacan estuches. ¡Pinceles, tintas, carboncillos, ceras, lápices de colores acuarelables! ¡A ver quién tiene el mejor arsenal experimental! Por supuesto, yo no he llevado nada. Mi vecino, comprensivo, me presta un carboncillo.

—¿Prefiere blando o duro? —me pregunta.

¡Cómo si tuviese la menor idea! Me tiende uno en cada mano.

Cojo el de la izquierda, al azar.

—¿Quiere un trozo de goma de miga de pan también?

Lo miro como si fuese un extraterrestre, pero deduzco que dicho objeto puede resultarme útil. Así que cojo el pedazo de masa parecido a un chicle pero menos pegajoso que se supone que debe servirme para difuminar los errores. Justamente eso es lo que hay, un error, pero de casting; ¡yo no he tocado un lápiz de dibujo en mi vida! Maldigo a Carmen por dentro, pero luego recuerdo la temática del día, las primeras veces. Suelto una gran exhalación para calmar los nervios.

—¿Nerviosa? —me pregunta mi vecino, alto y moreno, a quien mi aspecto de novata parece divertirle—. Siempre pasa la primera vez...

Dudo entre tratarlo con frialdad o confiarle mi angustia.

—¡No he pintado nunca!

Me susurra en calidad de experto benévolo:

—No importa. ¡Nadie ha dicho que tenga que hacer un dibujo académico! No le ponga límites a su mente. Deje que su mano se deslice sola y verá lo que sale...

Sus palabras me tranquilizan un poco. Pero ¡santo cielo! ¿Dónde se ha metido Carmen? ¿Por qué no está con nosotros? Obtengo la respuesta a mi pregunta como si recibiera un puñetazo; de detrás del biombo sale Carmen, completamente desnuda. Desnuda, desnuda de verdad, ¡como Dios la trajo al mundo! En cuanto ha puesto un pie en el escenario, ha dejado que la bata se deslizase por todo su cuerpo. ¡No puedo creer lo que ven mis ojos! Conmocionada, siento cómo se me acelera el ritmo cardiaco mientras Carmen se sienta en el medio del escenario y adopta la pose. El señor del bigote se acerca a ella para darle algunas indicaciones y ajustar el radiador para que no tenga frío. Entonces anuncia:

—Haremos media hora de poses cortas, y después una pausa larga de cuarenta minutos. Entiendo que tendremos que empezar con una secuencia de bocetos en una primera plancha.

Carmen cambia de pose cada cinco minutos. Todo el

mundo garabatea sin el menor signo de pudor. En ese momento se me hace evidente que no todos tenemos la misma relación con el cuerpo... Observo a Carmen, inmóvil, increíblemente hermosa asumiendo su desnudez. El contorno de un pecho que ya no tiene veinte años, el vientre ligeramente rollizo por las comilonas de los domingos, la piel que me recuerda a un paisaje hecho de arena, donde el viento, al soplar, ha dejado algunos surcos... ¡Y pensar que a mí cada dos por tres me acompleja un michelín o las patas de gallo! La verdad del cuerpo me parece otra muy distinta en este momento. Alto, gordo, delgado, joven o viejo... ¡Hay magia en cada uno de esos relieves y sublimidad en esas imperfecciones! Y pensar que yo saco mi modelo de belleza de las revistas de moda... De pronto, la superficialidad de una silueta lisa me parece de lo más anodina. Carmen viene a verme durante el descanso, enfundada en su bata, y se muestra entusiasmada ante mis garabatos.

—¡Me parece que sus dibujos tienen mucha sensibilidad! Bueno, me toca volver.

Cuando termina la sesión, el grupo aplaude a Carmen. Qué gracioso, ¡los aplausos la hacen sonrojar más que haber posado desnuda!

Nos encontramos en la calle, felices, alteradas y hambrientas.

—¿Lista para la segunda primera vez del día? —me pregunta con un tono alegre.

¡Por Dios, es asombrosa! Y, ya que me está mostrando el camino, no tengo intención de detenerme ahora...

26

Suerte que el día siguiente es domingo. He dormido como hacía mucho tiempo que no dormía y, cuando abro los ojos, ya es mediodía. Tras el día de locos de ayer, prácticamente se podría decir que tengo «agujetas de novedades». Es un sentimiento extraño, pero nada desagradable. Descanso en la cama con un buen café. Qué paradoja: ¡me siento cansada y renovada a la vez! Ese recorrido de primeras veces me ha sentado genial. Es innegable que Carmen pertenece a esa escasa clase de personas preciosas que hacen sentir bien. *Feel good people.* Creo que ella sola encarna por completo el concepto de la juventud de espíritu, y cuanto más la conozco más crece mi respeto por ella. Quizá sea ese uno de los secretos de la alegría, mantenerse joven viviendo primeras veces eternamente... Disfruto de unas horas más de calma antes de una semana cargada y complicada. El miércoles empiezan las Navidades y eso sin duda desbaratará toda mi planificación. Cualquier persona diría que el tiempo no se puede comprimir, salvo en La Octava Esfera. Así que habrá que sacar adelante el trabajo de cinco días en tres. Mi idea es hacer solo un sube-baja exprés para celebrar Nochebuena con mis padres, es decir, estar en Nueva Aquitania menos de cuarenta y ocho horas. Voy a comerme más horas de tren que pavo, pero una Navidad sin ver a mi familia no es Navidad.

—¿No te quedas un poco más, seguro? —se había lamentado mi padre por teléfono.

Yo también estaba decepcionada, pero a menos de dos semanas de la celebración de los diez años de la agencia no podía permitirme unas vacaciones.

A la mañana siguiente, he quedado con Benjamin en el estudio. Tenemos que adelantar la otra animación del evento, los Magic punchlines. No le he visto desde la cena después del Slive, y me descubro con ganas.

Llego temprano. ¡Tenemos tanto por hacer! Me abre la puerta y hace un gesto teatral con la mano para invitarme a entrar.

—Señora.

—Señor.

Me ayuda a quitarme el abrigo y luego insiste en ofrecerme su auténtico chocolate navideño sorpresa.

—¿Qué es lo que flota por encima?

—Malvaviscos miniaturas.

—¡Oh!

Intenta disimular su sonrisa alegre ante mi exclamación infantil y cambia de tema.

—Bueno, ¿y qué tal el día de primeras veces con Carmen?

—¡Fa-bu-lo-so!

Le cuento cómo fue el increíble taller de dibujo de desnudo en la Académie de la Grande-Chaumière.

—Y déjeme adivinar... ¿La modelo era... Carmen?

Estallamos en una carcajada.

—Evidentemente.

La conoce tan bien que ni siquiera parece sorprendido.

—Al mediodía, quería que probáramos algo que no hubiésemos comido nunca. Así que acabamos en un restaurante con unos platos sorprendentes, ¡ni cocinados ni crudos!

—Bueno, y entonces, ¿qué eran? —me pregunta Benjamin, curioso y divertido.

—¡Fermentados! —Le imito la cara de asco que puse cuando descubrí la carta—. ¡Estaba segura de que lo odiaría! ¡Qué asco! ¡Puaj!

—¿Y?

—¡Estaba muy bueno! Por la tarde fuimos a un concurso de oratoria. Pensaba que con eso ya pararíamos, ¡pero después me llevó a un Open brain bar a por un aperitivo agitador de neuronas!

—Un Open brain bar, ¡no me diga!

Me doy cuenta de que Benjamin se parte de risa y algo me dice que Carmen ya le ha hecho experimentar ese tipo de día. ¿Será una especie de rito iniciático para formar parte del clan?

—No conocía en absoluto esos Meetup organizados por el Instituto del cerebro y de la médula espinal. El concepto es genial: de noche, en un bar, con una copa en mano y unos oradores apasionantes... Investigadores que van a dar un taller.

Benjamin vierte una gran cucharada de malvaviscos minúsculos en su chocolate caliente y, fascinado, me pregunta acerca del Open brain bar. Le respondo con voz teatral.

—«Entender los grandes mecanismos del cerebro...».

—¡Ni más ni menos!

Le explico el tipo de cuestiones que se abordaron. ¿Qué pasa cuando pienso, sueño o creo? ¿Cómo influye mi cerebro en mis emociones? ¿Cómo se crean, establecen y evolucionan las conexiones neuronales?

En ese momento, irrumpen Carmen y Rayane y, como siempre, traen con ellos una alegre algarabía.

Nos saludamos con besos. Nos ponemos al día. Nos damos palmadas en la espalda.

—¡Carmen! ¡Justo le estaba contando nuestras aventuras del sábado!

—¿Todo bien? ¿No la agoté demasiado con mi apretado programa de primeras veces?

—¿Sabe qué? En realidad eso no es lo que me cansa, Carmen...

Pienso en la montaña de trabajo que nos espera y le hago señas a Benjamin a modo de llamada de atención. Rayane se interesa por la evolución del proyecto aniversario.

—Tenemos que ponernos con los Magic punchlines...

—Ah, perfecto. ¡Si necesitáis a alguien que os ayude a componer, me avisáis!

Se aleja con su despreocupación natural y se pone a trabajar tranquilamente en su puesto.

Nosotros nos instalamos en la pequeña zona de reuniones. Desenfundo mi libreta de notas, impaciente por saber más sobre la animación que debería ser el punto fuerte de nuestra velada.

—Soy todo oídos.

27

¿Es consciente de que está muy guapa así, recta, con la cabeza erguida, atenta, como a la expectativa, seria, buena estudiante, dispuesta a escuchar cada una de mis palabras, ajena a lo encantadores que son sus ojos claros que, con cada día que pasa, brillan con más fulgor? Sus rasgos están más relajados, lleva el pelo suelto, habla con entonaciones más agradables. Sí, hay algo en ella que se está aflojando. La tensión empieza a liberarse, revelando a una persona totalmente nueva. Una metamorfosis que le despierta un nuevo interés por ella. «Simple curiosidad», se dice Benjamin en su fuero interno. O, por lo menos, intenta convencerse de ello. En primer lugar, es una clienta. En segundo lugar, él ha trazado un sólido perímetro de seguridad para evitar cualquier historia que pueda perturbar su serenidad y su libertad. Joy coge la goma que llevaba en su muñeca y, con un gesto grácil, se recoge el pelo en un moño alto. Benjamin aparta la mirada de la bonita línea de su nuca, que destaca por el contraste con un mechón de pelo oscuro que se ha escapado del peinado. Intenta concentrarse en la presentación del concepto de los Magic punchlines.

Le explica que con la ayuda de Rayane ha preparado unos cartuchos de tinta a base de quinina.

—… y eso permite imprimir textos invisibles.

—¿Textos invisibles?

—¡Sí! ¡Evidentemente es para conseguir un efecto revelación espectacular! La clave de un evento es lograr sorprender y dejar huella en la gente. ¿Qué opina?

—¡Opino que es genial!

Parece entusiasmada con la idea. Benjamin piensa una vez más en cómo una gran sonrisa puede transformar un rostro. «¡La alegría le sienta de maravilla!».

—¿Lo de *punchlines* viene del rap?

—¡Sí, exacto! ¿Sabe las *punching balls* que atizan los boxeadores? ¡Con los Magic punchlines nosotros golpeamos fuerte con las palabras!

—¡Es un buen concepto!

—Me alegro de que le guste. Y en la cultura hiphop hay incluso torneos de batallas, una especie de combates oratorios donde se tiene que provocar al adversario mandándole el mejor *clash* posible. Un *clash* que puede tener la forma de varias estrofas de *punchlines*… ¡Es muy divertido escucharlo!

—Me imagino… Pero por lo que respecta a la agencia no acabo de tenerlo claro.

—Ya verá, ¡esto tira solo!

Benjamin se levanta para llamar a Rayane.

—¿Vienes a explicarle a Joy los tres principios fundamentales para componer *punchlines*? ¿A tu estilo? —le pregunta Benjamin con un guiño cómplice.

Ante la mirada atónita de Joy, Rayane empieza a gesticular como un rapero experimentado. Hasta se ha puesto la gorra de *beat boxer.* A Benjamin le gustaría filmar las expresiones de Joy, asombrada mientras escucha semejante panoplia de sonidos de instrumentos saliendo de la boca de Rayane. En medio de todo eso consigue intercalar las explicaciones.

—Para escribir tu *punchline* (sonido, sonido, pose de hiphop), tienes que dejar la mente en blanco, escribes todas las palabras que te vengan sobre la persona que tienes en el punto de mira y, sobre todo, olvídate de la censura (sonido, sonido, pose de hiphop). Lo más importante son las asociaciones de ideas. ¡No hay que tener miedo de pasarse de la raya, así es como la gente de risa estalla!

Benjamin y Joy se desternillan y piden más. En cuanto a Rayane, ya no hay quien le pare. Carmen, atraída por el ruido, acude también a presenciar el espectáculo y empieza a aplaudir con las manos para marcar el ritmo. Rayane realiza proezas visuales y vocales para gran deleite de su improvisado público.

—Y si te estancas, si te secas, ¡empieza con una purga, *baby*! Da rienda suelta a tu pensamiento, deja que salgan las ideas de tu razonamiento, incluso las más retorcidas, incluso las que dejan sin aliento, atento, incluso tus rimas de fondo de armario, las que reservas a los de carácter más ordinario, suelta a los perros, sé temerario, ¡lo único que cuenta es que lo que te salga esta noche sea incendiario!

Rayane realiza una impresionante pirueta de slam y se queda quieto para indicar el final de su demostración. La reacción es inmediata, lo aclaman. Joy lo felicita calurosamente, pero enseguida se queja dirigiéndose a los asistentes.

—¡Pero yo nunca sabría hacer eso!

Benjamin nota que tiene que tranquilizarla de inmediato.

—Confíe en mí, yo la guiaré. Venga conmigo…

—¿A dónde vais? —preguntan los Max, curiosos.

—¡Afuera! Estáis demasiado distraídos como para que podamos trabajar.

—Ya, será eso… —suelta Rayane con una sonrisa cómplice.

Benjamin lleva a Joy a un lounge bar acogedor y muy calmado. Se instalan en el fondo para estar tranquilos, y Benjamin saca de su bolsa su material de búsqueda creativa. ¡Papeles, lápices y a conectar el cerebro!

—Joy, va a pensar en cada una de las personas que hay en La Octava Esfera y anotará el máximo de palabras que pueda en un folio en blanco.

—¿Todo?

—¡Todo! ¡Esto será nuestra materia prima creativa para componer los Magic punchlines! No sea demasiado racional, déjese llevar por la asociación de ideas y las sonoridades… Y no lo olvide: ¡este trabajo consiste en divertirse!

Esa antinomia parece sorprenderla. Todavía se muestra dubitativa.

—Pero ¿y si me vienen cosas negativas? ¿Estamos de acuerdo en que el objetivo de estos *punchlines* es valorar a todos los miembros de La Octava Esfera? ¿Cómo puedo lograr ese pequeño milagro cuando solo tengo ganas de una cosa, que es criticarlos a todos a sus espaldas?

El conflicto interno que preocupa a Joy enternece a Benjamin. A pesar de todo por lo que le hacen pasar en la agencia, todavía parece tener reparos en expresar su ira, como una especie de lealtad de buena alumna ejemplar e irreprochable. Benjamin coge otra hoja en blanco y escribe en grande la palabra «PURGA».

—Para eso sirve justamente, Joy; la purga permite dejar salir todo lo que tiene que decir, incluso aunque sea muy negativo. Luego haremos una selección y escribiremos una versión final de *punchlines* políticamente correctos, no se preocupe.

—Entonces ¿escribo de verdad todo lo que quiera tal y como me venga?

—¡Sí! ¡Suéltelo todo! ¡Disfrútelo! ¡Es ahora o nunca! ¿Qué más da si quedará entre nosotros?

Al principio, Joy escribe con dificultad. Le cuesta que salgan las palabras. Reflexiona demasiado entre una y otra. Benjamin se da cuenta de que escribe con letra pequeña y de manera académica, empezando por la parte superior izquierda de la página.

—No dude en escribir las palabras bien grandes, en todos los sentidos, en desorden. ¡E incluso puede garabatear y tachar todo lo que quiera!

Luego, poco a poco, se le va soltando la mano. Joy se atreve. Y sus palabras lo reflejan. Benjamin lee lo que escribe por encima de su hombro y por poco no se cae de espaldas. ¡No se esperaba tal impacto!

—¿Qué? —pregunta Joy de manera inocente.

—Eh... Está genial, la verdad. ¡Ácido, pero justo y contundente! ¡Una purga excelente!

—Gracias.

—¿Le ha ido bien?

—¡Ni se lo imagina!

Satisfecha, bebe un largo trago de zumo de naranja exprimido para que sus neuronas recuperen vitaminas tras el esfuerzo. Benjamin se da cuenta de que tiene esa sonrisa feliz parecida a la de una niña que acaba de hacer una travesura. Le encanta esa actitud rebelde.

—Ahora que ya ha entendido cómo funciona, solo hay que pasar a la versión corporativa de sus *punchlines*. Me dijo que iría a ver a sus padres estas Navidades. ¿Cuándo se va?

—Mañana por la mañana. Pero vuelvo en cuarenta y ocho horas.

—¿En tren?

—Sí.

—¡El tren es perfecto para un *brainstorming*! Si le parece, le dejo que me prepare un poco de materia prima de palabras positivas para cada persona de su agencia y le propongo que nos veamos a finales de semana para escribir juntos los textos definitivos.

—Me parece perfecto.

—Ah, y tengo algo para usted...

Benjamin hurga en su bolsa y se pregunta si es una buena idea darle esta sorpresa. Saca un paquete del tamaño de su mano.

—Con los Max, acostumbramos a regalarnos una tontería barata por Navidad. Es solo algo simbólico. ¡Así que feliz Navidad, Joy!

No consigue descifrar su expresión. ¿Está confundida porque le incomoda o porque le hace ilusión? Lo abre y saca un minikit de jardinería que contiene un microsaquito con sustrato y semillas, y un macetero miniatura.

—¡Oh! ¿De qué son las semillas?

—De lo que quiera.

—¿Cómo?

Benjamin le enseña el cartel minúsculo en blanco para clavar en la tierra.

—Tiene que escribir lo que le gustaría que creciera: alegría, amor, felicidad... ¡Lo que quiera!

Le encanta ver cómo se le sonrojan las mejillas. Y también que no sepa qué decir.

—¡Es muy mono, muchas gracias! —suelta al fin.

Trastabillan cuando intentan darse dos besos. Por poco no se les va de las manos. Ahora ya ninguno de los dos sabe qué añadir.

—¿Vamos?

Se despiden en la acera y una vez más no dan pie con bola con los dos besos. ¡Ah, sí, a la derecha! ¡Ah, no, a la izquierda! Se parten de risa, se desean feliz Navidad por tercera vez y se despiden dándose la vuelta dos veces para hacerse una señal con la mano. Cuando llega al estudio, los Max se le echan encima.

—¿Qué?

Se encoge de hombros, molesto.

—¿Qué de qué? Pues nada.

Dispersa las tropas decepcionadas. Tiene ganas de estar solo, tranquilo, para aclararse. Y mirar un poco más de cerca ese «nada» que claramente parece el inicio de algo.

28

—¡Mi palomita! —exclama mi padre con los brazos abiertos al verme salir del tren.

La verdadera vuelta a casa es poder posar la cabeza en su hombro. Nos abrazamos efusivamente y me doy cuenta de hasta qué punto le he echado de menos. Me coge la maleta de las manos y caminamos hacia la salida con la energía de la gente feliz.

—¿Y mamá?

—Está en casa, ¡te ha preparado una comida digna de celebración! Está tan contenta de que hayas venido… Deberías venir a vernos más a menudo, ¡tienes un aspecto horrible!

—He estado hasta arriba de trabajo…

Mi padre me mira de reojo. Me doy cuenta de que está preocupado por mí. Me gustaría tranquilizarlo, pero no me salen las palabras. En el tren, mientras me sumía en una dulce somnolencia que delataba el cansancio acumulado durante estos últimos meses, los acontecimientos recientes de mi vida iban desfilando por mi mente. Intentaba hacer balance sin conseguirlo.

La Octava Esfera… El escenario del teatro de mi vida desde hacía ya tantos años. Siete años. Un ciclo. Me sentía en una encrucijada y no era nada cómodo. ¿Tenía que continuar el camino y seguir labrándome un lugar en esa agencia o era el momento de empezar un nuevo capítulo? Había luchado tanto por hacerme un sitio y convertirme en la pieza indispensable que era hoy en día. El señuelo camaleónico había dado sus frutos. Mi nueva actitud influenciaba en mi relación con los demás. No cabía duda de que era responsabilidad mía aprender a poner límites para no dejarme contaminar ni abrumar... Era una principiante en la materia, pero dicho tema me parecía clave de ahora en adelante. Toda esta situación no se había detonado sola. Benjamin. En el tren también había pensado mucho en él. ¿Por qué las cosas de la vida se volvían más fluidas y alegres cuando entraban en contacto con él? Y, en cambio, tenía la sensación de que mi lema era: «¿Por qué hacerlo simple pudiendo hacerlo complicado?». A veces, observaba la mujer en la que me había convertido y no me reconocía; veía a una persona acelerada y estresada, que se lo tomaba todo demasiado en serio, hasta perder el sentido del humor, incapaz de mirar las cosas con perspectiva ni de saber qué es lo importante.

—¿Todo bien, cariño? ¡Pareces perdida en tus pensamientos! ¡Cuéntame!

Miro el querido rostro de mi padre, moreno incluso en invierno por la vida al aire libre, su pelo ligeramente ondulado ya blanco, sus hoyuelos sonrientes en las mejillas bien afeitadas. ¿Cómo expresarle todas las preguntas que se entremezclaban en mi agitada mente? ¿Cómo decirle que hacía dos años que me había quedado estancada en una situación sentimental que me hacía sufrir con un hombre casado de quien había cometido la estupidez de enamorarme y cuyo afecto servido con cuentagotas me mantenía en un estado de eterna insatisfacción? Insistía, me obstinaba, convencida de que la situación acabaría resolviéndose a mi favor. Al final, más bien lo que ocurría es que acumulaba horas de desolación.

«¡Esto está bloqueado, está bloqueado, no funciona!», me repetía a menudo pensando en Ugo. ¿Será que tengo una nociva preferencia por las situaciones imposibles, o es mi ego que se niega a soltar? No obstante, tenía la vaga sensación de que haber conocido a Benjamin y los Max estaba cambiando las cosas. Con ellos experimentaba una forma de simplicidad, de espontaneidad y de fluidez muy placentera. Sentía envidia del vínculo que los unía. Sin falsa palabrería, sin comerse la cabeza. Me encantaba esa ligereza profunda que tenían…

«Pero no es solo eso, ¡mentirosilla! Confiesa que sientes debilidad por Benjamin… Mentirías más que el conocido muñeco de madera si dijeras lo contrario». Por el momento, lo único que sabía es que verle me hacía bien… Le ofrecía un respiro a mi mente, que estaba obnubilada por Ugo. De entrada, Benjamin no era demasiado mi tipo. Me gustaban los morenos de carácter mediterráneo, como Ugo. Benjamin, en cambio, tenía el pelo castaño y los ojos claros, y una personalidad conciliadora… ¿Es que no podía estar con alguien amable?

«¡Eres una palomita horrible y revenida! —se sublevaba una parte de mí—. Es mucho más que solo "amable" y tú te mereces arder en el infierno de las mujeres que desdeñan la felicidad por tener pensamientos tan malos».

¿Y si era un mecanismo de protección? Me había acostumbrado tanto a las cosas complicadas que quizá una historia que fuese simplemente feliz me daba miedo.

—¡Hemos llegado!

Mi padre aparca en la entrada. Mi madre debe de habernos oído porque ha salido de casa para venir a nuestro encuentro. En cuanto atravieso el umbral de la puerta, un delicioso olor proveniente de la cocina me cosquillea la nariz. Estoy segura de que mi madre ha tirado la casa por la ventana, ¡es tan agradable dejarse mimar! En el salón el fuego del hogar crepita. El gran abeto roza el techo con las ramas, que ceden bajo el peso de los elementos decorativos y, como cada año, me emociono al ver mi calcetín de lana, con mi nombre bordado, colgado cerca de la chimenea. ¡Qué alegría estar aquí! Mis padres encarnan la imagen de una pareja unida como ya no las hay. Cuando los veo parloteando con alegría, regañándose con ternura, abrazándose con discreción…, me pregunto cuál es su secreto. Sobre todo porque la noche anterior sin ir más lejos un acontecimiento inesperado había desestabilizado todavía más mi percepción de las parejas.

Con las prisas por llegar a casa para preparar la maleta y con la mente ya en la cena de Nochebuena que me esperaba al día siguiente en casa de mis padres, me había ido con demasiadas prisas del despacho. Y hasta que no estuve en el rellano de mi piso, no me di cuenta de que me había olvidado las llaves en la agencia. Debía de haberlas sacado del bolso a la vez que la agenda, y es probable que me estuvieran esperando tranquilamente sobre mi escritorio… ¡Menudo descuido! No me quedaba más remedio que hacer un irritante camino de ida y vuelta que me haría perder un tiempo precioso.

Eran casi las 20.30 cuando entré por la puerta. La planta de La Octava Esfera estaba sumida en la oscuridad. No valía la pena encender las luces, puesto que solo sería un minuto. Me dirigía hacia mi despacho, como un gato con visión nocturna, cuando un ruido inusual proveniente del almacén me llamó la atención. Parecían jadeos. Me acerqué con pies de plomo, miré a través de la puerta ligeramente entreabierta y me quedé paralizada de asombro en la oscuridad. Allí, ante mis ojos, estaban Virginia y mi PIJO, uno contra el otro sobre la fotocopiadora. El bolso se me cayó de las manos de la sorpresa. Entonces tuve la sensación de estar viviendo la escena hitchcockiana de *Marnie, la ladrona*, cuando el zapato al final le cae del bolsillo mientras ella intenta huir sin hacer ruido para que no la descubran en pleno robo. Virginia me vio. ¡Esa mirada! No sabría decir cuál de las dos se sintió más incómoda. Se me heló la sangre mientras mi cerebro, recalentado, se imaginó en pocos segundos las consecuencias desastrosas que tendría esa situación: vergüenza, consternación, presión, chantaje, represalias… ¡Tal vez un polvo de almacén marcaría el fin de mi carrera en La Octava Esfera! El becario se giró hacia mí, pero apenas se inmutó. Tenía una sonrisa casi burlona en los labios. Para él, la vida entera era como una broma. Hui por el pasillo, quizá todavía pensando que podía fingir no haber visto nada, pero Virginia me alcanzó enseguida. Una Virginia irreconocible, despeinada, sin aliento… ¿Cuál era la palabra…? Ah, sí, vulnerable. Intentaba recuperar la dignidad con la rectitud de su cuerpo, apenas recién vestido.

—Joy, escucha, no es lo que crees…

¿Acaso es esa una frase que se aprende de memoria en una formación en adulterio? Yo estaba en pánico, no quería saber nada del tema, sobre todo no quería hablarlo, quería poder mirar hacia otro lado tranquilamente, hacer como si nada… Además, ¿cómo iba a juzgarla lo más mínimo cuando yo misma era la amante de su marido? ¡La situación se había vuelto imposible de desenmarañar!

—Por favor, Virginia, esto no me incumbe, hagamos como si no hubiese visto nada, ¿de acuerdo?

El rostro de Virginia se volvió hermético y un tic nervioso tensó sus facciones.

—Ambas sabemos que eso es imposible. Así que dime…

—¿Qué?

—¿Cuál es tu precio?

—¿Cómo que mi precio?

Era evidente que la estaba haciendo enfadar.

—El precio de tu silencio.

—Pero, Virginia, no tengo precio. No diré nada, te lo aseguro… ¿De qué estás hablando?

Cada vez estaba más incómoda. Nunca había visto a Virginia así. En un instante, me había convertido en una amenaza. Y, como cualquier criatura en peligro, estaba enseñando los dientes.

—Si esto se sabe, tú serás la primera que sufrirá las consecuencias, Joy, puedes estar segura, te despediré sin pensármelo dos veces.

—Entendido —solté apretando los dientes.

La absurdidad de la situación me parecía fragorosa. Me largué lo más rápido posible, ansiosa por alejarme y preocupada por lo que sucedería después… ¿De ahora en adelante el ambiente de la agencia sería todavía más irrespirable? Ya no tenía a Virginia en alta estima, pero ahora con ese bochornoso descubrimiento sentía que me habían colocado una bomba de relojería entre las manos.

29

Apenas había podido relajarme y disfrutar de los míos y ya era momento de regresar a París. En el tren, dormito como a la ida e intento escapar de los pensamientos que ya empiezan a asaltarme de nuevo. Temo la vuelta a la oficina después de lo sucedido con Virginia. Y la montaña de trabajo que me espera no ayuda mucho a levantarme el ánimo. ¡Lo único que quiero es dormir! Hibernar y salir a la superficie en primavera. Los dos días siguientes no desmienten mis predicciones; son agotadores. Intento pasar desapercibida en la agencia y me dejo la piel trabajando. Todo el mundo anda de cabeza y hay un ambiente eléctrico. Me alegra escaparme unas horas para ir a ver a Benjamin al estudio. Creo que nota mi estrés al instante cuando me ve llegar.

—¡Ha hecho bien en venir! —dice riendo mientras me prepara una bebida reconfortante secreta.

Me pregunta cómo ha ido la Navidad en familia. Le hago un resumen rápido de mi familia, cuánto los echo de menos aquí, cuánto me reconforta estar con ellos. Benjamin me escucha atenta y amablemente y, por un instante, pienso que estar con él también es agradable. «¡He aquí una personalidad que hace sentir bien!», me digo, contenta de compartir este momento con él. Trabajamos en los *punchlines* para la fiesta de la agencia, concentrados, meticulosos, a pesar de que nuestra sesión creativa se ve salpicada de estallidos de risa; resulta tan divertido escribir esas ocurrencias sobre cada una de las personas de la agencia. Probablemente actúe como una válvula de escape, puesto que al cabo de dos horas me siento mucho mejor. Benjamin se da cuenta.

—¡Uf!

—¿Qué?

—¡Uf! ¡Ya empieza a relajarse de nuevo!

—Ah, ¿sí? ¿Cree que estaba tensa?

—Sí.

Su sonrisa es como un bálsamo. Me gustaría adquirir un abono anual para verla todos los días.

—¿Hay algo que le preocupa?

Frunzo el ceño.

—No quiero incordiarlo con eso…

Él insiste, dice que no le molesta. Que me irá bien hablar de ello. Acabó confiándole el episodio con Virginia y el becario. No se lo puede creer.

—¡Vaya, qué historias tan escabrosas hay en su agencia!

Asiento, inquieta.

—¡No me gusta verla así! ¡No debería preocuparse! ¡Usted está por encima de todo eso, Joy!

—Bueno…

No debo de parecer convencida del todo, así que Benjamin imita con el dedo una hélice encima de mi cabeza mientras hace el sonido con la boca.

—¡Pruebe el helicóptero!

—¿El helicóptero?

—Sí, para coger perspectiva. Diviértase cultivando el desinterés…

No me atrevo a decirle que de momento no acabo de ver cómo podría divertirme con esa situación, pero creo que vale la pena intentar seguir su consejo. Debo irme. Tengo otra cita. Odio la sensación de hacerlo todo con prisas, pero principalmente lo que ocurre es que no siento ganas de irme de este lugar tan relajante, más aún cuando Rayane y Carmen acaban de llegar y me dedican una cálida bienvenida.

Carmen me intercepta mientras me estoy poniendo el abrigo.

—Joy, ¿tiene planes para Fin de Año?

Veo que Benjamin espera mi respuesta mirando con el rabillo del ojo. Pienso en Ugo. Me prometió que pasaría a verme. Y yo, por supuesto, no puedo hacer otra cosa que reservar la noche para él.

—Eh…, no lo sé aún… Pero en principio sí, tengo algo…

Carmen y Benjamin se lanzan una mirada cómplice. Saben que estoy reservando la noche para Ugo. Sin embargo, Carmen, que tiene mucho tacto, no hace ningún comentario al respecto.

—Ah, bueno, si por lo que sea al final lo tiene libre, véngase con nosotros, ¡organizo una fiesta para celebrar como es debido el cambio de año! ¿Le envío un mensaje con mi dirección?

—Vale, Carmen. En cualquier caso, gracias por invitarme, es muy amable…

Benjamin me acompaña a la puerta. Hablamos un rato más sobre algunos detalles de la preparación del evento y luego me dice:

—A mí también me gustaría que se uniera a nosotros para Fin de Año…

Estamos uno frente al otro. No sé qué responderle. No quiero decepcionarlo. Y por el momento hay demasiada confusión en mi mente. Me mantengo evasiva. Insinúo un «puede» y me alejo a pasos rápidos.

Sus palabras todavía resuenan cuando entro en el metro.

«Me gustaría que se uniera a nosotros». Debo confesar que la idea de formar parte de un grupo como el suyo me genera una sensación agradable... La compañía de Benjamin también. Pero de momento tengo un rodaje importante que me agobia de antemano; sé que en el set estarán Virginia y mi PIJO... Me pregunto cómo lo haré para soportar su presencia. Todavía tengo diez paradas para pensar en ello.

30

Cuando llego al sitio del rodaje, el plató ya es un hervidero. ¡Una auténtica colmena! Los técnicos van de un lado a otro, instalan focos, ajustan la iluminación, hacen pruebas de sonido. Voy directamente a saludar a Michaela, nuestra clienta, representante de la marca La boutiqueofficielle.com. Está nerviosa, se pregunta si irá todo bien. El rodaje reúne a varias celebridades de distintos programas de telerrealidad actuales para potenciar la imagen de sus marcas de ropa.

Me confía con sigilo todas sus preocupaciones, pero lo hace casi susurrando, para que no la oigan. Las paredes del estudio tienen oídos.

—Ya sabes, toda esta gente de los *reality shows* son imprevisibles. ¡Pueden sacar tanto lo mejor como lo peor! Espero que no haya líos… Ayer leí en redes que la relación entre Carla y Benji se había enfriado últimamente. Sería una catástrofe si empezara a haber problemas.

SuperJoy entra en acción. Tranquilizar, reconfortar, dibujar una sonrisa, ¡ese es mi trabajo! Tengo la costumbre de apagar los fuegos de última hora de nuestros clientes y sé lo que necesitan: mucha escucha, amabilidad, un buen café y… ¡unos *macarons* de Ladurée! El efecto es inmediato. Michaela se destensa un poco.

—¡Eres un ángel!

—No, de momento no, ¡pero no descarto intentar pasar el casting!

Capta la broma y empieza a reírse, definitivamente relajada. *Los Ángeles* es un gran programa de telerrealidad y no he podido evitar aprovechar el comentario que ha lanzado de manera inconsciente para hacer un pequeño chiste. Sin embargo, hago una mueca cuando me mira de pies a cabeza para evaluar mi apariencia y mi aspecto físico.

—¡Tú, en *Los Ángeles*! —Ríe como si fuese la ocurrencia del año.

Por lo visto, no tengo el cuerpo de ensueño que se requiere. No me ofendo. Estoy acostumbrada a este despiadado sector donde todo depende del físico. A veces, ese nivel de superficialidad me da náuseas. Pero, a fin de cuentas, prefiero concentrarme en mi trabajo; asegurarme de que todo salga bien. Por eso empiezo una ronda por el plató para valorar cómo están los ánimos de la gente y asegurarme de que haya un buen ambiente entre todos. Nuestras estrellas ya están en maquillaje. Se las oye de lejos. No son especialmente discretas. Peluquería en acción con ayuda de la plancha de pelo, maquilladores y maquilladoras inclinados sobre los rostros, intentando aplicar la base de maquillaje y el iluminador en unos individuos que no paran quietos. Estoy hablando con una de ellas, que conozco y aprecio mucho, cuando veo a Virginia viniendo directa hacia mí.

—¿Ya está? ¿Por fin has llegado? ¡Ya era hora!

Hago una mueca al oír el reproche en su voz.

—Sí, habíamos dicho a las cinco.

Mira el reloj, debe de marcar las 17.15, se encoge de hombros y sin embargo no se disculpa por haber adoptado un tono injusto.

Me da órdenes. O, mejor dicho, me ladra órdenes. No necesito tener un máster en psicología para darme cuenta de que ha decidido hacérmelo pagar por el desafortunado descubrimiento, como si fuese culpa mía.

—No te olvides de hacer un minirreportaje de fotos del rodaje para nuestras redes sociales. Y vigila los encuadres; la última vez no se puede decir que fueran precisamente brutales.

Mi PIJO aparece detrás de ella. Odio esa sonrisa burlona que se le dibuja cuando me ve.

—¡Ah, hola, Joy! ¿Todo bien?

Después se gira hacia Virginia haciendo caso omiso de mi presencia.

—¡Está guay esto! ¡Estoy muy contento de haber venido! ¿Y sabes qué? La productora me ha pedido el número. Cree que tengo un físico interesante. Mola, ¿no?

Virginia, con los dientes apretados, me lanza miradas preocupadas y amenazantes a la vez. Incómoda, agarra a mi PIJO por el brazo y se lo lleva más lejos. Durante las dos horas siguientes corro en todas direcciones, con diez brazos y un ojo puesto en todas partes para anticipar los problemas, adelantarme a todos los deseos, facilitar la labor. Mientras tanto veo a mi PIJO sentado en una mesa con Virginia. Ambos ríen, charlan y apenas esconden la intimidad de su relación. Y ahora Virginia le roza el brazo, y ahora F. le lanza miradas ardientes… Francamente, montar semejante espectáculo a plena vista de todo el mundo me parece un poco exagerado. Pero ¿acaso no estoy siendo injusta si pienso en el doble juego que mantengo yo desde hace más de dos años?

Cuando Ugo llega al plató, el corazón me da un vuelco. ¡Esto no estaba previsto en absoluto! Me ve y viene directo hacia mí. Mientras intercambiamos algunas palabras me acaricia el brazo, exactamente igual que Virginia con mi becario. Se me hiela la sangre y lo rechazo con un poco de sequedad. Le señalo a su mujer con la cabeza y él se tensa de manera imperceptible, pero enseguida se repone. Es el don que tienen los depredadores como él.

De pronto, un estruendo en el plató. Todo iba bien cuando de golpe ha estallado una pelea entre dos concursantes de programa de telerrealidad. Hubiese sido demasiado bonito que todo se desarrollara sin incidentes; además la reputación sulfúrica que tenían los presentes no era casualidad. En un abrir y cerrar de ojos, comprendo el motivo de la discusión; la rubia exuberante culpa a la morena volcánica de que le haya salido mal la toma. Las dos jóvenes, que se supone que son mejores amigas en la vida, ahora se están tirando fuerte del pelo. Rara vez había oído tal nivel de decibelios en una misma sala. Virginia me empuja por la espalda para lanzarme hacia la escena de la discordia.

—¡Haz algo!

Intento meterme entre las dos diosas en plena crisis de histeria y en medio del alboroto recibo un golpe en plena cara, hecho que al menos logra detenerlas en seco. Se disculpan una y otra vez, mientras me acompañan a sentarme. Ugo llega con hielo y lo aplica sobre mi sien dolorida. Virginia aparece, claramente molesta al ver a su marido arrodillado y cuidándome.

—Joy, ahora ya está, ¿no? ¡Queda mucho por hacer y no quiero pasarme la noche aquí!

«¿Quién pasa la noche con quién aquí?», tengo ganas de

responder, y por poco no se me escapa una ácida carcajada por lo cómica que resulta la situación.

—¡Dale un descanso! ¡Acaba de recibir un golpe! —Ugo viene al rescate interviniendo a mi favor. Siento de nuevo una calidez en el pecho.

Virginia, ofendida, da media vuelta refunfuñando.

—¡Muy bien! ¡Ya me ocupo yo misma de las cosas ya que estoy rodeada de inútiles!

Tanta inquina me provoca una exclamación indignada, que camuflo con un ataque de tos fingido. Son las 18.30. La hora del catering. Hay una pausa para comer prevista para todo el mundo antes de empezar la segunda parte del rodaje. Nos encontramos los cuatro en la misma mesa; el becario, Virginia, Ugo y yo frente a nuestros platos fríos. Sin embargo, lo realmente gélido no es la comida. Nos miramos con cara de pocos amigos. El ambiente se puede cortar con un cuchillo. El becario, que de pronto está mucho menos a gusto, emite risitas nerviosas. Sin querer, toca el pie de Virginia por debajo de la mesa. Da un brinco de tres metros, golpea la mesa y derrama el refresco que había encima. Ugo suelta una palabrota. Él y yo cogemos servilletas para secar el líquido azucarado. Nuestras manos se rozan. Las apartamos como si hubiésemos recibido una descarga eléctrica. Un comportamiento un tanto inapropiado, hecho que podría no pasarle desapercibido a Virginia. Ahora tengo la sensación de que nos escudriña con una expresión extraña, frunciendo el ceño. Mi PIJO hace pedazos la servilleta de papel y deja bolitas por todas partes. Finjo estar picoteando migas de pan para poder tener la cabeza gacha. Se instala un pesado silencio mientras comemos, solo interrumpido por algunas banalidades. Siento un alivio inmenso cuando la productora señala el final de la pausa. Me tomo cinco minutos para ir a encerrarme en el baño. Necesito recuperar la calma. Saco el móvil con un gesto compulsivo. Siento la tentación de descargarme algunas aplicaciones, pero me viene a la mente el rostro de Benjamin. Y también el comentario que me hizo recientemente, la última vez que nos vimos, cuando salió a la luz lo de mi TOC digital.

—¡No necesita todo eso, Joy! ¿Doscientas cuarenta aplicaciones? ¿En serio? Creía que las mujeres coleccionaban zapatos —había dicho tomándome el pelo—. ¿No cree que ya es hora de desinstalar algunas, para aligerarse un poco?

—Pero esto me relaja.

—Créame, hay una gran cantidad de cosas que van mucho mejor para relajarse que esas aplicaciones que le controlan los pasos, el sueño, las tareas, el ocio... ¡Es como si hubiese encorsetado su mente con todas esas aplicaciones! A mí me parece muy asfixiante... Desaplicarse, Joy... Se lo aseguro, vale la pena.

Alguien llama a la puerta con virulencia. Deduzco que es una de las estrellas que necesita urgentemente un baño, así que será mejor que lo deje libre cuanto antes. Acaricio el móvil una última vez y lo guardo en el bolso, contenta de no haber cedido. No obstante, siento una inquietud persistente en mi interior. Con todo lo que sé que ocurre entre bastidores en La Octava Esfera, hay una pregunta que me obsesiona: ¿cómo acabará todo esto?

31

Mi móvil lleva sonando sin parar desde hace unos cinco minutos y no hallo el valor para moverme. La aplicación despertador, Morninglife, no tiene piedad alguna; suena cada vez más fuerte hasta que alguien la desactiva con sus propias manos. Siento la tentación de hacerme la desaparecida bajo el edredón. Y pensar que el otro día Rayane me explicaba que todas las mañanas, para empezar bien el día, con alegría y gratitud, hacía cuarenta minutos de yoga «para que su alma tuviese tiempo de regresar tranquilamente a su cuerpo». ¡Alucino! ¡Nunca me hubiese imaginado a un excéntrico como él, alguien fuera de lo común, alborotador, poniendo en práctica rituales como ese! Lo recuerdo explicándome los beneficios del saludo al sol…

«Si no le da los buenos días a la vida, ¿cómo quiere que le vaya bien el día?», había añadido con una convicción tan encantadora como desarmante.

Yo hoy más bien preferiría hacer huelga de la vida. Estoy exhausta, agotada, desmotivada, tengo ganas de dejar las cortinas cerradas y quedarme acurrucada bajo el edredón, bien calentita, viendo cómo la noche apenas deja espacio al día, pues así son de cortos los días de invierno, y la luz demasiado débil como para abrirse paso. Me siento agredida por adelantado por el ruido, la gente, la agitación particular que reina en este periodo de fiestas. «¿No querrás decir que en realidad es la perspectiva de pasar el día de Fin de Año en La Octava Esfera lo que te hace sentir así?». ¡Tengo ganas de responderme que no puedo esconderme nada a mí misma! En efecto, se espera a todo el equipo con pie firme en la agencia. Para los Badass, que sea día 31 no es excusa en absoluto para no estar al pie del cañón. ¡Es justamente en esta época del año cuando las marcas se apresuran por promocionarse al máximo! Las campañas de comunicación están en pleno apogeo. Y con ellas nosotros también. Me levanto con el cuerpo pesado, como si me hubiesen atado pesas de plomo en los tobillos. Al pasar por delante de la mesita del salón, acaricio con los dedos la caja que me regaló Ugo hace dos días. Mi regalo de Navidad con unos días de retraso. Una pluma Mont-Blanc. Es bonita y lujosa y me hubiese llenado de satisfacción si me la hubiera dado con alguna demostración de afecto, y no de pasada como había sido el caso, ofrecida de cualquier manera para no correr el riesgo de que alguien nos viera... No muy lejos de la mesa y de la pluma Mont-Blanc, distingo el pequeño macetero-amuleto que me regaló Benjamin. Me acerco y me doy cuenta de que las semillas han empezado a germinar. De momento son unos brotes minúsculos. Las sembré justo antes de bajar hacia el oeste a ver a mi familia. A la vuelta, tenía claro lo que quería que creciera. Escribí en el cartel previsto para esta función la palabra «ALEGRÍA» y, satisfecha, lo clavé en la tierra.

Dos regalos, dos polos opuestos. Uno que vale muy caro y otro que, en cambio, vale oro. ¿Cuál de los dos es más valioso?

Me apresuro, voy tarde por culpa de esas reflexiones estúpidas. En cuanto llego, Cataclillo me asalta, hecho un manojo de nervios. Retrocedo. No sé si es porque apesta a tabaco ya de buena mañana o por el aluvión de «haz esto, haz lo otro» que me suelta encima sin miramientos. Resisto apretando los dientes. Esquivo por los pelos a la Taser en la máquina de café. Por desgracia, los efectos del señuelo camaleónico no han durado. La cabra tira al monte. Mala pata. Sin embargo, la VIP me intercepta al final del pasillo.

—¡Veo que te han cundido las fiestas, Joy!

Su mirada corrosiva se detiene un buen rato en mi trasero ceñido en una falda que he escogido con prisas. Se me había olvidado que me prometí a mí misma deshacerme de ella. De la falda. Aunque deshacerme de la VIP sería también diabólicamente placentero.

Veo a mi becario tomándose un café con Virginia en el despacho grande. ¡Cómo no! Cómo iba a privarse de algo. Virginia me ve. Con una expresión dura cierra la puerta de la sala para esconderse de mi mirada indiscreta. ¡De pronto siento una punzante sensación de injusticia! Ellos son los que están haciendo algo mal, ¡pero quien paga las consecuencias soy yo! Aunque, a fin de cuentas, si Virginia se permite ese tipo de indiscreción, ¿eso no me exime a mí de la culpa por mi aventura con Ugo? Me asalta el primer pensamiento verdaderamente feliz del día; es más, ¿no puedo incluso ver en ello un rayo de esperanza? La pareja Ugo-Virginia saltando por los aires. Ugo por fin libre para estar conmigo. Los dos, juntos, felices a morir. Con las canciones de Piaf en la cabeza y una sonrisa de oreja a oreja, vuelvo a mi despacho y toda mi concentración (que ya era muy escasa) se ha esfumado. De pronto tengo muchas ganas de verle.

Me paso la siguiente hora esperando su llegada. Cuando por fin irrumpe en la agencia, el corazón me da un vuelco. Tengo ganas de correr hacia él, saltarle al cuello. Intento calmar mi impetuosidad releyendo una y otra vez las tediosas frases del dosier que me ha dado Cataclillo. Es en vano. ¡Ojalá que Ugo venga a verme! ¡Necesito saber si podremos estar juntos esta noche! Al final acaba asomando la cabeza por la puerta de mi despacho. Salto de la silla y me abalanzo sobre él en un abrir y cerrar de ojos. Lo arrastro hacia el interior y cierro la puerta. Al instante empezamos a susurrar.

—¡Te he echado tanto de menos! ¿Cómo estás? ¿Nos vemos esta noche? ¿Podrás pasarte por lo menos un rato? ¡Dime!

Me doy cuenta de que estoy hablando sola. Me detengo y lo miro a los ojos, llena de una esperanza ansiosa. Él frena mi ardor. Parece un tanto incómodo. Evasivo.

—Sí, intentaré ir. Puede que una hora, o dos. Le diré a Virginia que nos vemos en la fiesta. Por suerte no es una cena sentados.

Digo que sí a todo. Una hora o dos ya sería magnífico. Llena de alegría, me acerco a sus labios para darle un beso. Me aparta con vehemencia.

—¡Eh! ¿Estás loca o qué? ¿Quieres que nos descubran?

¡Cómo decirle que sí, que tengo ganas de que nos descubran, sí, tengo ganas de que nuestra relación salga a la luz! ¡Sí, tengo ganas de que me prefiera! Pero no me salen las palabras.

—Perdón, me he dejado llevar...

Masculla que no pasa nada con un tono que da a entender que sí que pasa. Tiene prisa. Tiene reuniones. *Calls*, como él las llama.

—¿Nos vemos luego?

Se escabulle, ya está lejos, indiferente a ese «luego» tan crucial para mí. Un «luego» que no existe de la misma manera en su mente como en la mía.

Todo está listo. Llegará de un momento a otro. Las últimas horas en la agencia han sido un suplicio. Por suerte todo pasa y todo llega. He preparado una mesa hermosa. Preciosas y largas velas de color rojo y plateado, un mantel blanco, el único que tengo, un servicio de mesa comprado a toda prisa de camino a casa (lo justo para poder poner dos cubiertos de fiesta para la ocasión). Por supuesto, solo será un aperitivo. No se trata de una cena. ¡Pero me ilusiona tanto hacer como si fuéramos a tener la noche para nosotros! Todo está listo. Me siento. Cuento los minutos. Le doy vueltas y vueltas al tenedor, los dientes hacia arriba, los dientes hacia abajo. Espero. Soy incapaz de hacer otra cosa. Cada treinta y cinco segundos miro el móvil para saber la hora, pero evito comprobar los mensajes. Me da demasiado miedo encontrarme uno suyo anunciándome algún impedimento. Estoy nerviosa, feliz ante la perspectiva de verlo, triste ante la idea de que su retraso se apropie del ya poco tiempo que tenemos para pasar juntos. Por fin suena el timbre. Me abalanzo hacia la puerta. Es él. Entra sin mirarme, con una botella de champán en mano. Se dirige hacia la mesa que ya conoce bien y, todavía sin mediar palabra, descorcha la botella. Sirve dos copas y me invita a brindar.

Parece acelerado, sin aliento. Me da igual, lo importante es que está aquí.

Farfulla algunas excusas por el retraso. Un artista pesado que lo ha retenido. Y después tenía que pasar por su casa a cambiarse. Irá directamente a la fiesta. Apenas lo escucho. Estoy concentrada en el relieve de su rostro surcado por hermosas arrugas, en sus modales de patriarca, en todo lo que hace que dondequiera que vaya parezca que está pisando terreno conquistado. ¿Es esa fortaleza de carácter lo que tanto me cautivó? Probablemente. Daría lo que fuera por tener una décima parte de su soltura. Se lleva dos o tres canapés de fuagrás a la boca con despreocupación y bebe distraídamente una segunda copa. Por una vez, me gustaría que me hablase de otra cosa que no fueran sus negocios pendientes, pero, mientras esté aquí, todo me vale.

Cuando se acerca a mí, con los ojos brillantes, para abrazarme y besarme al fin, intento disfrutar, sentir, vivir el momento. No pensar en el después. Cuando se vaya. Cuando me quede sola, como de costumbre.

Acaba de cerrarse la puerta. El momento de después ha llegado demasiado rápido. Me quedo allí plantada, sola, con su presencia flotando en el ambiente y envolviéndome todavía. Un tanto tambaleante, me apoyo en la pequeña consola. La cabeza me da vueltas a causa de nuestros retozos robados. Con tanto fervor, no nos ha dado tiempo de llegar a la habitación. Me ha tomado tal cual, allí, en el pasillo de la entrada. Todavía me parece notar su aliento caliente en la nuca, recuerdo mi falda levantada con prisa, las medias bajadas hasta los zapatos que no me he podido quitar, su cuerpo pegado contra el mío, encendido, decidido a que ningún pudor lo frenara.

—¡Me ha encantado! —me ha dicho jadeando y con una

voz ronca mientras se reajustaba el traje para estar presentable en su velada con la alta sociedad.

Por un segundo, ha debido de preocuparle mi Nochevieja en solitario.

—Oye, tú no vas a estar nada mal aquí, ¿eh? Champán, fuagrás y una cena frente a la televisión, ¡como una reina! —ha bromeado mientras yo le reía la gracia apretando los dientes.

Después se ha inclinado para darme un beso en la mejilla antes de añadir un comentario que me ha dejado sin palabras.

—¿Sabes qué? ¡Casi te tengo envidia!

Y se ha ido.

32

Hace dos horas y media que me estoy convenciendo de que estoy pasando una noche fantástica; que lo estoy celebrando con un desfile de manjares excepcionales. No he escatimado en gastos. He comprado un poco de todo. Fuagrás, huevas de salmón, blinis, langostinos... ¡Todo solo para mí! Pienso en la suerte que tengo mientras estoy tirada en el sofá, con la televisión encendida y sumergiendo un trozo de marisco en la mayonesa. Se me cae un poco en la falda. Recojo la masa pegajosa y amarillenta con el dedo y me la llevo a la boca. Como una cerda. Pero me da igual. ¿Quién me está viendo? Me río sola mientras me sirvo otra copa de champán. ¿No es una noche maravillosa? Sin nadie que me fastidie. Sin celebraciones aburridas. Sin peleas familiares. ¡Solo tranquilidad! Paz. Es magnífico.

Veinte minutos más tarde estoy sollozando sobre mi gran cojín amarillo.

Diez minutos después mi orgullo personal me da una gran bofetada.

Cinco minutos más tarde estoy en el baño intentando tener una cara presentable. Me preparo un café solo. Ya he tomado una decisión; nada de empezar el año como una rata abandonada. Al menos saldré. No me quedaré encerrada apiadándome de mi suerte. Intento autoconvencerme.

Dos minutos más tarde, cierro la puerta detrás de mí. Por todas partes se oye ruido de cubiertos, risas, un concierto de festividades en las calles de París. Decido coger una bicicleta de alquiler en lugar del metro. El frío cortante me despeja la mente. Tengo el corazón patas arriba. Un poco dislocado también. Mis pies pedalean y los pensamientos se desbocan. Cuando pienso en mi relación con Ugo, me siento como en un callejón sin salida. Un muro a modo de horizonte. Su visita exprés de esta noche debería haberme hecho feliz. Después de todo, ¿no se puede considerar ese gesto como un esfuerzo? Pero, en realidad, me ha dejado un gusto amargo. Me doy cuenta de que esos momentos efímeros, que se supone que deberían llenarme y traerme alegría, me dejan más bien con la sensación de un gran vacío. Él se va y yo me quedo, sola, sufriendo de *abandonitis*. Sí, ni más ni menos que un sentimiento de abandono, ¡exacto! Es uno de mis mayores miedos, que me olviden por el camino. Yo habría querido ser su preferencia, como en la canción de Julien Clerc. La mujer que uno elige, que uno escoge, y que ama con ternura. Sumida en mi agónica desesperación, me salto un semáforo y evito por los pelos que me aplaste un Porsche poco dispuesto a prestar atención a los vehículos de dos ruedas.

Grito. La bicicleta se cae. Mi antebrazo amortigua la caída. Me detengo y me hago a un lado un momento para recuperarme del susto. Suelto una maldición, pero el coche ya está lejos. Tengo un nudo en la garganta. Los sollozos hacen presión, querrían salir, pero están atascados. Quizá porque tengo miedo de que, si abro las compuertas, ya no podré controlar el flujo torrencial. Vuelvo a montarme en la bicicleta y me doy cuenta de que me sangra el antebrazo. Ya decía yo que me escocía. Me da igual. Todo me da igual. Yo y mi pena nos decimos que a pesar de todo las calles de París son hermosas. La belleza no disipa la tristeza, pero proporciona una agradable sensación reconfortante. Como un premio de consolación. Pedaleo por el muelle de Gesvres y llego cerca del puente de Notre-Dame. Un magnífico puente de piedra en forma de arco, pienso. Me detengo un momento para observar las impresionantes esculturas. Como de costumbre, reyes y santos. Y allí seguramente un dios griego. Contemplo la corriente sombría como un sudario de seda. Me estremezco y reculo de manera instintiva. Empiezo a reñirme a mí misma. Me obligo a espabilarme. No sabía que mi padre interno podía ser tan virulento. «¡No tienes derecho a sentir lástima de ti misma! ¡Pero estoy sola! ¡Estás sola porque quieres! ¡Te recuerdo que esta noche te habían invitado a una fiesta! ¿Una fiesta? ¿Tienes amnesia o qué? ¿Qué fiesta? ¡La de Carmen, mujer! Pero no puedo ir así, tengo una cara horrible, no voy bien vestida... ¡Deja de inventarte excusas! ¡Sabes perfectamente que no es el tipo de persona que se fija en eso! Ve a ver a esa gente. Además, te gustan los Max. Sabes que son adorables... Así que no te lo pienses más y ve, ¿queda claro?».

No tengo ninguna duda de que es la mejor decisión. Miro

el reloj. Las 23.15. ¡Mierda! ¡Ya es tarde! ¡No se llega tan tarde a una fiesta de Fin de Año! Y menos aún con las manos vacías... Mi padre interior empieza a gritarme de nuevo y me insta a darme prisa. Vale. Ya lo he entendido... Dadas las circunstancias, creo que mandaré a paseo las convenciones y me armaré de valor para ir tal y como estoy; nada perfecta.

33

¿Hace cuánto que Benjamin no bailaba así? ¡Qué placer dejar que el cuerpo se exprese a su antojo, al ritmo de músicas que harían bailar a diablos y ángeles en la misma pista! Hay que decirlo, es cosa de Rayane, que se ha puesto de pinchadiscos improvisado y está desenterrando viejas perlas irresistibles; ¡resulta imposible no cantarlas y bailarlas! Francamente, Carmen lo ha hecho muy bien. Al verla pasar así de grupo en grupo, parece que va libando las conversaciones y deleitándose con el sabor del néctar de la convivencia. «Es increíble», piensa para sus adentros, admirando a su amiga. Claro está, cuarenta personas en un piso pequeño como el suyo dejan pocos centímetros cuadrados para respirar, pero ¡qué más da! El ambiente está en pleno apogeo. ¿Qué hay más satisfactorio que ver a todo el mundo pasándoselo de maravilla? Carmen no deja de sorprenderle; ha logrado crearse una red de amigos de todas las edades. «¡Una alegre mezcla!», como le gusta llamarlo a ella.

—¿Por qué tendría que limitarme a ir con gente solo de mi edad? —había respondido casi enfadada el día que habían tenido esa conversación—. ¡Qué aburrimiento! ¡No tengo ningunas ganas de llevar una vida de abuelita!

Y después le había confiado, traviesa, su secreto para

hacer super-BFF. Benjamin se la había quedado mirando con los ojos abiertos como platos.

—¿BFF? ¿Qué es eso?

—¡*Best friends forever*, obvio! Pobre Benjamin, no está al día —se había burlado con afecto.

Y así es como Benjamin había recibido un cursillo de socialización contemporánea, que consistía en buscar en Google «buenas ideas para conocer a gente en tu ciudad».

—¡No te imaginas el abanico de posibilidades! Es una locura cómo la vida puede cambiar en un abrir y cerrar de ojos; hace un segundo, te creías que estabas sola en el mundo y un segundo después, ¡nadas en la abundancia y no das abasto! JumpinParis, Excuse my party, las fiestas de Chérie Chéri, las asociaciones, Eventbrite, Meetup, Meetmeout, OVS... ¡y muchas más!

Hoy resulta evidente que Carmen tiene una red de amigos mucho más extensa que la suya. «*Chapeau*», piensa mientras lanza un beso en dirección a su amiga. Está abrazada a su novio y radiante. Benjamin está feliz por ella. En cuanto a él, hace una media hora que una morena guapa y exuberante intenta repetidamente un visible acercamiento. Una vez escogida la presa, se ha dedicado a bailar sola en el perímetro mientras le lanzaba miraditas reiteradas, pero como quien no quiere la cosa, para no quedar en evidencia. Después han venido las primeras sonrisas bien dosificadas. Ni mucho ni poco. Ahora, por último, penetra y ataca desde el área, no la de penalti, sino la de la seducción cercana, rozando el larguero. Inicia un contoneo extremadamente bien dominado y Benjamin, embriagado por el ambiente y el estado de ánimo festivo, debe reconocer que se ha anotado algunos puntos. La joven sirena gana seguridad y se atreve a pegar su cuerpo contra el de Benjamin para bailar una salsa desenfrenada. De lejos, oye vagamente el sonido del timbre y ve a Carmen abriéndose paso para ir a abrir. Se detiene en seco cuando ve a Joy entrando. Su compañera de baile sigue moviéndose entre sus muslos y le molesta que él no continúe.

—¡Vengaaa! —le grita al oído.

Se desengancha como puede.

—Tengo que ir a saludar a una amiga.

Con el ceño fruncido y sin apartar la mirada de él, la chica deja que se aleje a su pesar.

Cuando Joy le ve, le dirige una sonrisa débil. No hace falta ser adivino para darse cuenta de que no está bien. Se le encoge el corazón al verle el rostro descompuesto. Carmen ya la ha cogido del brazo y se la lleva hacia donde está la comida. En un abrir y cerrar de ojos, Joy se encuentra rodeada de los tres Max, cuidándola.

—Lo siento, no he traído nada.

—No pasa nada, ¡tenemos de todo aquí! —exclama Carmen tendiéndole una copa de champán.

Rayane le prepara un plato con algunos montaditos.

—¡Voy a animarle el ambiente, ya verá! ¡Se lo pasará genial, Joy!

Benjamin también se acerca a ella.

—Estoy contento de que haya venido.

—No sé si ha sido una buena idea, pero…

—No podría haber tenido una idea mejor, Joy.

La mira a los ojos y le sostiene la mirada. Le gustaría disipar ese velo de tristeza que ve en ella. El contacto visual se prolonga. Dulce, agradable. Un poco desconcertante también. ¿Y después? La sirena de rizos morenos llega e interrumpe el momento. Lo arranca de la zona de la comida y lo arrastra a bailar con ella de nuevo. Desde lejos, Benjamin gesticula a modo de disculpa e intenta mediante movimientos decirle que volverá en dos minutos. Rayane inicia la cuenta atrás de medianoche por el micrófono. Diez, nueve, ocho, siete, seis… A Benjamin le gustaría volver junto a Joy, pero la chica lo retiene para que cuenten juntos. Cinco, cuatro, tres, dos…

¡Feliz Año Nuevo!

El piso entero enloquece. Las serpentinas revolotean en todas direcciones, resuenan varios «bravo», gritos y risas. Todo el mundo se abraza y se besa. Benjamin solo tiene una idea en la cabeza y es estar cerca de Joy. La ve, todavía apoyada en la mesa de la comida, con una sonrisa fingida que no consigue esconder su tristeza. Está hermosa con ese posado sobrio que contrasta con el ambiente enloquecido de su alrededor. Sus miradas se cruzan por encima de la muchedumbre. Ella no aparta la vista de él. Benjamin avanza hacia ella. Está a un paso cuando de pronto alguien le obliga a darse la vuelta y le agarra la cara. Entonces nota una boca ávida contra la suya mientras dos manos le retienen la nuca con firmeza. ¡La sirena de la pista de baile! Intenta apartarla, pero la euforia, reforzada por un exceso de champán, la hace todavía más persistente. ¡Es peor que intentar deshacerse con sus propias manos de una liana de bosque ecuatoriano! Cuando por fin lo consigue, Joy ha desaparecido.

34

Realmente no sé por qué he tenido la estúpida idea de venir a esta fiesta. ¿Cómo he podido creer que eso iba a distraerme? Me siento todavía peor que antes. En un santiamén recupero mi abrigo de la pila de ropa amontonada sobre la cama de Carmen. No resulta muy difícil, puesto que he llegado la última. Así que como es lógico está encima de todo. Ni siquiera tengo el valor de despedirme de Carmen ni de nadie. Solo tengo ganas de una cosa: huir. Quiero estar fuera, lejos de esa multitud de gente feliz que, por contraste, me produce náuseas. Una vez sola en la calle, inhalo una gran bocanada de aire frío que me hiela los pulmones. Me quedo allí plantada unos instantes. A decir verdad, no tengo ni idea de a dónde ir. ¿Qué más da? Nadie me espera. No le importo a nadie. Estoy tiritando. No me voy a poner a llorar en medio de la calle y añadirle más patetismo a lo patético. Decido ir hacia la izquierda. Lanzo una última mirada al tercer piso, de donde se escapan sonidos de la fiesta. La visión de Benjamin besando en la boca a esa chica me asalta de nuevo. Es ridículo. ¿Qué derecho tengo a sentirme herida? No entiendo mi reacción. ¿Qué me esperaba? ¿Que un hombre como él no tendría novia? Él es alguien normal. No se enfanga en estúpidas historias condenadas al fracaso...

Una figura salida de las sombras me interpela. No lo había visto. Suelto un grito. Un indigente, muy bebido, me pide unas monedas o una botella. Quiero rebuscar en el bolso para darle algo.

«¡Mierda! El bolso».

¿Cómo he podido ser tan tonta como para olvidármelo? El indigente, decepcionado ante mis falsas promesas, me manda al diablo. ¡Qué nochecita! Me veo obligada a dar media vuelta cuando de pronto veo otra sombra que corre hacia donde estoy. Empiezo a tener un poco de miedo. Vagar por las calles así, en plena noche, en Fin de Año, no es muy seguro para una mujer sola y desamparada. A medida que me acerco, distingo mejor la silueta.

—¿Benjamin?

—¡Joy!

Parece preocupado y como si le faltase el aire. A no ser que esté enfadado… Nunca lo he visto enfadado, pero quizá lo esté, a juzgar por la marcada arruga del entrecejo. ¡Lo último que necesito es que me grite! Pero no ocurre nada de eso. Contra todo pronóstico, se lanza a mis brazos y me abraza fuerte. Un inmenso consuelo me invade de pronto. Puedo sentir el calor de su cuerpo esparciéndose por el mío. «Cerrar los ojos, no moverse, jamás».

Se aparta, ahora tengo frío.

—¡Joy! ¿Por qué se ha ido así? ¡La he estado buscando, me he preocupado! Cuando ha llegado ya he visto que algo no iba bien…

Me coge por el hombro y entiendo que quiere llevarme de vuelta a la fiesta. Me niego.

—¡No, no, no quiero volver!

—Pero ¿por qué?

—No quiero que me vean así...

—¿Cómo?

—Así, ¡hecha un desastre!

Me escapo de él y voy a sentarme en uno de los bancos de una placita cuyo nombre no recuerdo. Él me sigue y se sienta a mi lado. Le doy la espalda para ocultarle mi rostro descompuesto. Sin embargo, él da la vuelta al banco y se asegura de que nos quedemos cara a cara. Tengo el rostro bañado en lágrimas. Demasiado tarde. No he podido contenerme. Eso parece conmocionar a Benjamin.

—Debería volver allí. Su novia debe de estar esperándole —le suelto entre dos patéticos sorbidos de nariz.

—¿Pero de dónde ha sacado que es mi novia?

—Al..., al ver que la besaba..., he pensado...

—No hay nada que pensar. Ni siquiera la conozco y, para empezar, es ella quien me ha besado.

Me habla con una voz dulce y envolvente que todavía me da más ganas de llorar. Vuelvo a pensar en Ugo, que me trata con tan poca consideración.

—¿Qué es lo que pasa, Joy? ¡Dígame! ¡Cuéntemelo! Me desespera verla así de triste.

Me ofrece un pañuelo y me sueno ruidosamente. En cuanto al glamour, estoy suspendida. Debo de parecerle espantosa. A estas alturas, ya no tiene ningún sentido intentar mantener las apariencias. Le suelto todo lo que siento: mi relación con Ugo, que se ha vuelto tóxica; mi *abandonitis* crónica, porque nunca está; nuestros encuentros relámpago, que me dejan un sabor amargo, mi soledad y la alegría que he perdido.

Él me escucha con los cinco sentidos y sienta muy bien recibir una atención tan sincera. Calma mi tristeza sin palabrería, solo con la fuerza de su presencia plena. Cuando me quedo sin palabras, me abraza y nos quedamos así un rato. Al principio, mi respiración es rápida y entrecortada; después, poco a poco, se va sincronizando con la suya hasta calmarse. Me invade una oleada de agradecimiento.

—Venga, va, vayamos a resguardarnos del frío, ¡si quiere!

—Pero… la gente… ¿Qué pensará? ¡Tengo un aspecto horrible!

Estalla en una carcajada.

—Para empezar, ¡no tiene un aspecto horrible! Además, a estas horas a todo el mundo ya le da igual… Y lo importante es que entre en calor ahora mismo.

Asiento, de todas maneras soy incapaz de protestar. Me agarro a su brazo y caminamos con paso lento en dirección a casa de Carmen.

Cuando nos abre la puerta, exclama con su voz estruendosa:

—Pero bueno, ¿dónde os habíais metido vosotros dos?

Sus ojos van de Benjamin a mí y de mí a Benjamin, y entonces añade con una sonrisa llena de insinuaciones:

—¡No quiero saber nada!

Después se aleja para volver junto a su pareja, que está conversando con un grupo de gente que no baila. El salón se ha vaciado un poco, pero los resistentes están el doble de desatados. Benjamin me lleva a la cocina y me obliga a sentarme.

—No se mueva, voy a buscarle algo de comer.

Intento decirle que no tengo demasiada hambre, pero ya ha desaparecido.

Vuelve al cabo de un instante. Miro el plato lleno de montaditos, un trozo de quiche, un vaso de agua con gas y su sonrisa resplandeciente. Me conmueve. A pesar de mi falta de apetito, mordisqueo uno de los montaditos para complacerlo. Después un segundo. Después un mordisco de la quiche.

—¡Ah! Ya está recuperando el color, estoy contento.

Ahora me suena extraño que nos tratemos de usted, después de toda la intimidad que hemos compartido. No obstante, no carece de encanto tampoco y, además, mientras tengamos una relación profesional, no me veo cruzando el umbral de la familiaridad.

Comer trae una calidez suave a mi cuerpo, así como un cierto sopor. El efecto de tantas emociones me golpea de vuelta como un bumerán y un manto de fatiga cae sobre mí. Benjamin se da cuenta enseguida.

—Quédese a dormir aquí. Carmen siempre prepara una especie de dormitorio para la noche de Fin de Año.

Podría decir que prefiero volver a mi casa, pero por una parte no tengo fuerzas y, por la otra, no tengo ganas. Benjamin me enseña una habitación con varios colchones dispuestos en el suelo, con sábanas y mantas. Me introduzco en una de las camas improvisadas y al instante se me hunde la cabeza en la almohada, como si estuviese hecha de plomo. Me pesan tanto los párpados que se me cierran solos. Sin embargo, con un sobresalto de preocupación, levanto la cabeza hacia Benjamin.

—¿Y usted?

Debe de notar el tono ansioso de mi voz, puesto que viene a sentarse a mi lado y me pasa una mano tranquilizadora por el pelo.

—Yo también vendré a dormir aquí dentro de poco, no se preocupe.

Me gustaría que su palma cálida se quedase pegada a mi oreja, pero se levanta y apaga la luz.

—Hasta luego —murmura.

Tranquila al saber que se encuentra cerca, en la habitación contigua, me duermo al instante, profundamente y sin sueños.

Cuando abro los ojos de nuevo, ya no sé ni dónde estoy. Experimento un momento de pánico antes de que los acontecimientos de la noche anterior me vuelvan a la memoria. Ugo, mi *abandonitis*, la noche en casa de Carmen, el beso de la sirena, el momento de confesiones íntimas con Benjamin. Siento una horrible migraña golpeándome las sienes. Querría levantarme, pero algo me impide moverme. Me doy cuenta de que un brazo viril y tatuado descansa en diagonal sobre mi cuerpo. Giro la cabeza y me encuentro nariz con nariz con el rostro dormido de Benjamin. Tengo el acto reflejo de retroceder, pero cambio de opinión. Nunca he visto su rostro tan de cerca y quiero tomarme un tiempo para fijarme en los detalles. Incluso mientras duerme, las comisuras de sus labios tiran hacia arriba, listas para sonreír. Duerme plácidamente. Como alguien feliz, pienso envidiosa. ¿Cómo lo hace...? «Quizá se come menos la cabeza que tú», me dice mi voz interior, ya bastante animada para una mañana de primer día del año. Ahora no me atrevo a moverme. No quiero despertarlo. De pronto, abre los ojos. Se le ponen como platos. Estamos tan cerca que puedo ver como se le dilatan las pupilas a causa de la sorpresa. De pronto, soy consciente de la extrañeza de la situación. Es muy inapropiado encontrarse así en brazos de mi proveedor, con quien tengo que acabar de preparar un evento de vital importancia en menos de dos semanas. Sin embargo, ni él ni yo interrumpimos el contacto visual.

—¡Buenos días!

—Buenos días.

—¿Ha dormido bien?

—He dormido bien.

No me hubiese imaginado nunca que semejantes banalidades pudieran contener tanta calidez y afecto.

—¿Quiere un café? —susurra.

Asiento mientras me paso una mano por el pelo enmarañado. ¡Debo de tener un aspecto desgreñado!

—Le preparo uno.

Sale de la habitación fijándose bien por dónde pisa, y me doy cuenta de que otras seis personas han dormido aquí. Todas apiñadas las unas contra las otras, como una camada de cachorros, de ahí la cercanía con Benjamin al despertarnos. Vuelvo a apoyar la cabeza en la almohada y sin querer me sumerjo de nuevo en un sueño ligero hasta que noto una caricia en el hombro. Benjamin está sujetando dos cafés humeantes, uno para cada uno. Lo cojo con agradecimiento y nos lo bebemos en silencio para no despertar a los demás. Esta mañana descubro algo que desconocía y que aprendo junto a Benjamin: si bien existen los silencios pesados, existen también, algunos días de suerte, los silencios hermosos y verdaderamente felices.

Y este es uno de ellos.

35

Ese primer día del año había pasado algo singular. Una especie de clic. Creo que había llegado a un punto de no retorno. Desde entonces, una certeza crecía en mí; no quería continuar viviendo así. Como un robot bajo tensión, ¡barriendo bajo la alfombra mis emociones! Estaba implosionando de tantos sentimientos y sensaciones inhibidas. No me había dado cuenta del cóctel explosivo que tenía dentro de mí. Había preferido no verlo, seguramente por miedo a abrir la caja de Pandora. Ahora había llegado el momento. Creía que todo era un tema únicamente de estrés, sobrecarga de trabajo y cansancio ordinario. Pero ahora me estoy dando cuenta de que el hastío es más profundo. Esa relación sin pies ni cabeza con Ugo me mina la moral. El estancamiento es quizá lo peor que le puede pasar a una historia de amor. Perdón, retiro «de amor». A la luz de este nuevo año que empieza, he decidido mirar a la realidad de cara y quitarme la venda de los ojos; no es otra cosa que un rollete que se está alargando. Si no hubiese tenido a los Max, me habría pasado la noche de Fin de Año en la más miserable soledad, sin que eso preocupara ni un solo instante a mi querido Ugo. Resulta sorprendente cómo una emoción puede esconder otra. Estaba convencida de que sentía tristeza. En realidad, estoy gestando una gran cólera. ¿Puede que sea una emoción más saludable? No lo sé. En todo caso, estoy dejando atrás un estado de abatimiento, derrotista, que me sumía durante horas en un sentimiento de desánimo, de rumia estéril, y estoy entrando en un estado mucho más reactivo. Energía alta, combativa, una sublevación creciente... ¡Claramente ya no tengo ganas de quedarme sufriendo la vida sin inmutarme! Me miro en el espejo y ya no puedo soportarme; esa mirada de perro apaleado, ese corte de pelo tan dulce, esa ropa tan corriente. Estoy sedienta de cambio. Y una metamorfosis digna de ese nombre tiene que verse a primera vista...

Benjamin ha quedado con el servicio de catering en el local escogido para la celebración de La Octava Esfera. Ha ayudado a Joy a encontrarlo. Es consciente de que está haciendo más de lo que se suponía que debía hacer para ese encargo con un presupuesto limitado y que tendría que haber dejado que Joy se las apañase sola. Pero no ha podido evitarlo; toda su vida ha funcionado a base de flechazos y, a pesar de haber tenido un comienzo difícil, Joy y él ahora han desarrollado un vínculo auténtico y cómplice que lo conmueve.

Benjamin observa la sala con una mirada satisfecha. Verdaderamente, es una buena elección. Un loft a la moda, contemporáneo y acogedor, bañado de luz gracias a la hermosa cristalera al estilo Eiffel. ¡Joy estaba segura de que a sus jefes les apasionaría ese encanto industrial y acogedor! Llega el del catering. Se estrechan la mano. El plan es que les dé a probar muestras de los posibles platos para afinar el menú de la cena tipo cóctel. Por supuesto, ¡nada de cenas servidas en mesa! ¡Todo de pie! ¡Tapas sabrosas y sorprendentes! Nada convencional. Los Badass habían sido muy claros con las instrucciones. La consigna era «creatividad».

El chef del catering, con la asistencia de su ayudante, va a buscar al camión las cajas llenas de víveres, así como una selección de vinos y champanes. Lo instalan todo rápidamente, con una sonrisa en los labios, deseosos de mostrar sus productos.

—Esperaremos a mi clienta. Debe de estar al caer.

Benjamin mira el reloj cada cinco minutos. Qué raro. Joy no es el tipo de persona que llega tarde. ¡Con todas las aplicaciones que tiene para llamarla al orden! No se han vuelto a ver desde la noche de Fin de Año. Solo se han llamado por teléfono. Cuando ella se fue a su casa la tarde del 1 de enero, Carmen y Rayane se le echaron encima.

—Bueno, ¿qué?

Querían interrogarlo, hacerle cantar, pero él había respondido, impasible y ligeramente irritado:

—¿Qué de qué? ¡Nada!

Los Max no insistieron, pero Benjamin no tenía un pelo de tonto. Ambos eran como un libro abierto. Y podía leer con total claridad lo que pensaban: «¡Aquí hay gato encerrado!».

Conocía perfectamente a sus amigos; tenían tantas ganas de que encontrase a alguien que no paraban de proyectar cosas que no existían.

El chef le propone que pruebe un cóctel virgen mientras espera. Acepta de buena gana y lo sorbe con fuerza con una pajita, perdido en sus pensamientos.

No obstante, ¿realmente no pasaba nada entre él y Joy?

No podía negar que esa chica le despertaba emociones inesperadas. A su manera, había conseguido conmoverlo, de eso no cabía duda. Pero de ahí a decir que había algo…

Joy escoge ese preciso instante para hacer su entrada. Avanza hacia ellos taconeando contra el parquet con una seguridad que Benjamin no le había visto antes. No puede ocultar su sorpresa. Una grata sorpresa. Sin querer, la repasa de pies a cabeza ¡y espera que el silbido no haya salido del interior de su boca! ¿Qué le ha ocurrido? Se ha hecho un nuevo corte de pelo. Ha cambiado de color también. Lleva unas botas altas de tacón, un traje elegante y original. También nota que lleva las uñas de color rojo y un maquillaje refinado.

—Guau. Estás… O sea, está impresionante hoy. —Maldice su voz ligeramente ronca.

—¿Solo hoy? —se burla ella.

El chef se dirige a ellos. Benjamin hace las presentaciones y después el pequeño grupo inicia la degustación.

Joy prueba, saborea, comenta. Benjamin la observa sorprendido, curioso, desconcertado. ¿De dónde sale ese cambio que está presenciando? Al final de la sesión, Joy felicita al chef encantada. Todos los detalles del menú han quedado resueltos. El equipo del local también está informado de la disposición de la sala de recepción.

—¡Parece que todo está listo! —comenta Joy sonriendo.

—Sí. Estamos en la recta final. ¿Ha recibido mi archivo con los Magic punchlines definitivos?

—Sí, sí. Son perfectos. ¡Lo apruebo!

—Bueno, ¡si la señora lo aprueba!

Salen del loft moderno y se encuentran en la calle.

—¿La llevo? —pregunta Benjamin con una mano ya en la puerta de su coche miniatura.

—¿Por qué no?

Mientras conduce por las calles siempre congestionadas de París, permanecen un rato en silencio. Es la primera vez que están solos desde Fin de Año.

—Estoy contento, ¡tengo la impresión de que está mucho mejor, Joy!

—Sí, ¡realmente tengo ganas de estar mejor! ¡Quería darle las gracias de nuevo por haberse portado tan bien conmigo en la fiesta! Espero no haberle estropeado demasiado la noche con mi estado anímico.

Benjamin duda entre tranquilizarla o tomarle el pelo.

—Sí, un poco, pero bueno, ¿qué quiere que le haga?, no tuve otra opción que resignarme...

Parece que durante una fracción de segundo se pregunta si está bromeando o no. Después estalla en una carcajada.

—¡No está bien que se burle de mí de esta manera!

—Será que no le gusta...

Hay un ambiente chispeante en el vehículo, pero Benjamin quiere saber más sobre sus decisiones.

—Ahora en serio, Joy, ¿qué tiene previsto hacer? —Benjamin no se atreve a preguntar directamente por él, el otro, el que la hace infeliz...

—No lo sé... Solo sé que no puedo continuar así, pero no veo muy bien cómo podría cambiar.

Se detienen en un semáforo en rojo y Benjamin aprovecha para mirarla a la cara.

—¿Y si simplemente deja que salga a la luz su verdad, Joy?

Ella ríe.

—Pero ¿cuál es mi verdad, Benjamin?

—¡No lo sé! ¡Es usted quien debe encontrarla, Joy! Pero algo me dice que está a punto de salir...

—Ah, ¿sí? ¿Y qué le hace pensar eso?
—La intuición…

Benjamin nunca se hubiese imaginado lo bien encaminado que iba.

36

Es el día D. Y por extraño que parezca estoy tranquila y segura. No tengo dudas de que esta velada será un punto de inflexión en mi vida profesional. Ningún detalle ha sido dejado al azar. Tengo en la mente cómo se desarrollará todo, secuencia a secuencia, bien preparado. Estos últimos tres días he estado encima de los Max sin descanso, como una arpía, para que todo quedase perfecto. ¡Creo que ahora me odian! Ante la duda, se lo pregunté a Rayane, que me aseguró que no, pero, a juzgar por su cara, deduje que me llevo la palma de las clientes más tocapelotas de toda su vida laboral. «Encantadoramente pesada», diría con toda probabilidad.

Bueno, ¿los Badass no querían que les sorprendieran? Pues van a quedar servidos. Estoy rebosante de la emoción. La gente está citada a las siete en el loft moderno. Por supuesto, yo estaré allí mucho antes, para ayudar a los Max con los preparativos.

Ha llegado la hora de la verdad.

17.30.

Benjamin, Rayane y Carmen están ocupados implementando las animaciones y guiando al equipo del local para que instale el mobiliario y la iluminación. El chef del catering y su ayudante han sido muy puntuales y ya han avanzado mucho con el emplatado. ¡Magnífico!

He alquilado un sublime vestido de Zimmermann para la ocasión. Un modelo de georgette de seda de una delicadeza extraordinaria. Un estilo bohemio chic, exactamente lo que quería. Cuando me ve llegar, Benjamin se detiene un momento. Su mirada se desliza sobre la tela de sutiles motivos florales y sus atrevidos pliegues que juegan con las transparencias. Creo que le gusta el vestido. Los minutos pasan a toda velocidad y nos apresuramos para arreglar los últimos detalles. Cuando me habla, a Benjamin le cuesta cada vez más tratarme de usted. Resulta divertido ver cómo se esfuerza por mantener una distancia profesional entre nosotros. Sonreiría si no fuese porque me están empezando a invadir unos nervios silenciosos. Tic, tac, tic, tac. Pronto llegará todo el mundo y la fiesta podrá empezar. Voy a encerrarme en el baño. Esta vez, no es para descargarme aplicaciones. Eso ya decidí que se había acabado. No, solo necesito centrarme unos instantes. Respirar. Convencerme de que todo irá bien. Carmen también entra en el baño. Desenfundamos nuestros pintalabios a la vez. Me pregunta si estoy preparada, y si estoy segura de mí misma. Asiento con firmeza, pero veo que su mirada se detiene en mis manos, cuyo ligero temblor no logro disimular.

—¡Ánimo!

Me estrecha el hombro con la mano en señal de apoyo. Tres minutos y habrá llegado el momento de entrar en escena...

Benjamin está más nervioso que de costumbre. Por lo general, no se estresa demasiado antes de un evento. Conoce su trabajo. Lo domina. Y todo está tan bien preparado de antemano que no hay ningún motivo para que algo no salga bien. No obstante, esta velada promete ser distinta. Por primera vez en mucho tiempo siente presión. Qué ironía para alguien que se jacta de estar casi siempre tan relajado. Ve a Joy entrando en el pequeño salón y de pronto entiende el porqué; sin duda, no quiere decepcionarla. Durante semanas, la línea de lo profesionalmente correcto se ha ido difuminando cada vez más ¡y ha resultado imposible considerar el encargo de Joy como uno cualquiera! Sin duda, su compleja personalidad y los problemas que había descubierto a medida que aprendía a conocerla mejor lo habían conmovido. Joy era de una manera unas veces y todo lo contrario otras. ¡Unas veces fría y exasperante, otras espontánea y maravillosamente alegre! Una mezcla explosiva que hacía de ella un ser singular. No obstante, Benjamin sentía preferencia por las personas fuera de lo común. Se acerca a él con ese vestido deslumbrante y él finge estar encargándose de los ajustes finales de la imponente impresora 3D, la estrella de la primera animación de la fiesta.

—¿Todo listo?

—¡Listo, Evaristo! —exclama Benjamin, maldiciéndose un segundo más tarde por haber empleado una expresión tan ridícula.

Por suerte, Joy no le escucha. Tiene los ojos clavados en la entrada.

La Octava Esfera al completo está a las puertas de la sala. Los Badass vienen en modo Versalles. La pareja ha sacado a relucir toda la pedrería y deslumbran con sus atuendos de gala. Virginia, ataviada con su mejor hipocresía, va a darle dos besos a Joy y a felicitarla por la maravillosa elección del lugar y la espléndida decoración. Ugo exagera besándole la mano a Joy. «¡Vaya un *player*!», como diría Rayane. Benjamin siente cómo le hierve la sangre. Todo ese teatro le saca de quicio más de lo que se habría imaginado. Reconoce de inmediato a Cataclillo; Joy se lo había descrito muy bien. Lo mismo ocurre con el becario PIJO, que, con una desfachatez perfectamente asumida, va directo a disfrutar del bufet sin que nadie le haya invitado a hacerlo. Joy le llama la atención, pero Virginia le indica con un gesto que lo deje correr. Benjamin empieza a entender cómo Joy ha podido acumular tanta frustración en esa agencia. Capta un fragmento de una conversación entre dos mujeres que tiene al lado. Se han instalado alrededor de una de las mesas altas y están dando sorbos a una copa de champán.

—Un loft moderno, no es que sea una elección demasiado original… —suelta la primera sin molestarse en bajar el tono.

Benjamin la identifica enseguida como la VIP, y por deducción la otra debe de ser la Taser.

—¡Es raro que le hayan confiado la organización de este evento a una pueblerina!

Las dos sueltan una carcajada burlona. A Benjamin se le ponen los pelos de punta. Prefiere alejarse para ir a buscar a Rayane. Juntos comprueban la planificación. En un cuarto de hora, lanzarán la primera animación Brandscape. Por ahora, los invitados, curiosos, dan vueltas alrededor de la mesa sobre la que descansa una masa misteriosa camuflada por un gran velo negro y opaco.

—¿Qué es eso? —dice irritada la Taser.

—En cualquier caso, a nivel de presupuesto, todo esto habrá costado un ojo de la cara —no puede evitar señalar Cataclillo entre dientes.

Un fuerte sonido de acople de micrófonos obliga a todo el mundo a callarse. Joy se disculpa, balbucea, visiblemente incómoda. No le gusta verla en esa posición, a merced de todas esas miradas tan poco proclives a la bondad. La Viperina esconde una sonrisa detrás de una mano con una manicura perfecta y no menos de tres anillos. Está al acecho de que dé un paso en falso, es evidente. Y muy irritante también. Tiene ganas de ir al lado de Joy para apoyarla ante toda esa gente, pero sabe que sería inapropiado.

Joy pronuncia el breve discurso que habían ensayado juntos, y Benjamin se descubre a sí mismo diciendo las palabras a la vez que ella, como un padre nervioso cuando su hijo recita una poesía. Luego Joy tiende el brazo en su dirección para introducir la primera animación.

—¡Es espectacular, ya verán!

Rayane proyecta un sensacional juego de luces sobre la impresionante máquina que Benjamin acaba de descubrir retirando el velo negro.

—¿Qué es eso?

—¡Se mueve!

—¿Qué va a pasar?

Los invitados se han amontonado alrededor de la «bestia» para ver mejor. Benjamin esclarece las dudas.

—Señoras y señores, se trata de una impresora 3D de última generación y observen bien la sorpresa que va a hacer aparecer ante sus ojos…

El brazo de la impresora 3D se mueve y va depositando, línea tras línea, el material plástico.

—¡Fabuloso!

—¡Extraordinario!

Los comentarios resuenan. Los jefes parecen satisfechos.

La velada despega bien. Benjamin empieza a relajarse. Poco a poco aparece el paisaje de palabras.

—Nosotros lo llamamos un Brandscape. Un paisaje corporativo, si lo prefieren.

La máquina gime, tiembla con un último esfuerzo para imprimir el gran final del espectáculo; el logotipo en tres dimensiones de La Octava Esfera entronizado en el centro de los valores que han hecho que la agencia sea un éxito. Excelencia - Talento - Experiencia - Ambición. Con un pequeño eslogan a modo de guinda del pastel: «La Octava Esfera. Atención, hay talento en el aire».

Cacofonía de exclamaciones entusiastas. Suenan «¡ah!» y «¡oh!» hasta saturar los tímpanos y un estruendo de aplausos.

Ugo coge el micrófono para hacer un breve discurso basado en los numerosos y tan preciados talentos que hay en la agencia. El tono es forzado. Ese tipo exagera. Pero, con esa clase de hombres, da la sensación de que todo cuela.

Su mujer interviene.

—¡Y qué maravillosa obra conmemorativa para colgar bien a la vista en la agencia!

De nuevo una algarabía de exclamaciones entusiastas y de aplausos. Benjamin sonríe. La celebración va sobre ruedas. Joy estará contenta. Ese pensamiento le alegra el corazón. Le haría muy feliz que el éxito del evento tuviera consecuencias positivas para ella. Recorre la sala con la vista, buscándola. Le hubiese gustado intercambiar una mirada cómplice, pero está de espaldas a él. ¿Con quién habla?

37

Joy se hace ligeramente a un lado y Benjamin reconoce a Ugo pavoneándose. ¡No hay tiempo de detenerse en la punzada de contrariedad que siente, hay que pasar a lo siguiente! Benjamin le hace una señal a Rayane para que coloque con la ayuda de Carmen las lámparas ultravioletas alrededor de la sala. Los invitados observan el extraño trajín y se preguntan qué es lo que están preparando. Por supuesto, ¡es el efecto deseado! Luego, van a la sala anexa a buscar los regalos sorpresa para cada miembro de La Octava Esfera. Vuelven a la otra sala y los aplauden, mientras colocan los paquetes sorpresa nominativos, repartidos a intervalos regulares alrededor de una gran mesa rectangular. Benjamin les invita a que cada uno se sitúe delante de su regalo. Todo el mundo se presta al juego de buen grado.

«¡Qué celebración tan encantadora!».

«Está muy lograda».

La gente va soltando comentarios positivos para halagar a los jefes y todo se desarrolla bastante bien. Cuando Benjamin por fin cruza una mirada con Joy, frunce el ceño; no parece contenta. Le gustaría preguntarle qué es lo que va mal, pero tiene que iniciar la animación. Coge el micrófono.

—Queridos amigos, para que este décimo aniversario de

La Octava Esfera sea un recuerdo inolvidable, ¡aquí tienen un regalo conmemorativo para cada uno de ustedes!

Todo el mundo abre su paquete. Otro concierto de exclamaciones entusiastas al descubrir una figurita estilizada digna de la Estatua de la Libertad, blandiendo el logotipo de La Octava Esfera, una magnífica manera simbólica de loar la agencia.

—Se trata de una estatuilla impresa totalmente en 3D con un plástico especial que imita a la perfección el vidrio.

—¡Formidable! —exclama embelesado Ugo, a todas luces halagado por ese homenaje artístico dedicado a su agencia.

Benjamin sabe que ha llegado la hora del momento culminante del espectáculo.

—¡Y ahora, señoras y señores, tenemos una última sorpresa reservada para ustedes! Miren el estuche de plástico en el que se encuentra su estatuilla. ¿Qué ven?

—¡Nada! Es de plástico, ¡un plástico de lo más transparente! —responde Cataclillo.

—Pues bien, ¡en absoluto! —contesta divertido Benjamin—. Hay un mensaje personal escrito para cada uno de ustedes, ¡hecho con quinina!

—¿Con quinina? —repite el grupo, sorprendido.

—Sí, hemos creado cartuchos de tinta incolora que no absorbe la luz en la parte visible del espectro de ondas electromagnéticas...

—¿En cristiano? —interrumpe la Taser, impaciente.

—En cristiano, significa que su mensaje personal solo aparecerá ante ustedes gracias a estas lámparas de rayos ultravioletas que nos han visto instalar alrededor de la mesa...

—¡Ah! ¡Para eso eran! —exclama el becario demasiado alto.

Crece la excitación alrededor de la mesa.

—¿Están listos? A la de tres apagaremos las luces blancas y encenderemos las ultravioletas. A la de una... A la de dos... Y a la de tres...

Se hace la oscuridad, que pronto es reemplazada por una luz azulada, y los mensajes aparecen, con una fluorescencia surrealista.

Se produce un silencio desconcertante, hasta que llega una primera reacción inesperada por parte del jefe.

—No lo entiendo, ¿es una broma de mal gusto?

La mujer de Ugo se inclina para leer su mensaje.

—Te crees que eres el que lidera, te crees hermoso, pero básicamente tienes un ego monstruoso. Observas a todo el mundo con un mirar desdeñoso, pero mejor sería que tu discreción creciera, porque mira lo que hay encima de ti, fiera, no se trata de una corona, ¡sino efectivamente de unos cuernos de madera!

Ugo se inclina a su vez para leer el texto de su mujer.

—Con tu desprecio imperial, juzgas el mundo desde lo alto de tu belleza fatal, mientras que en el fondo tienes un corazón infernal, que nunca ha tenido nada de amical. A nadie le mola ese aire autoritario, salvo quizá al pequeño becario. Tu hombre debería vigilar mejor lo que ocurre en el almacén a diario...

—¿Qué son estas estupideces?

Ugo, colorado de ira, se gira hacia Benjamin, completamente desconcertado.

—No... ¡No lo entiendo, señor, se lo aseguro!

Unos y otros se arrancan los textos para leerlos en voz alta.

—Escupes tu palabrería envenenada a la gente que tienes frente a tu mirada. No hay quien encuentre medicina para una lengua tan viperina. Pero no te preocupes, hay algo peor que tu crueldad, ¡y es tu inmensa vacuidad!

—¡Anda ya, no me lo puedo creer! —VIP está que echa humo. Coge el texto de la Taser para ver si es tan insultante como el suyo—. Asustarías a un regimiento, cuando aprietas los dientes, oímos de lejos el frotamiento. Te desahogas, esparcimiento odioso, con ese estrés tan pegajoso. Guárdate esa bilis que nos jode, es evidente, y déjanos trabajar tranquilamente.

La Taser está tan ofuscada que empieza a tener temblores. VIP le tiende una copa de champán para que se relaje. Se la bebe de un trago.

—¡A mí también me gustaría que alguien me lo explicara! —Cataclillo está sofocado a causa de la indignación.

El becario le coge el texto y lo lee en voz alta.

—Tienes una cara sombría como un mal augurio; piti en boca por la agencia, hueles a desesperanza y dolencia. Se diría que, allí por donde pasas, la moral de todos rebajas. Un tipo como tú, qué mal agüero, siempre triste como un frío cenicero.

Benjamin, incrédulo, se hace con el texto del becario.

—Decir que es un PIJO puede ser dudoso, y es que no se apoda así por ser lujoso, sino por ser un Pimpollo Incompetente y Jodidamente Ocioso. Qué cruz y qué arrogancia, parece que tenga los dientes de leche como en la infancia. Tras apenas salir del cascarón ya se creía en la mejor posición; tan niñato no será ahora, desde que se tira a la directora.

Benjamin empieza a tener sudores fríos. Se intenta explicar.

—Debe de tratarse de una equivocación con los ficheros, ¡un lamentable error! Es verdad que hicimos una purga y...

—¿Una purga? —El jefe lo fulmina con la mirada.

—Sí, es un método conocido en el mundo de la creatividad para dar rienda suelta a la expresión, incluso de la parte negativa, pero es un juego, un ejercicio, nunca deberían haberlo visto, no lo entiendo...

—Yo lo que sí que entiendo es que esta no se la perdono. ¡Ya puede despedirse de su reputación! ¡Un error así es inconcebible!

Alguien enciende la luz blanca y deslumbra a todo el mundo. Entonces Joy decide tomar la palabra.

—Déjale, Ugo. No es culpa suya. Yo soy quien ha escrito los textos. Yo soy quien piensa cada una de esas palabras.

Ugo está consternado. Le pregunta si ha perdido la cabeza.

—Al contrario. Nunca he sabido con tanta lucidez lo que tenía que deciros a cada uno de vosotros. Y sí, Virginia, hace dos años que soy la amante de tu marido. Lo sé, ¡resulta sorprendente! Y sí, Ugo, tu mujer sale con el becario, lo siento mucho.

—¿Te tiras a mi mujer, pequeño pedazo de escoria?

Ugo va a darle una bofetada al becario, pero este la esquiva. El golpe aterriza en la cara de Cataclillo. Ugo se disculpa llanamente, pero la situación supera a Cataclillo y explota.

—¡Estoy hasta las narices de esta casa de locos!

Se va de la sala, furibundo, envuelto en su agravio.

Mientras el matrimonio se pelea, Joy, enardecida por su propia insurrección, continúa con su ronda. Benjamin trata de detenerla, pero ella no atiende a razones. Por fin, la palomita ha explotado y le encanta echarle más leña al fuego. Joy ajusta cuentas con las chicas. Da rienda suelta a todo lo que ha vivido estos últimos años. Una que la acosa, otra que la vampiriza. Su egoísmo. Su superficialidad. Sus aires de superioridad.

—Ah, sí. Tengo que reconocerlo, sí que sois superiores, en estupidez, ¡en eso nadie es rival para vosotras!

Las dos mujeres cacarean de indignación, pero Joy no les presta ninguna atención. Se apropia de una botella de champán que hay en un balde, la agita con fuerza, arranca el corcho y rocía en abundancia a los asistentes.

—¡Feliz aniversario, *fucking* Octava Esfera!

Todo el mundo grita, indignado. Joy tira la botella al suelo, que se rompe con un ruido ensordecedor, y huye, llorando, dejando tras de sí una escena de caos inimaginable.

38

«¿Qué he hecho?».

Me despierto, sintiendo una presión en la cabeza como si la hubiese metido en una prensadora, tengo la mente atestada de pensamientos que van y vienen a tanta velocidad que me marean.

«¿Qué he hecho?».

Lo ocurrido la noche anterior me viene a la memoria y siento una sacudida en el estómago. Había esperado ese momento con tanta impaciencia, ¡febrilmente incluso! Me regodeaba de antemano ante la idea. ¿Cómo había podido ser tan ingenua de creer que soltar lo que realmente pensaba a la cara de la gente iba a hacerme sentir mejor?

Tiene que ser una pesadilla. Me despertaré y me daré cuenta de que lo he soñado todo. Compruebo el móvil y los mensajes que leo confirman que lo que pasó ayer es real. Un desagradable escalofrío me recorre el espinazo. Ansiedad. «¡Quizá tendrías que habértelo pensado antes, cielo! ¡Sí, muchas gracias!». Llego a la cocina tambaleándome para prepararme un café, con la mirada fija en los mensajes ansiógenos.

Carmen: «Tenemos que hablar, enseguida! Se trata de Benjamin... Catástrofe!».

Ugo: «Será mejor que hablemos y que me expliques el desastre de ayer. Pero en qué estabas pensando??? Llámame. Yo también tengo cosas que decirte...».

Rayane: «Nunca había visto a Benjamin así. Creo que estaría bien que le llamase... En cualquier caso, usted sí que sabe cómo montar un espectáculo! Me ha dejado sin palabras. Ánimo, manténgame informado».

Y, por supuesto, ningún mensaje de Benjamin.

No me siento con fuerzas de llamar a Ugo. De todas formas, ¿para decirle qué? ¿Que he metido la pata por completo? ¿Que estoy despedida? Eso puede esperar un poco. Me parece mucho más urgente reparar los estragos causados a los Max. He fastidiado su servicio. Benjamin debe de estar muy molesto conmigo. Ese pensamiento me mina por completo la moral.

Llamo a Carmen.

—Ven a verme mejor, estaremos más cómodas para charlar. ¡Venga, rápido!

—No te preocupes, ¡voy para allá!

Para que nos tuteemos sin darnos cuenta es que el asunto es grave.

Me preparo en un santiamén y corro hacia casa de Carmen. Estoy impaciente por que me cuente lo que ocurrió después de que me fuera.

Cuando me abre la puerta enseguida le veo el rostro desencajado.

—¡Pasa!

Me sirve un café humeante y me ofrece tostadas con mantequilla, pero no tengo hambre. Este segundo café fuerte del día empieza a hacer que me tiemblen las manos, a menos que sea mi agitación interior.

Me explica el ambiente tenso que había después de que me fuera. Cómo Ugo y Virginia fueron al encuentro de Benjamin y lo acusaron de arruinar su evento. Carmen imita a los Badass perdiendo los estribos.

—«¡Llamaremos a nuestro abogado! ¡Os demandaremos! ¡Y nos devolveréis el dinero, obviamente! ¡Vuestra reputación no sobrevivirá!».

La pobre Carmen está de los nervios y de pronto me culpo por haberla metido en semejante aprieto. Pero lo peor está por venir.

—Íbamos los tres en la furgoneta tras haber guardado todo el material; nadie abría la boca, créeme. Benjamin parecía perdido en sus pensamientos. ¡No paraba de repetir: «No lo entiendo, no lo entiendo»! Y después, de pronto, en plena calle…

—¿Qué? —pregunto impaciente.

—¡Paró en seco! ¡Tal cual! ¡Sin avisar! Nos dio un buen susto. Suerte que llevábamos puesto el cinturón, si no habríamos salido disparados contra el parabrisas. Y suerte también que no teníamos a nadie detrás…

—¿Y entonces qué, entonces qué…?

—Y entonces fue como si hubiese tenido una revelación, lo entendió todo…

—¿Cómo que lo entendió todo?

—Se giró hacia nosotros y simplemente dijo: «¿Has sido tú o Rayane?». Y yo ya sabes que no sé mentir... ¡En diez segundos y medio supo que yo había sido tu cómplice!

A Carmen le tiembla la voz.

—Entendió que no podrías haber cambiado los ficheros de los *punchlines* sin la ayuda de uno de nosotros. «Pero ¿por qué has hecho esto, Carmen? ¿Por qué?», no dejaba de repetir. Intenté explicárselo. Que lo había hecho porque quería ayudarte a dejar esa empresa repleta de personas tóxicas para ti. Porque eres una buena chica. Y porque te aprecio, y eso es todo.

Sujeto la mano de Carmen.

—Lo siento mucho, Carmen... Jamás tendría que haberte pedido esto.

—No, no es eso, Joy. No me arrepiento de nada. Es solo que la mirada de Benji, su decepción... Después de todo lo que ha hecho por mí, no soporto haberle perjudicado indirectamente. ¡Te aseguro que no había pensado en las consecuencias que esto tendría para nuestra empresa! Solo pensaba en cerrarle el pico a todas esas personas que te han hecho vivir un infierno desde hace tantos años.

Carmen se pone a llorar. Oh, Dios mío, ¡eso sí que no! ¡Me siento tan mal! Me acerco a ella para abrazarla.

—¡Perdón, perdón, Carmen! Voy a solucionar todo esto, ¡te lo prometo! ¿Me crees?

Asiente entre lágrimas. Me dirige una sonrisa que pretende ser valiente, y eso me parte el corazón.

Solo tengo una cosa en mente, hablar con Benjamin y arreglar la estupidez que he cometido.

Le dejo uno, después dos, después tres, después cuatro mensajes. Claramente no quiere responderme. Una especie de pánico sordo se apodera de mí. ¿Y si, al querer saldar cuentas con La Octava Esfera, estaba perdiendo lo que había llegado a ser tan valioso en tan solo unas semanas de mi vida?

Llamo a Carmen y le suplico que me dé la dirección personal de Benjamin. ¡Tengo que hablar con él a toda costa! ¡Esto no puede esperar ni a mañana!

—No sé si serás muy bien recibida... —me advierte Carmen.

¡Qué más da! ¡Si hay que operar, mejor que sea cuanto antes!

39

Benjamin está cenando cuando suena el timbre. ¿Quién lo molesta a estas horas? Seguramente se trate de un error. Abandona a regañadientes el sushi que se disponía a llevarse a la boca para ir a ver quién es. Es Joy. Durante una fracción de segundo siente la tentación de volver a cerrar la puerta con brusquedad. No sabe si está preparado para hablar con ella. Lo que ha ocurrido la noche anterior lo ha dejado muy decepcionado, conmocionado y desestabilizado.

—¿Quién le ha dado mi dirección? —responde con sequedad a modo de bienvenida.

Está de pie delante de él, con la cola entre las patas, casi atemorizada. ¿Dónde está ahora la Joy-furia que había descubierto la noche anterior?

—Carmen. No se enfade con ella, ¡se lo suplico! ¡Tengo que hablar con usted! Deme una oportunidad para explicarme.

—No veo que haya mucho que decir, aparte de que ha arruinado su carrera y de paso un poco también la mía.

Se da cuenta de que Joy está a punto de llorar. No tiene ganas de sentir esa punzada en su interior. No está seguro de que merezca su indulgencia después de lo ocurrido.

—Por favor —insiste ella.

¿Qué es lo que le ha hecho decidirse a dejarla entrar? ¿Es la entonación de su voz o la expresión de esos enormes ojos claros como perdidos en una neblina?

Benjamin se queda de pie, lleno de malestar e ira y sin saber qué hacer con ello. Pero, a fin de cuentas, que hable ella, ya que es quien ha tomado la iniciativa de ir hasta allí.

No se va a dejar ablandar por esa expresión intimidada. Ahora balbucea… Benjamin se obliga a mantener un rostro completamente opaco y hermético.

—¡Lo…, lo siento muchísimo! No calculé el impacto de mis acciones. Benjamin, tiene que creerme; todas estas últimas semanas que hemos compartido han removido muchas cosas en mi mente y…

Benjamin la mira, con aire incrédulo.

—¿Me va a hacer responsable de su ida de olla?

—Por supuesto que no, no le hago responsable, pero ¿me puede dejar acabar, por favor? Es importante para mí decirle todo esto…

—¿El qué?

—¡Que haberlo conocido no ha sido algo anodino! Que el ambiente en el estudio, con usted y los Max, me ha permitido vivir momentos mágicos como hace tiempo que no vivía. Y que, por contraste, me he dado cuenta de que se puede trabajar y vivir de otra manera que no sea en un estado de estrés permanente, bajo presión… ¡Aislada, diría yo! Es como si, gracias a ustedes, hubiese vuelto a respirar…

—Gracias, Joy, me alegra tener una función respiratoria —responde Benjamin, sarcástico.

La ve luchando con sus argumentos, desplegando expresiones preciosas y entonaciones conmovedoras para defender su causa... Benjamin no tiene ganas de dejarse embaucar y ya no está seguro de la sinceridad de Joy.

—¡Todo esto no explica cómo pudo llegar hasta el punto de la farsa de anoche! ¡Y lo que es más, arrastrando a Carmen en sus locuras! ¿Por qué no me habló de eso a mí?

Al decirlo en voz alta se da cuenta de que le ha herido que escogiese a Carmen y no a él como cómplice de su montaje. Él que pensaba que habían empezado a desarrollar una relación de confianza...

—¿Y me hubiese dicho que sí a cambiar los ficheros de los *punchlines*?

—¡Por supuesto que no! ¡Lo que hizo es una insensatez! Espero que entienda que me ha colocado en una situación muy comprometida frente a un cliente. Ayer puso en peligro mi reputación en el sector, y todo eso ¿para qué? ¿Para arrojar sus cuatro verdades como si fuese una granada estallando?

Benjamin se da cuenta de que ha empezado a gritar. De pronto eso le alivia. Odia esta manera de desahogarse, pero verdaderamente Joy le ha sacado de sus casillas.

—Sí, tiene razón, Benjamin. Nunca tendría que haber estallado de esa manera. Soy la primera sorprendida de toda la ira acumulada estos últimos años, de las toneladas de frustración y de rencor almacenados en mi interior a causa de lo que vivía en La Octava Esfera. Hasta que llegó la gota que colmó el vaso. El punto de inflexión que supuso lo de Ugo la noche de Fin de Año, cuando tuve la impresión de tocar fondo. Si no hubiese estado usted, no sé cómo habría acabado...

—Pare, Joy... —Benjamin querría que sus palabras no le emocionaran. Aprieta los dientes. No quiere que ella vea que está conmovido.

—¡No, no paro! Cuando me desperté entre ustedes..., y sobre todo con usted..., entendí que tenía que cambiar. Que prácticamente era un tema de supervivencia personal. Entonces empecé a darle vueltas a las cosas. Pensé en nuestras conversaciones, en toda esa historia de la desaplicación. Dejar de ser la niña buena que complace a todo el mundo hasta el punto de perderse a sí misma por el camino, ¿sabe? ¡Decir al fin lo que pensaba de verdad! ¡Liberarme siendo auténtica! Y allí es cuando germinó la idea de utilizar la animación de los *punchlines* para llevar a cabo mi venganza...

La voz de Joy flaquea. Benjamin da un paso hacia ella para hablarle con más calma.

—Está muy bien ser auténtica, pero eso no significa necesariamente dejar que todo salga de una manera tan anárquica. Tal vez había otras maneras...

Joy rompe a llorar. Él posa una mano sobre su hombro. No soporta ver su cuerpo sacudido por los sollozos. Intenta consolarla.

—No es tan grave, venga... Todo se arreglará...

Joy se lanza a sus brazos. Desamparado, él la abraza también. Nota que se deja mecer dulcemente y que se va serenando poco a poco. Es agradable la calidez del otro. La calma.

Joy se separa, con el rostro devastado, espantosa y hermosa a la vez.

—Pero, pero... ¿Qué voy a hacer ahora?

—¿Ahora? ¿Ahora mismo? Nada —bromea él—. Tranquilizarse. Compartir conmigo una cerveza y sushi. Mañana será otro día y pensaremos en cómo reparar los daños. Sea lo que sea lo que decida a partir de ahora, hay que hacer las cosas bien. ¿De acuerdo?

Asiente con la cabeza como una niña pequeña. Alcanza el rollo de papel de cocina y se suena ruidosamente.

Benjamin pide un menú para ella y comparten la cena asiática improvisada. Ella todavía está muy sensible. Él también. Así que hablan poco. Y luego están esas miradas que le perturban, pero no quiere malinterpretar las cosas. Quizá se está haciendo ideas equivocadas. Ya no tiene práctica. Hace tiempo que se preocupa por mantenerse al margen de sus sentimientos. Piensa en sus Max. La amistad es mucho más simple...

Se hace tarde. Joy se levanta para despedirse. Se dicen adiós con un poco de torpeza en el umbral de la puerta. Ya está. Se ha ido.

Se siente raro. Los pensamientos se le arremolinan en la cabeza. ¡Y las emociones también, por supuesto! Se dirige hacia la mesa como un autómata y empieza a recoger. Llaman otra vez al timbre. Joy de nuevo.

—He olvidado algo.

Da un paso hacia delante y le besa en la boca.

40

Camino con paso ligero por la calle. Salgo de la peluquería. Me he puesto mi mejor vestido. Unos preparativos que parecen más bien un ritual de guerrero que se pinta el rostro y el cuerpo de colores antes de ir al combate. Y claramente esa es la sensación que tengo ahora que voy de camino a La Octava Esfera. No ha sido una decisión fácil de tomar, pero lo había hablado largo rato con Benjamin. Me apoyó mucho. Tenía que ir a visitar al equipo, pedir disculpas y entablar un diálogo, es decir, si me daban la oportunidad. Eso es lo que más temía, la agresividad que pudieran tener. Que no me dieran la opción de explicarme. A pesar de todo, Benjamin me había convencido. Según él, me correspondía a mí demostrar madurez estando por encima de los juegos de poder, de los duelos de ego, de las actitudes hipócritas y de las bajezas de la gente de la agencia. La única oportunidad que tenía de que llegara mi mensaje era haciéndome oír de una manera que no implicase agresividad.

—Tienes motivos para expresar tu ira a cada uno de ellos, ¡pero pierdes toda la credibilidad si te enfadas! —me había dicho también Benjamin el día anterior, cuando lo hablábamos tumbados en su sofá.

Desde entonces, floto en un sentimiento de irrealidad. Demasiados acontecimientos en muy poco tiempo. Todo me da vueltas en la cabeza.

¡Y pensar que le salté al cuello! Me pregunto qué me pasa. ¿Estoy perdiendo la cabeza? No me reconozco. Entre mi golpe de estado emocional en la fiesta de La Octava Esfera, una auténtica insurrección sorpresa, y mi embate compulsivo a Benjamin, ¡me preocupo un poco a mí misma! Aunque lo más inquietante es el placer que me produjeron ambas cosas…

Cuando lo besé, Benjamin no se lo esperaba. Parecía sorprendido. Lo entiendo. Siendo honesta, yo tampoco sabía demasiado lo que estaba haciendo. Simplemente había tenido ganas de besarlo toda la noche. No sé qué me cogió, ya no podía parar. Apenas oía entre beso y beso los argumentos que salían de su boca para intentar detenerme. Los «esto va demasiado rápido, Joy», los «es muy pronto», los «¿y Ugo?». Pero yo no escuchaba nada. Sus labios pegados a los míos eran tan dulces y cálidos… Esos labios que no decían que no.

Estoy a un tiro de piedra de La Octava Esfera y me ha invadido una oleada de estrés. Con Ugo había intercambiado algunos mensajes. No había tenido el valor de llamarle y hablar en vivo y directo. Le había expresado mi deseo de ver a cada miembro del equipo a solas, uno por uno, para disculparme. Había aceptado. Durante las cuarenta y ocho horas en las que no me había atrevido a presentarme en la oficina, me habían pasado distintos escenarios por la cabeza donde, en bucle, hacía girar la ruleta de mi infortunio, apostando sobre qué premio de la desgracia me tocaría. ¿Me despedirían por falta grave? ¿Me obligarían a dimitir? De momento, no tenía ni idea y nadaba en la absoluta incertidumbre de lo que sería de mí.

Llego a la tercera planta, estoy frente a la entrada de la agencia. Habría podido usar mis llaves para entrar, pero, dadas las circunstancias, prefiero llamar para avisar de que estoy ahí. Ugo es quien me abre la puerta. La expresión de su rostro es indescifrable. El corazón me da una voltereta mortal hacia atrás dentro del pecho.

—¡Pasa!

Su autoridad natural sigue impactándome cuando estoy en su presencia. Lo sigo hasta la sala de reuniones. Me ofrece un café, pero no quiero nada. ¡Ya estoy suficientemente nerviosa! Se sienta enfrente de mí y, a pesar de todo, percibo algunos signos de desconcierto bastante inusuales en él. Una ligera crispación en la comisura del labio, un temblor nervioso en el párpado. Contra todo pronóstico, empieza agradeciéndome el gesto. Considera valiente y positivo que haya tenido la iniciativa de disculparme. Me da un pequeño sermón sobre el derecho a cometer errores. Me explica que lo importante es saber reconocerlos y enmendarlos. Me dice todo eso con una sonrisa casi amable. No me lo puedo creer.

—Te dejo que hables con el equipo y yo te veo después. Te llevo a comer, ¿te parece? Así será más íntimo.

Trago saliva. No consigo sacar en claro cuáles son sus intenciones. Estoy desconcertada. Me esperaba una masacre.

VIP es la primera en entrar. Nos evaluamos por encima de la mesa. Al final, es ella quien habla.

—Parece que has venido a disculparte. No creía que te atrevieras a hacerlo. Debo admitir que tienes agallas. Nosotras nunca empezamos con buen pie. Sé que no siempre he sido amable contigo. Mira, quizá debería disculparme yo por eso. Me ponías nerviosa, la verdad, con esa actitud de niña buena, queriendo hacerlo todo tan bien, disculpándote hasta por pedir perdón... ¡Me daban ganas de abofetearte!

Permanezco sentada en la silla, boquiabierta, pero me muerdo el labio para dejarla continuar.

—Bueno, pues te va a parecer una locura, pero, ¿sabes qué?, en la fiesta, cuando se te fue la olla, cuando estallaste y nos dijiste cuatro cosas, ¡fue como si hubieses hecho algo que esperaba de ti desde hacía mucho tiempo! Que perdieras los estribos para reafirmarte, joder, ¡eso me sentó genial!

No sé qué es lo que me deja más atónita, el discurso en sí o la incongruente palabrota saliendo de la boca de VIP, puesto que las vulgaridades están muy mal vistas en el hablar de los ambientes de lujo.

—Verás, no soporto a la gente simplona. Me irritan. Solo me entiendo con la gente que tiene carácter. Es así.

Se levanta. Creo que ha acabado, pero no. Su expresión se endurece de nuevo.

—Pero ahora no te vayas a pensar que te perdono por todo lo que me dijiste en la fiesta sobre mi crueldad y mi vacuidad. Digamos simplemente que, si hubiésemos estado en un cuadrilátero, te habrías anotado un punto. Tú y yo no seremos nunca amigas. Lo único que cambia es que, de ahora en adelante, te considero como una adversaria a mi altura.

Abandona la sala tras un apretón de manos seco y la observo mientras se aleja con esa soberbia suya. ¡Maldita VIP! Siempre me sorprenderá.

La conversación con la Taser no es menos bizarra. Me hace casi una profesión de fe.

—¿De verdad crees que tengo mal carácter? ¿Que siempre estoy causando pánico? No me había dado cuenta de que transmitía esa imagen... Cuando leí lo que me habías escrito, me hirió de verdad, pero más tarde no paraba de pensar en ello. Y me dije: «¿Y si es verdad?».

Intento disculparme por haberle dicho las cosas de una manera tan abrupta, pero, como la VIP, la Taser no me da la oportunidad. No puede detener la oleada de confesiones.

—Mi madre también me decía a menudo que tenía mal carácter... Era una niña miedosa, ansiosa. Eso la irritaba. No dedicaba el tiempo que yo hubiese necesitado a calmarme. Y eso me hacía sufrir mucho...

Se da cuenta de que quizá ha hablado demasiado. Recupera el pudor. Se levanta.

—No me gustó nada lo que me dijiste en la fiesta, Joy. A pesar de todo, está claro que no estabas equivocada. Y que necesitaba escucharlo para poder avanzar. Nunca tenemos ganas de cuestionarnos a nosotras mismas. Resulta doloroso, es cierto. Sin embargo, es necesario. ¡Así que ahora mismo no sé si darte las gracias o mandarte a la mierda!

La miro, todavía más incrédula que con VIP. ¿Se han puesto de acuerdo para decir palabrotas? ¿Y para tener reacciones totalmente inesperadas?

Ya en la puerta, se da la vuelta y espeta un «gracias» que le escuece un poco y me deja boquiabierta.

Cuando llega el turno de Cataclillo, me espero un sermón moralizante.

—No nací ayer, Joy, pero debo confesar que nunca había visto un cataclismo semejante en una celebración de empresa. En treinta años de carrera, jamás.

—Siento que recibiera una bofetada...

—Bah... ¡Así circula la sangre! —me dice con una media sonrisa que no había visto antes.

No doy crédito.

—Sabes, no soy solo el viejo estúpido con el que te cruzas en la agencia, gris y cansado, y que jode a todo el mundo con los presupuestos y la organización...

¿Pero qué les pasa a todos hoy con las palabrotas?

—A mí también me gusta pasarlo bien, divertirme... ¡Claro que sí!

Se levanta. Se inclina hacia mí como para hacerme una confesión. Me dice muy flojito:

—Y, entre tú y yo, me encantó tu gran ida de olla de la otra noche. Fue diferente a todos esos eventos soporíferos en los que nunca pasa nada... Pero, por supuesto, que quede entre nosotros.

Se va haciendo desaparecer la expresión pícara que ha cruzado fugazmente su rostro. A modo de despedida, me dedica un guiño discreto, como para sellar nuestro pequeño secreto.

¡Qué locura de día!

Estoy esperando a que llegue Virginia, pero es Ugo quien entra de nuevo.

—¿Estás lista?

—¿Y Virginia? ¿Y F.?

—No están aquí. Ya te explicaré.

—Ah...

¿Los dos amantes juntos? Me parece que Ugo está extrañamente sereno. Temo este encuentro a solas, pero estoy deseando escuchar lo que tiene que decirme. Sobre todo considerando que las conversaciones con los demás miembros del equipo me han confundido por completo.

41

Me lleva a un restaurante chic, especializado en marisco. Me pido un ceviche de gambas y él una delicia de bogavante. El camarero trae en una cubitera llena de hielo una botella de vino blanco sabiamente elegido (Ugo es experto), y nos llena las copas con esmero. Doy un largo trago sin esperar, deseando que el néctar blanco me ayude a relajarme un poco. Ya es hora de que me lance a la piscina e inicie esta conversación que tanto miedo me da. El primer paso antes de decirle todo lo que pienso es reconocer mis errores.

—Ugo... Siento haber arruinado la celebración del aniversario de la agencia. No sé por qué estallé así.

—Efectivamente, ¡se podría decir que no te anduviste con rodeos! —contesta riendo. Deja una pausa antes de añadir—: ¿Tan resentida estás conmigo?

Debe de creer que actué así para vengarme de él. Su egocentrismo resulta fascinante.

—Quien calla otorga —suelta lacónico y con la mirada perdida—. Lo entiendo.

¿Qué es lo que entiende exactamente? ¿Hasta qué punto la ha cagado? ¿Hasta qué punto me ha hecho infeliz? Tengo la sensación de que me lee el pensamiento.

—Joy, soy consciente de que la relación que te ofrezco

desde hace dos años está lejos de ser satisfactoria para ti y te pido perdón si te he hecho sufrir, nunca fue mi intención.

Envuelve mi mano con la suya y soy incapaz de saber si debo retirarla o no.

—Ves qué irónica la situación, ¡al final soy yo quien pide perdón! —bromea.

Le sonrío con reservas. Conozco un poco a Ugo, gestiona sus relaciones amorosas como hace con los temas empresariales. ¿Por qué tengo la desagradable sensación de estar en una comida de negocios?

—Entiendo que, si te pusiste así, no fue tanto por los demás sino por mí. Me hubiese gustado que no mezclaras las cosas…

—No te equivoques. Es un conjunto. ¡No solo tenía que ajustar cuentas contigo!

—¿Ajustar cuentas? Sí que vas fuerte…

—Sí, Ugo, por supuesto. Tú seguramente no te has dado cuenta, pero yo no podía seguir así, trabajando en esas condiciones, en ese ambiente. ¡Tenía que hacer algo!

—¿Tú te crees que yo no me entero de nada? ¿Que no sé por lo que estás pasando en la agencia? Pero, Joy, ¡si hace veinte años que trabajo en el sector! ¡Las jornadas interminables, la presión, la tensión en las relaciones, la competición! ¡Lo aguanto! Y tú lo aguantas también, porque estamos hechos de la misma pasta y eso es lo que me gustó de ti, ¡que sabes gestionarlo!

Retiro la mano.

—En eso te equivocas. Mi pasta está consumida. No está buena. Se está poniendo mala. Está a punto de pudrirse.

—Dices eso porque estás cansada. Necesitas vacaciones, eso es todo. Y eso es lo que te íbamos a proponer Virginia y yo; queremos ofrecerte unas vacaciones, ahora, ¡durante los próximos días!

Le miro fijamente a los ojos y hago la pregunta que temo:

—¿Cómo se ha tomado lo de nosotros dos? No me lo has dicho.

Tiene una sonrisa avergonzada que me preocupa.

—Bien, bien.

—¿Cómo que bien?

Ugo tose.

—Se lo ha tomado a bien, Joy, básicamente porque…

—¿Porque qué? —Empiezo a irritarme.

Ahora parece incómodo de verdad y me pregunto qué es lo que me va a decir.

—Hace tiempo que quería hablarte de ello, pero… tenía miedo de hacerte daño…, miedo de perderte también…

Se me hiela la sangre. ¿Qué es lo que va a anunciarme?

—No te lo tomes a mal, Joy, te lo suplico, pero tengo que decírtelo. Virginia hace tiempo que sabe lo nuestro.

—¿Cómo?

—Y yo también sabía lo del becario…

—¿Qué?

Coge una gran bocanada de aire antes de lanzarse a la piscina.

—Tenemos una relación abierta.

Casi me caigo de espaldas.

Balbuceo a causa de la consternación.

—Pero, pero… ¿En la celebración…? Cuando solté todas las revelaciones, los dos parecíais sorprendidos, ella al enterarse de mi aventura contigo y tú al enterarte de su aventura con F.

—Estábamos fingiendo. Hacíamos teatro. Tenía que parecer convincente, por el equipo. No queremos que se sepa. Al fin y al cabo, es nuestra vida privada, ¡nuestra intimidad!

—¿Y a mí? ¿Cuándo tenías previsto hacerme partícipe de tu «intimidad»?

—¡Ves por qué dudaba en decírtelo! Ahora estás enfadada. Pero ¿qué es lo que cambia en el fondo? De todas maneras sabías que estaba casado, ¡con lo cual solo podía ofrecerte una maravillosa aventura! ¡Como la que vivimos ahora ya desde hace dos años!

Me mira el rostro, bañado en lágrimas. Está molesto. Me las enjuga con el dorso del pulgar y me habla con una voz dulce.

—¡Joy! No me digas que te habías hecho ideas…

Entiende por mi silencio que sí. ¡Me había hecho toneladas de ideas, montañas de ideas! ¡Por supuesto! ¿Cómo he podido ser tan estúpida? ¿Pensar que me quería? ¿Que acabaría dejando a su mujer? No puedo parar de llorar. Odio la expresión incómoda del camarero cuando viene a retirar los platos.

—¿Desean alguna otra cosa?

¡Pues sí! ¡Deseo rebobinarlo todo! Deseo no haber conocido jamás a Ugo. ¡No haber entrado nunca en La Octava Esfera! Se da cuenta de mi desesperación. Vuelve a cogerme la mano.

—¡Joy! ¡Puedo ver lo conmocionada que estás, y te aseguro que me duele verte así! Quizá no me creas, pero te aprecio, de verdad, ¡mucho más de lo que te imaginas! Ahora estás agotada, ¡estas últimas semanas lo has dado todo! Y esto que acabo de contarte te afecta, es normal, necesitas digerirlo. Escúchame…

—No, no tengo ganas de escucharte.

—Escúchame —repite—. Ahora mismo no piensas con claridad. ¡Cógete unos días, vete! ¡Diviértete! Descansa y tómate el tiempo para reflexionar sobre todo esto. He hablado de ti con Virginia. Eres una pieza importante. ¡Somos conscientes de lo que vales y del trabajo que desempeñas! ¡No queremos perderte!

—¡Virginia no me soporta!

—Te equivocas por completo. Tiene carácter, eso es todo. Es cierto que no es una persona muy expresiva. No te lo ha demostrado demasiado, pero te tiene mucho aprecio. Además, tenías razón al avisarnos del becario. ¡No daba un palo al agua! Y la cosa con Virginia no funcionó...

¡Han despedido al PIJO! No me lo puedo creer.

—Pero no te preocupes, ¡te encontraremos a otro mucho mejor, te lo prometo!

—Y para nuestra relación, ¿también tienes una alternativa?

—¡No seas cínica, Joy! —me responde con suavidad—. Esto también se irá poniendo en su lugar. Hay que darle tiempo al tiempo. ¡Me afectaba que no estuvieras al corriente de mi relación abierta! Ahora eso deja la puerta abierta...

—¿La puerta abierta a qué?

—¡A un nuevo comienzo, Joy! —exclama Ugo entusiasmado.

Algo que admiro de él es que jamás duda de nada. Estallo en una carcajada nerviosa.

—¿Qué nuevo comienzo? ¿Una trieja con tu mujer?

Hago desaparecer de mi mente la visión de una pareja de tres con Virginia. Por muy de moda que estén las triejas, no creo que sean lo mío.

—¿Y por qué no? Sé que es una idea muy nueva para ti, ¡pero piénsalo!

—¿Y si no quiero?

—No pasa nada… Respetaré tu decisión. Y tú tendrás igualmente tu puesto de trabajo en la agencia.

—¿Querrías que me quedase a pesar de lo que ha ocurrido?

—Creo que ya he sido claro con este tema, ¿no? Nada pasa por casualidad. Desde luego, necesitábamos sanear ciertas cosas a nivel interno y sacar a la luz lo que no se estaba diciendo. La manera que empleaste fue escandalosa, pero en el fondo quizá nos ofreciste a todos una oportunidad para cuestionarnos. Además, han ido bien tus encuentros con la gente del equipo hace un momento, ¿no?

Me veo obligada a reconocer que sí.

Me acaricia con ternura la mejilla. Me falta el aire.

—¿Lo ves? Hay esperanza. ¡Venga! ¡Tómate unas vacaciones y lo volvemos a hablar!

Salimos del restaurante.

Se despide de mí dándome un ligero beso en los labios como si no hubiese pasado nada. Lo observo mientras se aleja, tan elegante y seguro de sí mismo con su traje entallado. Me quedo unos instantes plantada, inmóvil, en medio de la acera. Estoy obstruyendo el paso. La gente con prisa me empuja. Pienso en Benjamin, que me preguntará cómo ha ido el encuentro. Hay tal estruendo en mi cabeza que tengo ganas de taparme los oídos. ¡Ya no sé qué pensar, qué sentir ni qué hacer! La única certeza es que estoy en la más absoluta confusión… *Mamma mia!* ¡Qué desorden!

42

Benjamin lleva veinte minutos observándola mientras camina de un lado a otro de su salón y le explica el encuentro cuando menos inesperado con Ugo. Él permanece sentado, sin inmutarse, no quiere dejarse arrastrar por la tempestad interior que parece alterar a Joy. Mantener la calma, para pensar mejor y sentir mejor. Se insta a sí mismo a respirar profundamente. Nota lo bien que le va, en ese momento, saber centrarse en su respiración. Escucha a Joy hablando de su amante; del increíble giro de los acontecimientos. Ya se veía en el paro. Al final, tiene las puertas de la agencia abiertas de par en par. Y deduce que su relación con Ugo también sigue muy abierta. Eso es justamente lo que Benjamin teme de las relaciones sentimentales, ese momento en el que la situación se escapa de las manos, esos reveses, esos cambios de rumbo... Siente cómo se le forma un nudo en la garganta y una desagradable tirantez a la altura del diafragma. Todo por lo que ya ha pasado y que no quería revivir. Arriesgarse a querer y a que te hieran. Si escoge al otro, él quedará destrozado. Se culpa a sí mismo. Por no haber vigilado.

No lo vio venir. Los sentimientos llegaron sin avisar. ¡Hacía tan poco tiempo! No deberían estar tan bien arraigados.

Y sin embargo los nota, ¡ya habitan fuertes en su interior! Demasiado tarde. Habrá que afrontar la situación. Joy ha terminado su intervención. Se retuerce las manos delante de él, como si esperara una respuesta de su parte. No le corresponde a él dársela. Solo ella puede ver las cosas claras. Se levanta para ir a buscar el vaso que hay sobre la mesa alta. Es también una excusa para darle la espalda un instante y recomponerse. No quiere que vea el miedo que siente. Cuando se da la vuelta, Joy ha avanzado hacia él. Está cerca, demasiado cerca. Puede distinguir cada detalle de sus pupilas. Joy se inclina para besarlo. A él ya le gusta demasiado el sabor de sus labios. La aparta con delicadeza.

—¿No quieres besarme?

Parece desconcertada. Apenada también. Le coge las dos manos y les da la vuelta para depositar un beso en el hueco de sus muñecas. Ella se estremece. Es el momento de no ceder.

—Por supuesto que sí, tengo muchas ganas de besarte. Pero creo que hay que respetar los tiempos. Ahora me parece que no es un buen momento. No lo has procesado todavía, Joy. No hay nada resuelto con respecto a Ugo, y no tengo ganas de empezar una historia contigo en estas condiciones, ¿lo entiendes?

—Pero...

Él posa un dedo sobre sus labios para evitar el torrente de argumentos que iba a salir.

—No hace falta que me lo expliques, Joy. Todavía tienes sentimientos hacia él, no tienes por qué negarlo, y aparte es muy normal... Además, ni siquiera sabes si quedarte o irte de La Octava Esfera... ¿Lo ves? Por ahora todo está muy confuso.

—¡Te equivocas! ¡No estoy segura de tener sentimientos hacia él ya! Me lo ha hecho pasar muy mal. Y siento algo fuerte por ti de verdad, Benjamin... No sé qué hacer, eso es todo.

—Estás en una encrucijada, Joy. Desde que te conocí has estado buscando tu libertad y tu alegría, que se te habían escapado. Eres tú quien debe decidir si podrás encontrarlas en La Octava Esfera y junto a Ugo.

Joy parece atormentada de nuevo.

—Pero, Benjamin, tampoco puedo quedarme sin trabajo. ¿Eres consciente de la pesadilla que eso sería? Volver a empezar de cero, sin la certeza de poder recuperarme... Es una decisión complicada. Está claro que La Octava Esfera no es el paraíso, pero tampoco está tan mal, sobre todo si he podido explicarme con todo el mundo, ¿no te parece?

Joy lo mira con intensidad como tratando de extraer las respuestas del fondo de sus ojos. ¿Está esperando su aprobación? Suspira y alarga la mano hasta el pelo de Joy para volver a colocarle un mechón detrás de la oreja.

—Nadie más que tú puede encontrar el camino, Joy. Lo único que puedo decirte es que existen dos tipos de decisiones. La decisión guiada por el miedo. El miedo que frena, que genera resistencia al cambio. A menudo distorsiona la visión que tienes de la situación y es el mejor renegociando. Te hace creer que lo que tienes no está tan mal, extiende un velo entre tú y tus aspiraciones más profundas, porque, incluso aunque la situación actual no sea ideal, la conoces como la palma de tu mano, de manera que parece más tranquilizadora, más fácil de gestionar que lo desconocido...

—¿Y la otra decisión?

—Es la decisión guiada por la alegría.

—¿La alegría guía?

Benjamin sonríe al ver su mueca escéptica.

—¡Anda, pues claro!

—¿Y qué se siente?

—¡Calidez en el corazón! Ya no tienes miedo. Es como un sol que sale en tu interior. Es una decisión que resuena justo en lo más profundo de ti. Tomar las cosas por su lado más placentero, escoger el camino que despierte en ti la alegría, proyectos que te den alas… ¡Cuando hay motivación, los obstáculos caen por su propio peso!

Joy frunce el ceño.

—No lo entiendo. ¿Cómo quieres que esté alegre si me quedo sin trabajo y en una incertidumbre total sobre mi futuro?

—La alegría sabe convivir muy bien con la incertidumbre en el momento en el que tomas una decisión que te hace bien y eliges estar mejor e ir hacia un lugar bueno para ti.

—¿Y tú? ¿Cómo lo hiciste para encontrar ese lugar?

—¡Me tomé mi tiempo, Joy! ¡Y me di la libertad también!

—¿Qué debo hacer, Benjamin? Estoy perdida…

No puede resistirse a tomarla entre sus brazos y le habla con dulzura en el oído.

—¡Ve a reponer fuerzas unos días a casa de tus padres! Ve a recorrer la orilla del mar. Respira, camina, duerme bien, aprovecha, disfruta de los tuyos. Estoy seguro de que las ideas enseguida tomarán forma.

Ella hunde la nariz en su cuello, como un hermoso colibrí.

—Tengo miedo…

Él le acaricia la espalda con suavidad.

—No tengas miedo. Todo va a salir bien.

Intenta convencerse a sí mismo también. Joy se va. Va a coger perspectiva. A sopesar los pros y los contras. ¿Hacia qué lado se inclinará la balanza? ¿Hacia el suyo o hacia el de Ugo? No quiere pensar en ello. Ahora no. Ahora solo quiere disfrutar todavía unos instantes más de su cuerpo cálido y suave pegado al suyo.

43

Abro las contraventanas de par en par, el aire fresco y revitalizante entra en la estancia y me azota el rostro. Oigo los rociones desde aquí. Aspiro su fragancia a pleno pulmón. Ejercen un efecto calmante sobre mí. Ya hace tres semanas que me he instalado en casa de mis padres. He vuelto a mi habitación, abarrotada de los últimos vestigios de mi adolescencia. Algunos pósteres de mis cantantes favoritos colgados en la pared, una colección de perfumes miniatura y, allí escondida, detrás de un montón de ropa, mi caja metálica con los recuerdos más preciados. Rebuscando dentro había encontrado las cartas de ese chico que estaba enamorado de mí en primero, y con quien no quise nada. Su amor me dio miedo. Tuve la impresión de que me abrumaría. Y, sin embargo, después jamás encontré a alguien que me amara con esa intensidad y esos sentimientos tan puros. Por aquel entonces preferí seguir encaprichada con un chico que ni me miraba, pero de quien estaba locamente enamorada, a saber por qué. ¿Quizá porque hacía teatro en el conservatorio de la ciudad? ¿Porque tenía esa mirada seductora y una larga melena muy oscura recogida en un peinado bajo, tan oscura como para no tener ganas de hundir allí la mano? Mirándolo con perspectiva, pienso que en aquella época verdaderamente no sabía nada del amor. Es posible que me perdiera una maravillosa historia engañada por unas proyecciones sentimentales que me había creado de la nada. ¿Y ahora? ¿Conseguiría distinguir entre un amor auténtico y un amor proyectado?

Al tercer día de mi llegada aquí, recibí un regalo suntuoso: veinticinco rosas de un color rosa intenso estudiado para que contrastase con elegancia con el color negro de la caja que servía de estuche al conjunto. Un regalo floral original recién salido de la colección Le Jardin Infini Medium Square. *So chic!* Lo acompañaba una tarjeta firmada por Ugo.

«Vuelve pronto. Te echamos de menos. Te echo de menos».

No hay duda de que, en materia de seducción, sabía lo que se hacía. En ese momento, había dado saltos de alegría ante tal muestra de afecto. ¿Pero no estaba Ugo despistándome al jugar esa baza? ¿No me alejaba eso de la reflexión de fondo que debía llevar a cabo? Esto es, decidir si continuaba o no con una relación limitada y condenada a no ser exclusiva.

Las demostraciones de Benjamin eran más sobrias. Mensajes cortos pero siempre con algún comentario gracioso, un juego de palabras o una imagen divertida. Nada que sugiriera una evolución de sus sentimientos hacia mí. Solo lo justo para hacerme saber que pensaba en mí. Dicha contención conseguía que tuviera los nervios a flor de piel. Dejaba ese atisbo de duda flotando en el aire lo suficiente como para aumentar el deseo. ¡Qué irritante! ¡No conseguía medir la atracción que Benjamin sentía por mí! (¡Sí, siempre esa manía de querer cuantificarlo todo!). Necesitaba tranquilizarme, pero no sabía cómo hacerlo.

Los días que siguieron continué recibiendo regalos de Ugo. Una vez, fue una cajita de confitería Fauchon (una bombonera en forma de corazón con pastas de frutas, chocolatinas de Cassandre y almendras recubiertas de chocolate negro). Otra vez, fue un brazalete de Pandora con un bonito colgante centelleante en forma de estrella de mar, acompañado de una pequeña nota: «¡No te enamores del océano! ¡Te esperamos con impaciencia en París!».

Dichos gestos me hacían flotar en una nube y al mismo tiempo me recordaban mis crueles dilemas. ¿Estaba Ugo notando que dudaba, hasta el punto de querer dejarlo, y por eso se daba cuenta por fin de la importancia de tener detalles como esos para demostrarme su afecto? ¡Ya era hora! Me sentía más dividida que nunca. Y luego los días habían ido pasando. Y ya no había recibido más regalos. Solo mensajes. Encantadores. Y después un poco más apremiantes y un poco menos encantadores. La cabra tira al monte. Ugo quería saber cuándo volvería a la agencia. Me necesitaban, estaban todos enterrados bajo toneladas de dosieres. ¿Lo había pensado? ¿Cuándo podría darle una respuesta? Paralelamente también había recibido correos del resto del equipo. VIP, apenas preocupada por molestarme durante las vacaciones, me daba las gracias de antemano por hacer algunas llamadas urgentes a unos clientes apremiantes. La Taser, sin saludarme ni despedirse, me pedía que le contase mi experiencia con un local que quería alquilar para un evento. Cataclillo me había enviado cuatro recordatorios para hacerme una pregunta sobre un presupuesto en estudio. Sentí cómo el estrés me invadía de nuevo el cuerpo. El cuerpo es un buen compañero, pero no olvida. El mío recordaba a la perfección cuánto le hacía sufrir el ritmo impuesto por La Octava Esfera. Se me había vuelto a formar el nudo en el diafragma.

Y aún sigue ahí esta mañana, mientras camino por la playa. Sola con el viento, las gaviotas, las tonalidades del cielo y la arena. Los pensamientos se arremolinan en mi mente, como el oleaje contra el arrecife. Corrientes internas que arrojan sus cuchillas cortantes y afiladas, unas aguas profundas y agitadas en las que lucho para ver con claridad. Voy recogiendo madera para mi padre aquí y allá. Estoy contenta, he encontrado algunas cortezas verdes teñidas de manera natural por un hongo. Sé que les dará un buen uso; colecciona tintes originales para las chapas de madera que utiliza en sus creaciones de marquetería. Son unas piezas hermosas (cuadros, objetos decorativos, diversos tipos de cajas) que luego vende en su tienda de souvenirs.

Voy a verlo a su taller. Sin hacer ruido lo asalto afectuosamente, como cuando era pequeña. Suelta un grito de sorpresa y se da la vuelta, fingiendo que está enfadado. Me levanta del suelo y gruñe dándome besos en el cuello, que me hacen cosquillas hasta reír a carcajadas.

—¡Para, papá! —exclamo entre risas—. ¡Ya no tengo cinco años!

—¡Ay, ay! ¡Tú te lo has buscado! —Al final me libera y me dedica esa sonrisa que podría hacer entrar en calor incluso en invierno—. ¿Qué, palomita mía, has dormido bien? —Me escruta con la mirada—. No me he atrevido a preguntarte nada desde que llegaste, pero noto que algo no va bien. ¿Tienes problemas? ¿No eres feliz en París? Sabes que me lo puedes contar, ¿verdad?

—No quiero fastidiarte con mis historias. ¡No son muy apasionantes!

Estalla en una carcajada.

—¡No te preocupes! ¡Si me fastidian te lo haré saber!

Nos preparamos un café bien fuerte, con galletas de mantequilla, como a mí me gusta, y empiezo a contarle a grandes rasgos cómo es mi vida en La Octava Esfera, sin mencionar ni a Ugo ni a Benjamin.

—Hum. ¡Menuda vida llevas allí! Ahora entiendo mejor por qué tienes esa cara tan gris. Pero si has escogido ese mundo es que te gusta, ¿no?

—¡Sí! Al principio me emocionaban mucho todos esos encuentros con gente famosa, los proyectos trepidantes, la vida a mil por hora…

—¿Y después?

—No lo sé, papá… A veces tanta superficialidad me asfixia. Todo el mundo juzga por las apariencias. Tengo la sensación de que ya no soy yo misma… Me gustaría ser más yo, pero creo que esta versión de mí que tú conoces no encajaría demasiado en ese ambiente.

—¿Quieres decir que a esa gente no le gustaría mi palomita tal y como es? ¿Alegre, espontánea, desbordante de energía e ideas? ¡Deben de estar todos locos, entonces!

—Seguramente todos lo estamos un poco en las agencias de lujo…

Mi padre le da un gran mordisco a una galleta y parece reflexionar.

—Estoy buscando una metáfora… ¡Ah! Ya la tengo. Dime, Joy, cuando un vestido ya no te gusta, ¿qué haces?

Me encojo de hombros.

—¡Pues me cambio!

—¡Exactamente!

—¡No es tan fácil!

—Justamente sí que lo es. —Me sonríe de una manera desarmante—. No deberías dejar que te envenenen la vida. Y puedo ver que te estás comiendo la cabeza. Sigue tu intuición y, sobre todo, allí donde sientas miedo, pon confianza. Ya verás, estoy seguro de que todo irá mucho mejor.

Lo abrazo con fuerza y le doy las gracias por la conversación. Subo a descansar a mi habitación. Me dejo llevar por una ensoñación solitaria, con la mirada clavada en los motivos hipnotizantes del papel pintado, cuando de pronto recibo una notificación en el móvil. Es un mensaje entrante de VIP. Contiene un archivo adjunto. Se trata de una captura de pantalla. Se puede ver una lista de personas y, junto a cada una de ellas, una foto y una breve descripción.

«No tardes en volver, Joy. ¡Quien se va a Sevilla pierde su silla! Amistosamente».

Ato cabos en mi cabeza y entiendo a qué se refiere. Los Badass están mirando perfiles que puedan reemplazarme.

44

No me veía teniendo esta conversación sensible y posiblemente acalorada ni en la agencia ni en una cafetería. Así que había decidido invitar a Ugo a mi casa para darle una explicación tras mi regreso a París. Mi único miedo era que se imaginara un reencuentro. Nada más lejos de la realidad: estoy furiosa. Mi nueva «amiga» VIP (entre comillas porque con amigas como ella no se necesitan enemigos) se había encargado de advertirme de lo que se estaba tramando a mis espaldas en mi ausencia.

Miro el reloj cada cinco minutos. Dentro de un cuarto de hora Ugo estará aquí. Estoy dolida; imaginarme intercambiable entre sus brazos y reemplazable en su oficina me hiere en lo más hondo. ¿Cómo había podido ser tan estúpida como para pensar que podría ser de otra manera?

Por fin llaman al timbre. Tengo las manos húmedas cuando abro la puerta. Me dedica una amplia sonrisa y abre los brazos. Lo esquivo. Su sonrisa se desvanece un poco. Entra mostrándose dueño de la situación, tira su abrigo sobre el sofá, intenta ignorar la incomodidad palpable.

—Bueno, bueno, bueno… ¿Qué tal esas vacaciones? ¡Tres semanas! ¡En pleno invierno! ¡Has dado que hablar en la agencia, Joy! Ya era hora de que volvieras.

Me he prometido a mí misma mantener una calma olímpica.

—¡Han sido unas «vacaciones» excelentes! Incluso podría decir que han sido más beneficiosas de lo que me esperaba.

—Ah, ¿sí? ¡Cuéntame!

Sirvo algo de beber para los dos, hecho que me facilita concentrarme en otra cosa que no sea su mirada clavada en mí.

—Me ha permitido coger perspectiva… Y también abrir los ojos.

—¿Y sobre qué has abierto los ojos, preciosa?

Esa sonrisa encantadora que muestra unos dientes demasiado blancos ya no surte efecto. Cuanto más lo miro, más siento crecer la determinación de llevar mi resolución hasta el final.

—He abierto los ojos, Ugo, sobre el hecho de que las cosas nunca cambiarán.

—¿Qué quieres decir con eso? No lo entiendo. ¿Qué es lo que nunca cambiará?

Se hace el tonto con maestría. Tendría que habérmelo imaginado. Suelto un gran suspiro exasperado mientras alzo los brazos.

—¡Todo! Bueno, ¡nada! ¡Nada cambiará! ¡Ni tú, ni nuestra relación, ni la manera de trabajar en la agencia! Además, hablando de las prácticas que se llevan a cabo en la agencia, ¿me puedes explicar esto?

Agito delante de sus narices la hoja impresa de la búsqueda de candidatos para el puesto de coordinación. La sombra de vergüenza que cruza su rostro solo dura una fracción de segundo. Ni siquiera lo niega. Su calma es un ultraje a mi sensibilidad ofendida.

—¡Joy, pues claro que hemos empezado a buscar personas que podrían ocupar tu puesto! Y es completamente normal que, como jefe de empresa, me prepare para cualquier escenario. No te lo tienes que tomar como algo personal; imagínate que me anuncias que no vuelves, que, después de todo lo que ha pasado, ya no tienes ganas de trabajar en La Octava Esfera. ¿Qué hago yo entonces?

—¡Para! ¡Ya estabas intentando reemplazarme!

—En absoluto. Te equivocas. ¡Esta búsqueda preventiva de candidatos no tiene nada que ver con lo emocional! Si he hecho esto es solo por si acaso. Para no acabar metido en la mierda si decides irte. A eso se le llama cubrirse las espaldas.

Sabe argumentar. Y muy bien. Ya no sé qué responder. Vuelve a anotar un punto.

Da un paso hacia delante y me abraza. Me besa en el cuello con pasión y me acaricia un pecho.

—¡Venga, Joy! ¡Deja de hacerte la gruñona! Relájate un poco. Ves, si al final estamos de acuerdo, ¿no?

Me gustan sus caricias, sus besos. Pero así son las trampas más peligrosas; a menudo son las más agradables. Si caigo hoy, ya no tendré fuerzas para mantenerme firme en mi decisión.

«Di que no, ahora…», repito en mi interior. «Ahora…».

—Ugo, para… Tengo que hablar contigo.

Lo aparto en un momento de placer, y odia eso.

—¿Ahora qué?

—No podré continuar…

Me pide que le aclare lo que quiero decir. Ahora tiene la frialdad de una estatua. Le explico con valentía que no quiero continuar con esta relación que nunca será más que una aventura, que me hace sufrir seguir con alguien que nunca estará disponible para mí, que necesito otra cosa.

—¿Y...?

Es todo lo que dice. «¿Y...?». Simplemente espera mi conclusión. Da la impresión de que le estuviera presentando un informe anual.

—Y pienso que, en estas condiciones, también sería muy difícil continuar trabajando con tranquilidad en La Octava Esfera... Lo he pensado mucho y está claro que tengo demasiado historial, tanto contigo como con la gente del equipo. Me asusta volver por los mismos derroteros. Y eso no lo quiero... ¡Deseo ir hacia delante!

—Pues así estamos. ¡¿Ves como sí que he hecho bien empezando a buscar candidatos?! —me responde con cinismo.

¡Qué momento tan horrible! Mi corazón está a punto de hacerme explotar la caja torácica, y siento que las manos me tiemblan a lo largo de los muslos.

—Lo siento, Ugo.

—Ah, ¡no! Nada de eso entre nosotros. Si decides abandonar el barco, ¡no esperes que encima te lama las heridas porque te sientes culpable!

Coge el abrigo con un movimiento seco y se gira hacia mí una última vez con una mirada fría desprovista de toda emoción.

—¿Pasarás por la agencia a firmar los papeles de tu dimisión? Cuanto antes mejor. Ya sabes cómo van las cosas. Todo es siempre para anteayer, así que no tenemos tiempo que perder.

Lo miro, consternada, y pienso en los dos años que acabo de perder con él.

—*Ciao, bella!* —suelta para mantenerse hasta el último momento en su personaje sexy y *cool*.

Espero unos minutos más para estar segura de que se ha alejado del todo, y luego me permito por fin la liberación que he estado esperando.

Me tiro en el sofá y rompo a llorar.

45

Hace varios días que Benjamin no tiene noticias de Joy. El último mensaje que recibió lo dejó intrigado. «¡Se hace la misteriosa!», se dijo para sus adentros, divertido a pesar de todo.

El retorno de la palomita ya ha llegado.
Los dados han sido lanzados.
Salto al vacío de lo desconocido,
pero espero que no sea lejos de donde tú has ido...

Le ha dado vueltas y más vueltas al mensaje en su cabeza, intentando descifrarlo. La palomita... Le había contado la historia de su padre, la complicidad que tenían y el origen del apodo afectuoso por el que la llamaba cuando era pequeña. Le había parecido encantador. Sin embargo, ¿qué significaba para ella que la palomita estaba de regreso? Era bastante enigmático. No obstante, podía leer entre líneas que estaba feliz con sus decisiones. Pero ¿cuáles? Se ponía nervioso intentando adivinarlo. ¿Un «retorno» es parecido a una revancha? Pero una revancha podía tener muchas formas... ¿Significaba eso que había tomado la decisión de volver a trabajar en La Octava Esfera, quizá animada por su reciente audacia? ¿Tal vez Ugo, en su intento por reconquistarla, le había ofrecido además un ascenso? Cuando estaba en casa de sus padres en la costa atlántica, Joy le había confiado en uno de sus mensajes que había recibido unos cuantos regalos inesperados de Ugo. Sin darse cuenta se había puesto un poco celoso. Le había dolido. Y ya lo sabía, si dolía es que algo había. Se había enamorado de ella sin previo aviso. Conocía los efectos secundarios de esa situación: palpitaciones, despertares nocturnos, ensueños diurnos, caída drástica de las conexiones neuronales… Todo lo que quería evitar. Pero tal y como le había recordado su amigo Rayane el día anterior, «no es algo que se pueda escoger». Es algo que llega y punto.

Benjamin camina apresurado. Llega tarde al trabajo. Una noche más de sueño intranquilo. Mira el móvil, pero la mensajería sigue desesperadamente vacía. Empieza a cavilar. «¿Lo desconocido? ¿Qué desconocido?». Joy parece estar hablando de un nuevo comienzo. «Y yo, ¿estaré también en su línea de salida?». Llega al barrio donde se encuentra su oficina y no consigue hacer la maniobra para aparcar, a pesar de tratarse de una plaza enorme para el tamaño de su minicoche de alquiler. Se frota los ojos en un intento vano por deshacerse del cansancio. Se detiene para coger un *macchiato* grande para llevar. Esta mañana no tiene ningún tipo de ganas de hacer de maestro cafetero. Las palabras le dan vueltas en la cabeza. «Pero espero que no sea lejos de donde tú has ido…». A lo mejor solo espera que sigan en contacto. ¿No es el tipo de frases que se le dicen a un amigo? El *macchiato* sabe ahora a bilis. «¡Deja de machacarte!», se regaña a sí mismo mientras abre de un empujón la verja del patio trasero. Con el humor de perros que tiene apenas se fija en la conserje del edificio, que le clava una mirada insistente y divertida con el mentón apoyado en la escoba. ¿Acaso tiene monos en la cara? Da tres pasos y pisa una cosa que se le pega en el zapato. «¿Qué es eso?».

Irritado, levanta el zapato. ¡Espera que no sea un chicle asqueroso! Desengancha una masa blanca aplastada y la tira en la papelera del patio. Continúa su camino, pero pisa otra cosa que se le vuelve a adherir al zapato. Otra vez una especie de masa blanca infame. ¡Ya vale! Observa con más atención el camino empedrado y ve algo extraño; unas bolitas blancas trazan una hilera en el suelo. Como piedrecitas que han ido cayendo. Hay dos opciones, o algún loco ha querido imitar a Pulgarcito, o un atolondrado no se ha dado cuenta de que se le ha agujereado la bolsa de la compra. Optaría por la segunda opción. Al darse la vuelta, se da cuenta de que la conserje se ha quedado allí mirándolo, todavía con esa sonrisa irritante en los labios. ¡No entiende por qué no se dedica a barrer toda esa basura que hay en el patio! Continúa su camino procurando esquivar las bolas blancas. No obstante, no puede evitar mirar a dónde lleva la hilera. «¿A la puerta del estudio? Qué raro». Tiene tanto sueño que se pregunta si no será su imaginación jugándole una mala pasada. Intrigado, se inclina para recoger una bolita blanca y se da cuenta de lo que es. Es una palomita. El corazón empieza a latirle más rápido. Introduce la llave en la cerradura y entra en el estudio lanzando miradas inquietas a su alrededor.

—Ah, hola, Benjamin, ¿qué tal?

Carmen le sonríe desde la mesa de la cocina. Está sentada cómodamente con Rayane y ambos están desayunando. Benjamin mira al suelo y ve que una larga hilera de palomitas continúa.

—¿Qué es esto? —exclama nervioso Benjamin.

Sus dos amigos se encogen de hombros, con aire inocente, como si no supiesen nada al respecto, y sin apenas disimular una sonrisa jovial.

—¿Os estáis burlando de mí? ¿Qué es todo este lío?

Rayane decide tomarle un poco el pelo con amabilidad.

—Parece que esta mañana no ves tres en un burro, ¿eh? ¡Es evidente que se trata de un juego de pistas!

Los dos fenómenos estallan en una carcajada. Benjamin siente que una cierta febrilidad se apodera de él. Tiene una idea de quién podría estar detrás de todo esto, pero necesita asegurarse. Sigue la hilera de palomitas que lo conduce hasta la sala contigua. Incrédulo, llega delante de un armario. Lo abre de un tirón. Nada. Solo un pósit rosa pegado en una estantería.

«¿De verdad has pensado que podría estar escondida aquí? ¡Sigue buscando!».

Ahora Benjamin tiene una sonrisa de oreja a oreja. Mira al suelo y, efectivamente, la hilera de palomitas continúa y guía sus pasos hasta la ventana. ¿No tendrá que...? ¡Sí! La cruza (el estudio tiene la ventaja de ser una planta baja a ras de suelo) y se encuentra de nuevo en el patio. La conserje continúa allí, siguiendo todo el jueguecito. Comprende que está confabulada. Sigue la hilera paso a paso, hasta el patio del edificio B. Allí, al pie de un árbol, hay un corazón gigante dibujado con palomitas. Hay otro pósit rosa pegado al tronco.

«Esto es una parte de lo que quería decirte... Si deseas saber más, continúa siguiendo el rastro de las palomitas».

Benjamin jamás había experimentado una sensación igual. Siente un hormigueo de alegría, por todas partes, en la cabeza, en el cuerpo. La hilera lo lleva hasta el interior del inmueble. Las palomitas lo invitan a subir las escaleras hasta el rellano del primer piso. Benjamin observa desconcertado la placa temporal que hay colgada en la puerta. «Se alquila». Se sobresalta cuando una voz le llama a sus espaldas. Se da la vuelta. Joy está delante de él, con una sonrisa en los labios. Sujeta con las manos una gran caja de cartón con rayas rojas llena de palomitas y se las lleva a la boca con malicia. Se aproxima a él, coge tres granos de maíz azucarado y los acerca a los labios de Benjamin, que se cierran sobre sus bonitos dedos. Ella continúa su puesta en escena.

—Buenos días.

—Buenos días.

—Tengo entendido que usted vive en el edificio, ¿no?

Benjamin decide seguirle el juego sin dudar.

—Por supuesto.

—Joy, encantada.

—Benjamin, igualmente.

—Espero que no tenga nada en contra de las palomitas.

—No, todo lo contrario, es un piscolabis que me gusta mucho.

—Ah, mejor, me alegra saberlo, porque tendrá una en la comunidad...

—¿Una palomita?

—Sí.

—Ah... ¿Y usted conoce a esa palomita?

—Sí, nos llevamos bastante bien...

—¿Diría que es una buena palomita, en todos los sentidos?

—¡Eso tendrá que juzgarlo usted mismo!

—¿Me la presentará?

—Si quiere.

—Y dígame, ¿qué es lo que ha motivado a su amiga la palomita a instalarse aquí?

—¡El trabajo! Ha decidido alquilar este local para montar su propio negocio.

—¡Oh! Ya veo, ¿por trabajo y solo por trabajo?

—¡Por supuesto!

—¡No me diga! —dice Benjamin acercándose todavía más al rostro de Joy.

—Espero que no tenga ningún inconveniente.

—Depende... ¿Tiene previsto pagar el contrato con palomitas?

—¿Es la moneda que se usa habitualmente por aquí?

—De hecho, es la única que aceptamos... —responde Benjamin mientras todos sus pensamientos se desvanecen al besar a Joy.

La película que está reproduciendo en su cabeza se detiene. Aparecen los créditos. Todo su ser está invadido por la azucarada suavidad de la palomita. Piensa que jamás ha sentido con tanta intensidad la esencia de lo que es:

La alegría

Esta llama, este ardor que vigoriza el corazón y hace que el alma entre en calor, se propaga en ondas beneficiosas. La alegría como antesala de la felicidad, la crisálida de la metamorfosis que engendra el verdadero yo.

La alegría que no cuesta nada, pero da mucho.

La alegría que no calcula, sino que multiplica la sensación de ventura. Ahí está, brotando como una fuente de rejuvenecimiento, puesto que nunca está lejos de la infancia y su inocencia. En el arte de la espontaneidad nada es aprendido. Y, si la vida es un baile cuyos pasos se supone que debemos conocer, esta encuentra sin embargo su exaltación en la alegre improvisación donde se expresan la intuición, la creatividad y la libertad. No hay más límites que los que nos imponemos. Desaplicarse para implicarse de otra manera, con más perspectiva y más corazón, con seriedad pero sin tomarse tan en serio a uno mismo, ¡salvo para volverse a centrar seriamente en lo esencial y abusar de las pizcas de locura razonables!

La alegría, una llamita frágil en una lámpara de aceite expuesta a los vientos adversos. ¡Protejámosla bien de los oscuros tormentos, apartémonos de lo que pueda apagarla! Puesto que es a ella a la que hay que seguir para escapar de los propios miedos. Fabriquemos nuestra alegría como haríamos nuestra miel. La alegría profunda no tiene nada de efímero. Irradia desde lo más hondo con un esplendor puro y nos enseña que la vida sigue sorprendiéndonos, mientras nos dejemos llevar por esos arrebatos de fascinación, creadores de embelesos.

Quien siembra alegría recoge ternura,
y vuelan pétalos de caricias,
en una primavera de primeras veces...

Agradecimientos

Gracias a mis tres personas, que son mi fuente de alegría. Les envío muchos «te quiero» y besos, para que los guarden en sus bolsillos y nunca les falten.

Gracias a mi editora, Céline Thoulouze, y a todo el equipo de Plon, por su cálida y entusiasta implicación junto a mí. Desde entonces, me apodan «la palomita».

Gracias a mis fieles lectores, que me brindan la alegría de escribir y la felicidad de ser leída.